거문고를 사랑한
조선의 뮤즈

매창

**애창** 거문고를 사랑한 조선의 뮤즈

초판 1쇄 | 인쇄 2016년 11월 25일
초판 1쇄 | 발행 2016년 11월 30일

지은이 | 최옥정
펴낸이 | 최병수
편   집 | 권영임
디자인 | 여현미

예옥등록 | 제2005-64호(2005.12.20)
주  소 | 서울시 은평구 연서로 22길(대조동)명진하이빌 501호
전  화 | 02) 325-4805
팩  스 | 02) 325-4806

ISBN  978-89-93241-42-6  03810

ⓒ 최옥정

값 15,000원

"한국출판문화산업진흥원 2016년 우수출판콘텐츠 제작 지원 사업 선정작입니다."

이 도서의 국립중앙도서관 출판예정도서목록(CIP)은 서지정보유통지원시스템 홈페이지(http://seoji.nl.go.kr)와 국가자료공동목록시스템(http://www.nl.go.kr/kolisnet)에서 이용하실 수 있습니다.(CIP제어번호: CIP2016028915)

거문고를 사랑한
조선의 뮤즈

# 애창

최옥정 장편소설

예옥

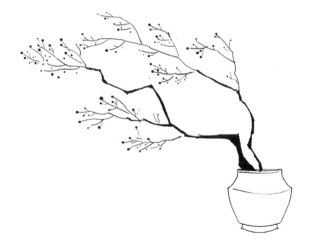

# 차례

묵墨의 세상

애이불비哀而不悲 애이불상哀而不傷

벼락처럼 만나고 번개처럼 헤어지다

이 맑고 시린 공기는 누구의 것입니까?

그대의 집은 부안에 있고

너는 나의 심복지우너라

이화우 흩날릴 제

길은 멀고 몸은 고단하구나

초사한담樵士閑談

가문고의 노러

# 묵墨의 세상

깜깜하다. 세상은 색깔을 잃었다. 어둠은 탐욕스럽게 풍경을 삼키고 그림자를 지웠다. 빛이 사라지자 제 노래에 지친 새들도 둥지로 돌아가 숨을 죽였다. 어둠은 형체를 찾는 이에게 소리와 감촉 말고는 아무것도 내주지 않았다. 어둠 속에서 매창은 몸이 기억하는 길을 더듬어 발을 내디뎠다. 걸음걸이에 힘이 빠져 자꾸 발을 헛디뎠다. 목적지를 향한 의지도 함께 힘을 잃었다. 길을 아직 절반도 줄이지 못했다. 졸망졸망한 초가집들 사이 집둘레에 소나무를 병풍처럼 심은 기와집을 지나면서부터 걸음은 더 느려졌다. 언덕바지를 올라 밤나무 숲에 이르렀을 때는 뒷숨이 앞숨을 밀어내지 못하고 목에 걸려 기침이 더 잦아졌다.

'월명암까지 갈 수나 있을까?'

매창은 고개를 저었다. 밤나무 기둥을 붙들고 서서 나무를 올려다보았다. 그믐밤 키 큰 나무들은 어둠에 갇힌 죄수나 숲을 지키는 밤의 정령으로 보였다. 낮이 동물들의 세상이라면 밤은 식물들의 세상이었다. 잎이 무성해진 나무는 더욱 짙은 냄새를 뿜어냈다. 밤꽃이 피고 진 때가 얼마 전이었으니까 열매가 맺히기 시작했을 것이다. 밤나무는 바람에도 더 큰 소리를 내며 맞섰다. 소리는 바람이 아니라 그녀의 뼈 마디마디가 일으키는 것 같았다. 매창은 한참 동안 그 소리에 귀를 내주었다. 어둠 속에서 소리는 생존의 지표였다. 소리로 지형지물을 분간해야 한다. 나무들의 웅성거림 같은 바람 소리가 길을 방해했다. 평생 소리를 팔아서 먹고 살아온 자신이 저 소리만큼 사람의 귀를 잡아당겼을까 의심한다.

그녀는 바닥에 주저앉았다. 먹빛 하늘에 박힌 북두칠성은 차가운 빛을 내뿜었다. 먼 마을에 집집마다 켜놓은 호롱불에서 탱자색 불빛이 새나왔다. 불빛은 사람들의 움직임을 따라 그림자를 만들며 일렁였다. 빛이다. 온기다. 말을 뱉으려 하자 숨이 멎을 듯 기침이 터졌다. 기침 끝에 물컹한 것이 딸려 나왔다. 땅바닥에 피가래를 뱉었다. 피도 어둠에 물들어 검은색이었다. 고개를 들고 숲 아래를 내려다보던 매창의 눈길이 한곳에 멈추었다. 산비탈 아래 초가집이 한 채 있었다. 가물거리는 불빛이 새나오는 장지문을 보자 간절하게 앉고 싶고 눕고 싶었다. 오직 그 생각뿐이었다. 그녀는 남은 기운을 끌어모아 몸을 일으켰다. 초가집을 향해 걸음을 옮기기 시작했다. 월명암 끝 절벽에서 다른 세상으로 넘어가고자 집을 떠난 지 하루도 안 지났다. 그런데 벌써 집을 찾다니. 무작정 불빛을 향해 걷고 있는 매창의 발길은 누가 부르기라도 한 것처럼 망설임이 없었다.

헛간이 딸린 한 칸짜리 초가집이었다. 성긴 싸리문은 망가져 한쪽으로 기울어 있었다. 그녀는 문을 붙들고 숨을 몰아쉬었다. 마당에는 보리를 털다 만 멍석과 보릿대가 어지러웠다. 방 안에서 칭얼대는 아이 소리가 새나왔다. 이어 달랬다 으박질렀다 하는 아낙의 목소리가 들렸다. 노역이 기다리고 있는 내일을 위해 잠자리에 들 준비를 하는 중이었다. 그녀는 기신기신 마루 쪽으로 걸어갔다. 제일 먼저 인기척을 느낀 풀벌레들이 위험을 감지하고 다급히 울어댔다. 술시가 되어 가솔들이 방으로 들어간 뒤 다음 날 해가 뜰 때까지 침묵하려던 뭇것들이 놀라 일어났다.

매창은 마루에 걸터앉아 하늘을 올려다보았다. 그믐달이 비스듬히 그녀를 비추었다. 그녀는 까끌까끌한 숨을 길게 뱉어냈다. 흐릿한 음식 냄새가 코로 흘러들었다. 호박과 멸치를 넣은 된장찌개 냄새. 위장으로 내려간 냄새는 그녀의 스러져가는 감각을 흔들어 깨웠다. 풍경도, 음식도, 소리도 잡을 수가 없다. 마지막까지 그녀에게 달라붙어 떨어지지 않는 감각은 후각이었다. 시각과 미각과 청각이 서서히 그러나 멈추지 않고 무너져갔다. 이제는 냄새로 세상을 분별한다. 소의 분뇨 냄새로 살림의 크기를 가늠하고, 곰삭은 두엄 냄새로 남정네의 부지런한 성격을 짐작한다. 익어가는 장 냄새와 김치냄새, 잿물 냄새로 안주인의 엽렵한 몸놀림을 알 수 있다. 냄새는 모든 것을 백일하에 드러낸다. 냄새는 살아 있는 것들의 아우성이었다. 꿈틀거리고 요동치고 변하고 자리를 바꾸게 한다. 저 냄새들과 한바탕 어울려 놀았던 젊은 시절이 가슴 저릿하게 그리웠다. 냄새의 한복판에서 울고 웃으며 뒤엉켰던 나날들 덕분에 그녀는 지금 안온한 기억을 덮고 잠을 청할 수 있다.

허균과의 마지막 만남을 생각한다. 벌써 두 해나 지난 옛일이다. 해시가 다 된 늦은 밤이었다. 허균이 거문고로 장한가를 타는 매창을 바라보다가 불현듯 그녀의 이름을 불렀다.

"매창아!"

매창은 가슴이 철렁했다. 자신이 스스로 지은 매창이라는 이름을 불러주는 것, 그녀가 가장 좋아하는 일이다. 손을 잡지 않아도 품에 안지 않아도 이름을 부르는 목소리를 다리 삼아 상대에게 건너갈 수 있었다. 그것은 그녀가 유희경을 사랑했던 이유이기도 했다. 매창아! 부르는 목소리만 들어도 알 수 있었다. 그가 원하는 것, 그가 느끼는 것, 그가 말하려는 것. 설사 알지 못한다 해도 안다고 느껴졌다. 그것 또한 옛날 일이다. 이제 유희경의 각진 얼굴은 기억 속에서조차 희미하게 뭉개졌다. 허균의 본래 목소리에는 그런 짓눌림이 없었다. 그런데 그날은 달랐다.

"예, 매창이 여기 있사옵니다. 어인 일로 그리 비장한 목소리로 저를 부르시옵니까?"

허균은 말을 하지 않았다. 다만 매창을 그윽한 눈빛으로 바라보았다. 얼굴에서도 평소의 호방하고 활달한 기운이 거두어져 있었다. 그답지 않은 모습이다. 이윽고 그의 입이 열렸다.

"잠시 일어나 보거라."

매창은 허균을 잠자코 마주보다가 조심조심 몸을 일으켰다. 그녀가 아끼는 홍화색 비단치마가 바스락거렸다. 그 소리가 유난히 크게 들렸다.

"방 안을 한 바퀴 걸어 보거라."

목소리는 시종 높낮이 없이 진중했다. 매창은 허균이 이르는 대로 그 자리에서 한 걸음 한 걸음 발을 느리게 떼며 방 안을 한 바퀴 돌았다. 방문 앞까지 걸어가서 몸을 돌려 허균과 눈을 맞추었다. 이젠 무얼 더 해야 하죠? 묻는 눈빛이었다.

"오른팔을 들어 보거라. 그리고 나를 향해 뻗어 보거라."

매창은 그의 말대로 오른팔을 들어 그를 향해 쭉 뻗었다.

"내 쪽으로 걸어오너라."

매창은 오른발을 내디뎠다. 다시 왼발을 내디디려 할 때 허균이 다시 그녀를 불렀다.

"매창아! 나를 마주 바라보고 걸어오너라. 나한테서 눈을 떼서는 안 되느니라."

허균의 목소리가 조금 떨렸다. 매창은 허균과 눈을 맞춘 채 그를 향해 천천히 걸었다. 바로 눈앞의 허균이 강 건너에서 기다리고 있는 것처럼 멀었다. 강물에 치맛자락을 적시며 징검다리를 디디듯 그녀는 시간과 마음을 들여 걸음을 떼놓았다. 발걸음에 숨이 실렸다.

"잠깐만, 잠깐만 더 거기 서서 나를 바라보렴."

허균을 바라보는 매창의 눈길이 안타까움과 슬픔으로 깊어졌다. 연민도 우정도 사랑도 아닌, 세상에 떠돌아다니는 이름을 갖다 붙일 수 없는 깊은 연정이 그녀의 눈에 고였다.

"됐다. 이제 되었다. 다시 이리 와서 내 곁에 앉거라."

매창은 시선을 거두고 말없이 그리 하였다.

"놀랐느냐? 당황했을 것이다. 그럴 줄 알면서도 내 그리 한번 해보고 싶었느니라. 내가 너를 내 앞에서 그리 움직이게 한 소이연을 너는 알리라 믿는다. 바로 내 눈 앞에서 나를 위해 이리 오고 저리 가는 너의 몸을, 너의 몸짓을 보고 싶었다. 오로지 나만을 위해서 몸을 움직이는 너를 한 번은 보고 싶었느니라. 고맙다. 너의 몸을 갖지 못한 것을 더 이상 한스러워하지 않으마. 고맙고 기쁘다. 이리 마음이 좋구나."

"송구하옵니다. 제가 드릴 거라곤…… 대감께 큰 죄를 지었사옵니다."

"무슨 소리냐? 네 깊은 속은 내가 다 안다. 너에게 무얼 구하고자 그리 한 일이 아니니라. 작은 일들을 너와 함께 하면서 나는 큰 기쁨을 얻었다. 너로 인해 많이 웃었고 많이 기뻤다. 이 말을 꼭 하고 싶었느니라."

그날의 허균은 날갯죽지가 잘린 새 같았다. 물 한 방울, 마른 모이 하나 넘기지 못하고 몸을 버르적거리는, 곧 숨이 넘어갈 것 같은 한 마리 새였다. 그것을 알아본 그녀는 그에게 물 한 방울이 되어주고 싶었다. 좁쌀 한 알이 되어주고 싶었다. 허균 역시 그녀의 마음을 읽었다. 마침내 그의 얼굴에서 철색이 거두어지고 피가 돌기 시작했다. 사람의 일이란 모름지기 마음에서 시작되고 마음에서 맺어지는 것. 그 마음을 알아보는 것이 인연의 뿌리이고 줄기이고 꽃이었다.

방 안에서 드문드문 들리던 애 울음소리가 잦아들더니 곧 잠잠해졌다. 호롱불도 꺼졌다. 가뭇한 달빛이 가까이 다가왔다. 여름밤은 고된 일을 하는 사람에게는 너무 짧다. 마루 기둥에 기대앉았던 매창은 스르르 마룻바닥으로 몸을 눕혔다. 집을 나와 숨이 붙어 있는 동안 바깥세상을 맘껏 돌아다니고자 했으나 하루해를 넘기지 못했다. 걸을 때도 말할 때도 숨 쉴 때도 기침은 멎지 않았고 객혈이 쏟아졌다. 그녀가 지나간 자리에 핏자국이 점점이 남아 있다. 평생 그녀의 몸과 마음을 뜨겁게 달궜던 피가 밖으로 뛰쳐나오는 거다. 붉고 생생하던 피가 얼마나 어둡고 갑갑한 색으로 변했는지 보라는 듯이.

세 가지가 검어서 고왔던 여인 매창은 어둠에 한 덩어리의 어둠을 보태며 이 세상으로부터 멀어지고 있었다. 흑단 같은 머리도, 머루알 같던 검은 눈동자도, 까마귀 깃털 같은 눈썹도 어둠의 한 조각일 뿐이었다. 침침한 달빛에 그녀의 얼굴이 희게 빛났다. 지병으로 창백해진 얼굴이 마지막으로 한번 환히 빛났다. 한때는 이슬에 젖은 매화를 닮았던 얼굴에 쇳조각처럼 차갑고 결연한 미소가 피어올랐다. 배에서 올라오던 숨이 가슴에서 나오다가 차츰 위로 올라와 목에서 밭은 숨이 나왔다. 누가 깰까봐 기침을 참는 것이 병증을 악화시켰다. 들이쉬는 숨은 부드럽게 흘러들지 못하고 그물 같은 것에 턱턱 걸렸다. 그때마다 기침이 터졌다. 기침은 얼마 남지 않은 그녀의 기력을 더 빨리 소진시켰다.

풍수화토로 이루어진 몸은 죽으면 다시 풍수화토로 돌아가는 법. 매창은 밭은기침과 함께 피를 토한다. 무명수건으로 입을 틀어막고 엎어진다. 귓가에 아버지 목소리가 들렸다. 그녀만큼이나 신산스러운 삶을 살다간 아버지. 어미는 매창을 낳고 석 달 만에 산욕열로 죽었다. 혼자서 딸애를 키워낸 홀아비 인생이 얼마나 고달팠으랴. 임종에 앞서 했던 말이 여직 귀에 남아 있다. 그때 매창은 열두 살, 초경도 치르기 전이었다.

"사람이 마지막으로 눈을 감을 때 딱 한 장면만 나타난다더라. 육신도 정신도 다 없어지고 살과 뼈를 바쳤던 일 하나만 눈앞을 지나간다더구나. 그것도 잠깐이요, 곧 안개 속 같은 저 세상으로 흔적도 없이 사라진단다. 정녕 죽음이 그러한 것이라면 얼마나 좋으냐. 나는 요란하고 팍팍한 인생을 살아서 세상 떠날 때는 끊어진 숨대로 고요했으면 좋겠구나. 안개가 변산 앞바다를 삼키듯 그렇게 죽는다면 더 바랄 것이 없느니라."

그녀의 아버지는 다정함과는 거리가 먼 살찬 사람이었다. 그녀가 눈물을 보이면 가차 없이 종아리에 피가 날 때까지 회초리를 쳤다. 엄살 따윈 입에 올리지도 못하게 했다. 생모의 빈자리를 엄격한 훈육으로 채우려 했다. 그녀가 쓴 시를 읽을 때나 거문고를 가르칠 때 빼고는 얼굴에 웃음을 띠어본 적이 없었다. 숨을 거두는 순간에도 허튼 눈물 한 방울 흘리지 않으려고 꾹꾹 눌러 참느라 눈가가 푹 꺼졌다. 그래서 그녀도 소리 내어 울지 못했다. 이제 와서 아버지라니. 잠시 잠깐 스쳐 지나간 적은 있었지만 평생 아버지를 속 깊게 떠올려본 적은 없었다. 아버지 말을 이렇게 온 마음으로 되짚은 적은 꿈에서조차 없었다.

"글줄 읽은 여자는 팔자가 사납다는 내 말 허투루 들었을 것이다. 너에게 글을 가르치면서도 그것이 양날의 칼이 될까 두려웠다. 어쩌겠느냐? 네가 그리 타고난 것을. 침묵을 너의 언어로 삼아야 하느니라. 본 것을 절반만 말하여라. 네 생각을 섣불리 발설하지 말아야 한다. 적이 늘어날 것이다. 자기 생각을 가진 여자의 인생에는 슬픔과 파란이 많은 법이다."

그 말의 무게와 진심을 이제야 제대로 안다. 아버지! 매창은 가슴이 저렸다. 눈물이 자신의 것이 아닌 양 제멋대로 흘렀다. 그러했을 것이다. 아버지는 안개에 삼켜지듯 그렇게 고요히 떠나고 싶었을 것이다. 만 사람의 말도, 만 사람의 비난과 눈총도 다 뒤에 남긴 채. 아마도 단 한 사람의 곡진한 마음 하나 가슴에 담았을 것이다. 늙어진 몸처럼 마음 또한 낡고 낡아 오래전 닳아버린 연정일지언정 가진 건 그것뿐이니. 그녀의 어미와 아비는 금슬이 유별났다 했다. 고운 자태의 어미는 아비의 자랑이었다. 아비는 그 여인을 잃고 매창을 얻었다. 사는 동안 심장을 꺼내주고 싶을 만큼 애절했던 한 사람을 마지막으로 눈에 담고 고요히 눈을 감았으리라.

매창은 평생토록 죽음을 생각해왔다. 이 말에 과장이 섞였다고 나무란다면 이렇게 말해도 좋으리라. 죽음에 대한 예감이 그녀 곁을 떠나지 않을 정도로 그녀의 삶은 기약이 없었다. 막상 손바닥에 쥘 수 있을 만큼 죽음이 가까이 다가오니 오히려 실체가 느껴지지 않았다. 절망도, 질병도, 사랑의 열락도, 악착같은 삶의 이유일지언정 죽음의 핑계는 되어주지 않았던 지난날들이 억울할 만큼 죽음은 여름 낮잠처럼 슬며시 몸을 쓰러뜨렸다. 피가 졸아들고 살이 꺼지고 고약한 냄새와 신음을 앞세우고 자리를 튼 병을 그녀는 끝내 이기지 못했다. 이기기는커녕 기다리던 손님을 맞이하듯 버선발로 나가 맞이하는 형국이었다. 그녀는 고개를 돌리지 않고 묵연히 죽음을 맞이했다. 작년 가을, 객점을 닫고 변산 근처 모옥으로 옮겨올 때부터 기다려온 일이었다. 그녀를 걱정하는 허균에게 투정처럼 내뱉었던 말이 그대로 자신의 삶이 되었다.

"저는 잘 지낸답니다. 빈손은 기생의 숙명인걸요. 속담에 이르기를 기생이 늙으면 삼공일여三空一餘라 하였습니다. 삼공은 세 가지가 인생에서 없어진다는 뜻이지요. 재산이 비고 육체가 비고 명성이 비는 것입니다. 남는 것은 오직 한 가지뿐이온데 그건 바로 이야기랍니다. 숱한 사연에 둘러싸여 빈 몸으로 늙어가는 신세, 그게 기생의 일생이지요."

돌아보면 한순간도 아름답지 않은 날이 없었다, 라고 말하리

라. 봄의 생동하는 산천부터 여름의 들끓는 소란, 가을의 고요한 숙고, 겨울의 적멸. 그녀는 무엇 하나 사랑하지 않은 것이 없었다. 딱 그만큼의 고통을 그녀에게 돌려주었지만 그것조차 그녀는 사랑하였다. 그것들이 손닿는 곳에 있어 기꺼웠다. 손마디가 무뎌지고 손끝에 옹이가 생기도록 거문고를 타도 세상에 나가 마음껏 뜻을 펼치고 싶은 열망은 잠재워지지 않았다. 그녀는 자기 몸을 거꾸러뜨린 그 열병에 스스로 지는 길을 택했다. 평생을 싸워도 이기지 못했다. 내 삶을 내 열정의 제단에 바치리라, 순순히 마음먹었다.

거문고야 싫어 마라
나는 너를 버리지 않으마
네 곡조 내가 듣고
내 울음 네가 들으니
이 세상에 너만 한 벗이 어디 있겠느냐


사랑도 날 떠난다 하고
내 몸도 나를 멀리 한다
젊음도 잃고
건강도 잃으면

그때 내게 무엇이 남으리

오늘밤이 지나면 님은 가신다는데 내 어찌 살아가야 할꼬
기다리지 말라는 말을 하러 온 사람
옷고름 끊고 정인 따라간 어미처럼
진 한 조각 남기지 않겠다는 말을 하러 온 님
내 어찌 보내야 하느냐

심장이 졸아들게 하던 그리움을 거둬 가면
내 숨쉬기 수월할 줄 알았는데
왜 이리 숨이 가쁘고 애가 끊어질 것 같으냐
세상에 뜻을 두지 않고 너와 산천을 벗 삼아
남은 생 고요히 살다 가리라
죽은 사람이라 치부하라는 말,
이 내 가슴을 도려내는구나
야속타
산 사람을 어찌 죽은 사람으로 생각할거냐
내 속에 살아서 펄펄 요동치는 사람을

가문고야 너 나를 위해

온몸을 울려 석별의 노래를 불러다오

나 또한 머리끝부터 발끝까지 귀가 되어

네 곡조와 함께 딱 한 번만 울리라

　죽음의 검은 그림자가 비단치마를 펄럭이듯 너울거리며 다가
온다. 그녀는 감은 눈 속으로 이승에서 건질 한 장면을 불러들
이고자 애썼다. 단 한 사람의 얼굴을 돌처럼 단단히 몸 안에 끌
어안고자 했다. 많이 아파했고 많이 그리워했던 사람. 많이 웃
고 많이 울게 했던 한 사람. 얼굴이 떠오르지 않았다. 기억이 나
지 않는다. 지워졌다. 굵은 붓으로 종이 위에 한 일자를 쓸 때처
럼 검은 길이 눈앞에 지나간다. 그러고는 끝이었다. 다른 건 없
다. 그녀의 인생에는 마지막으로 거둘 한 장면이 남아 있지 않
았다. 남은 길이 지워졌다. 여기가 끝이었다. 지상에서의 삶은
여기까지다. 길이 지워지니 마음이 가벼웠다. 그녀는 눈을 감은
채 고개를 끄덕인다. 평생 방에 갇힌 삶을 갑갑해했던 그녀는
그믐달이 그녀를 내려다보는 바깥세상, 알지 못하는 사람의 삐
걱대는 마루에서 마지막 숨을 쉬었다.

　'체온을 잃은 나의 몸은 이미 당신과 다른 세상에 있습니다. 그
만 이곳을 떠나라고 재촉하듯이 내 심장의 불길도 꺼져갑니다.'

　몸을 떠난 매창의 혼은 그녀 곁을 맴돈다. 온갖 애욕과 갈망

으로 얼룩졌던 그녀의 한 생을 담았던 육신은 곧 언 빨래처럼 뻣뻣해질 것이다. 그녀는 연민도 슬픔도 없이 자신의 몸을 내려다본다.

"매창아……."

대답을 할 수가 없다. 얼마나 오래 간절히 기다려왔던 목소리였나. 가슴팍을 무쇠솥이 누르고 있는 것처럼 숨도 제대로 쉬어지지 않았다. 처음 느끼는 무거움이었다. 숨이 빠져나올 구멍이 없게 쇳덩이가 몸을 짓눌렀다. 간절한 마음과 달리 눈꺼풀은 꿈쩍도 하지 않았다.

"매창아, 매창아. 내가 왔다. 그만 눈을 떠라. 너를 만나러 내가 왔다."

무쇠솥은 점점 무거워져 짓찧듯이 가슴을 눌렀다. 심장이 바스라질 것처럼 고통스러운 숨이 가늘게 뱉어졌다. 한마디만, 한마디 대답만이라도 하고 싶었다. 감은 눈꼬리 아래로 눈물이 흘러내렸다. 눈앞이 까맸다. 완전한 어둠, 한 번도 본 적 없는 어둠이었다. 애타게 부르던 목소리는 사라졌다. 어둠이 목소리를 삼켰다. 무쇠솥에 눌린 숨마저 잦아드는 코밑으로 바람이 지나갔다. 이마가 시렸다.

넓적한 검은색 돌이 수만 권의 책처럼 차곡차곡 쌓인 채석강이 멀리 보인다. 매창은 채석강을 뒤로 하고 해변 가운데 앉아 있다. 갯벌에서는 게와 조개들이 제 구멍을 찾느라 분주히 오갔다. 바다는 막 지기 시작한 노을로 붉게 물들며 태양의 마지막 빛을 빨아들였다. 바다는 오색 비단옷을 입고 단정히 앉아 있는 여인처럼 오연한 모습이었다. 매창은 파도도 없이 잔잔한 바다를 바라보며 앉아 있다. 그녀 옆에는 그녀의 손을 꼭 잡은 한 남자가 있다. 두 사람은 나란히 앉아 석양을 본다. 그들의 얼굴에 붉은빛이 번져 표정은 보이지 않았다. 아마 웃고 있을 것이다. 아마 울고 있을 것이다. 아마 열 가지 표정을 감추기도 하고 드러내기도 하는 무심한 얼굴일 것이다. 그녀가 오래도록 가슴 깊숙이 품어둔 표정이다.

남정네와 나란히 앉아 한곳을 바라보는 것. 은애하는 사람과 어깨를 나란히 하고 세상을 마주하는, 세상에 맞서는 장면. 그것을 그녀에게 줄 수 있는 사람을 기다렸던가. 인연은 오고 가는 것. 애간장이 끊어지게 서러워도 헤어져야 하고, 숨이 막히게 환희에 찬 만남에도 마지막은 있다. 그녀의 가슴속은 격정 없이 고요했다. 아무것도 바라지 않는 마음. 그 또한 그녀가 오랫동안 꿈꾸던 것이다. 마지막 숨을 거두려는 순간 그녀는 그것들을 얻었다. 예전 같았으면 이렇게 울부짖었을 것이다.

"나는 당신이 속한 세상에서 당신을 훔쳐오고 싶어요. 당신 손을 꼭 잡고 우리를 갈라놓지 않는 세상으로 달아날 거예요.

그곳에서 당신과 나, 서로 사랑하는 두 사람의 인간으로 살고 싶어요. 당신은 나의 전부이고, 나는 당신의 전부인 그런 세상을 단 한 번이라도 살고 싶어요. 오래가 아니라도, 아주 잠깐이라도 좋아요. 분명 어딘가에 세상에서 일어나는 어떤 일과도 무관하게 우리 둘만 존재할 수 있는 곳이 있을 거예요. 그곳을 찾아주세요. 당신은 나를 위해 그래야만 해요. 꼭 그렇게 해주시어요."

지금은 안다. 모든 것은 다 지나갔다. 과거, 그리움, 기다림, 이 말에는 불이 없다. 뜨거움이 없다. 그래서 이 모든 말들을 다 합쳐도 육체를 만들 수 없고 진실을 지을 수 없다. 격정이 사라지니 오직 평안하다. 흔들림 없는 평화를 그녀는 두 손에 꼭 쥐었다. 그녀가 평생 얻고자 한 것을 눈 안 가득 담고서 이 세상과 이별하려 한다.

'그리 나쁘지만은 않구나.'

그녀의 얼굴에 잠깐 화색이 돌았다. 그 위로 엷은 미소가 번졌다.

'그만 됐다.'

감은 눈에서 두 줄기 눈물이 흘러 귓속으로 들어간다. 얼굴에는 희미한 미소가 피어오른다. 배꽃이 펄펄 날리는 날 죽고 싶어요. 그것이 그녀의 소원이었다. 그녀의 소원은 이루어지지 않

았다. 그녀가 죽던 날은 배꽃이 진 자리에 매달린 작은 열매가
몸을 부풀리기 시작하는 하지 언저리였다. 꽃을 볼 수도 없고
열매를 먹을 수도 없는 어중간한 시절이었다. 그녀는 나뭇가지
에 매달린 어린 배를 한번 보고 싶었지만 눈이 떠지지 않았다.
그리워하고 기다리던 것을 끝내 보지 못하는 그녀의 삶도 눈꺼
풀과 함께 닫혔다. 이렇게 가벼운 것을. 이렇게 홀가분한 것을.
몸을 놓은 매창의 혼은 깊고 안온한 숨을 길게 내쉰다.

애이불비哀而不悲 애이불상哀而不傷

춘분이 지나면서 햇살은 하루가 다르게 따사로워졌다. 매창은 마루에 앉아서 앞마당을 내다보거나 뒷마당을 걸으며 낮 시간을 보냈다. 배롱나무 이파리의 초록색도 날마다 새로 태어난 듯 짙어졌다. 냉이, 광대나물, 벌금자리 같은 자잘한 풀꽃들도 때를 놓치지 않고 개화의 행진을 이어갔다. 꽃들은 봉오리를 급히 벌리며 향기 있는 것은 향기를, 향기 없는 것은 비린 풋내를 뿜어냈다. 새 발자국이 보일 정도로 말끔히 쓸어둔 마당으로 미풍이 불었다. 고소한 나물 냄새가 바람에 실려 집 안 곳곳으로 퍼져나갔다. 매창은 산수유를 한 다발 꺾어서 화병에 꽂아 문갑 위에 올려놓았다. 잠이 덜 깬 듯 은은한 산수유 향이 방 안을 떠다녔다.

그제 저녁에 부안 관아에서 심부름하는 통인 김 서방이 현감의 전갈을 가지고 왔다. 귀한 손님이 한양에서 왔는데 꼭 매창을 만나고자 한다는 전갈이었다. 불쑥 찾아오지 않고 미리 연통을 넣은 것은 각별한 대접을 부탁한다는 뜻이다. 푸줏간에서 고기 끊어올 시간을 벌어주려는 배려였다. 매창은 찬모에게 부안 현감이 좋아하는 너비아니와 탕평채를 준비하라 일렀다. 그는 한양이 그리울 때면 그곳 음식인 설렁탕이나 너비아니를 찾았다. 숯불에 고기 굽는 냄새가 진동하자 동네 개들이 몰려와 침을 흘리며 이리저리 설치고 다녔다.

"매창이! 안에 매창이 있는가?"

해가 설핏 기울 무렵 통인이 대문을 두드리며 매창을 불렀다. 찬모가 행주치마에 젖은 손을 닦으며 달려나가 문을 열어주었다. 부안 현감이 먼저 대문 안으로 들어섰고 그 뒤에 키가 훌쩍 큰 남자가 따라 들어왔다. 매창은 섬돌 아래 내려서서 허리를 깊숙이 꺾어 인사를 했다. 그녀는 특별한 행사가 있는 날을 위해 마련해둔 결 고운 명주 스란치마를 입었다. 안에다 무지기를 받쳐 입어 하체를 한껏 부풀렸다. 아랫자락에 꽃술을 놓은 풍성한 치마가 걸을 때마다 바람을 일으켰다. 그녀의 움직임을 따라 청옥색 치마와 담홍색 저고리에서 댓잎이 바람에 쓸리는 소리가 났다. 새 손님이 왼손으로 그녀의 치마폭을 들어 올려주며 마루에 오르는 걸 거들었다.

현감은 아랫목 쪽 상석에 앉으며 손님을 오른편에 앉혔다. 손님은 방 안을 휘둘러보았다. 살림살이가 거의 없는 단출하고 정갈한 방이었다. 기생이 아니라 과거 준비하는 서생의 방 같았다. 벽 한쪽에 세워져 있는 거문고만 눈에 띄었다.

"인사 올리거라. 이분은 너를 보고자 멀리 한양에서 예까지 찾아왔느니라."

매창은 한양 손님을 향해 얌전히 절을 올렸다.

"이렇게 누추한 곳을 마다않고 찾아주셔서 황감하옵니다."

"이 어른은 고대광실에서의 기름진 환대를 바라고 오신 것이 아니다. 너의 시를 듣고자 왔느니라. 잘 봐두거라. 시문이 뛰어난 문장가로 한양의 소동파라고 불리는 분이시다. 그 유명한 사암 박순 어른께 당시를 배운 실력이니 너도 가르침 받을 일이 있을 것이다."

현감이 다소 거창한 소개를 마치자 한양 손님은 수염을 쓸며 겸연쩍게 웃었다. 매창은 그의 옆얼굴로 눈길을 돌렸다가 입을 열었다.

"그럼 유희경 어르신이거나 백대붕 어르신, 두 분 중 한 분이시겠군요."

한양 손님의 표정이 대번에 바뀌었다. 문장과 가문으로 이름 높은 현감과 달리 자신은 미천한 여항시인일 뿐인데 이름까지 알고 있지 않은가. 매창은 꾸민 표정이나 교태 흐르는 말투 없이도 사내의 마음을 붙잡을 줄 아는 여인임을 유희경은 첫눈에 알아보았다.

"어허, 고것 참 고얀 일이로고. 내가 그 두 사람 중에 하나가 아니라면 얼마나 난감한 일일꼬. 오늘 나의 운수에 망신살은 없었는데. 어찌 이런 일이 있습니까, 대감?"

유희경은 당황하는 빛을 감추고 짐짓 농담조로 대꾸했다. 그 말에 세 사람은 격의 없이 한바탕 웃었다. 첫 만남의 어색함이나 껄끄러움은 찾아볼 수 없었다. 편하지만 헐겁지 않은 대화가 끊어지지 않고 오갔다.

"오늘 제 운수에도 구설수는 없었사옵니다. 그러니 답은 하나뿐이지 않사옵니까?"

매창이 가볍게 응수했다. 어디 하나 빼고 더할 것이 없는 명민한 여인이었다. 유희경은 호기심 가득한 눈을 크게 뜨고 매창의 얼굴을 뚫어져라 맞바라보았다. 매창은 아이같이 천진한 표정으로 그의 눈길을 받았다. 뻔뻔하다 싶은 무연함이었다. 해맑은 동자승의 얼굴과 무르익은 여인의 향취가 반반씩 섞여 있었다. 상황이나 상대에 따라 둘 중 하나가 제 얼굴을 드러냈다. 그는 옆에 앉은 부안 현감을 돌아보았다. 현감의 얼굴에 득의만면한 미소가 번져 있었다.

"이거 오늘 아주 재미있는 자리가 될 것 같은데. 첫 대면부터 자네가 꼼짝없이 당하고 말았구먼, 허허허. 매창아! 네가 꼭 맞추었다. 이분이 바로 유희경 어른이시다."

매창에게 대답을 해주고 현감은 유희경을 돌아보며 호기롭게 덧붙였다.

"내 뭐랬는가? 범상치 않은 여인이라 하지 않았나? 한양의 사대부들이 괜히 매창의 이름을 떠벌리겠는가. 내가 다른 건 몰라도 인물의 옥석을 가리는 눈은 정확하다네."

"그러게 말입니다, 대감. 이 여인의 첫 마디에 도끼날에 머리가 찍힌 듯 정신이 번쩍 납니다요. 이리 놀랄 일이 기다리는 줄 알았으면 미리 대비를 하고 올 걸 그랬습니다. 귀띔이라도 좀 해주시지 부러 저를 곤경에 빠뜨리려는 심사 아니시옵니까?"

"나한테 그런 꼼수가 있을 리 있나? 자네가 직접 보고 자네가 가진 뜻과 눈으로 순수하게 이 여인을 알아보길 바랐을 뿐이네."

유희경은 거참,을 연발하며 껄껄 웃었다. 매창은 부풀어 오른 치맛자락을 손바닥으로 쓸어내리며 유희경의 얼굴을 바라보았다. 두 눈에 호기심이 가득했다.

"바닷가 시골에 박혀서 짭짤한 소금냄새나 맡으며 사는 제가 아는 것이 무엇이 있겠사옵니까? 다만 이따금 들르시는 대감들께 세상 이야기를 풍문처럼 전해 듣는 것이 고작입죠."

"매창이 네가 입에 발린 말도 할 줄 아는 사람이었더냐? 오늘 임자를 제대로 만났구나."

부안 현감이 곧바로 맞받아쳤다. 재미있는 구경거리가 생겼다는 기대로 표정이 밝았다.

"내가 한 마디 보탠다면 노력은 가상하네만 빈말 같은 건 자네한테 어울리지 않네. 차고 날카로우면서도 둥글둥글 상대의 마음을 풀어헤치는 단도직입이 자네의 언어일세."

유희경이 얼굴에서 웃음기를 거두고 의견을 보탰다.

"맞아! 바로 그걸세. 내가 하고 싶은 말을 자네가 대신 해주었네."

"나으리들, 헛말이 아니옵니다. 시를 논함에 있어 어찌 빈말을 하오리까. 유희경 나으리께서 백대붕 어르신과 풍월향도라는 시 모임을 만들었다는 말을 풍편에 들은 적이 있사옵니다. 사대부는 물론이고 평민과 천민까지 다함께 시로써 교류하는 자리를 만들 염을 아무나 내지는 못할 것이옵니다. 어찌 그 소식이 사방으로 퍼져나가지 않겠습니까?"

매창은 상대를 편안하게 해주는 남다른 재주가 있음에도 툭툭 던지는 말에는 모서리마다 서기가 어려 있었다. 그녀가 얘기하는 모습을 골똘히 바라보는 현감의 얼굴에는 영특한 학동을 바라보는 서당 훈장의 표정이 담겼다. 학동을 대견히 여기는 동시에 자신이 한 일에 대한 보람으로 뿌듯하고 넉넉한 웃음이 떠나지 않았다.

"그만하게. 그깟 시답잖은 일에 붙이는 칭찬이 너무 과해서 내가 고개를 못 들겠네."

"대단한 일을 하신다 여기고 있었는데 이렇게 뵙게 되어 더없이 큰 영광이옵니다. 제가 시 몇 줄 쓴답시고 앉았으니 장안에 돌아다니는 시 얘기에는 귀를 쫑긋 세우고 있지요."

유희경은 흥분을 누르려고 애썼지만 얼굴이 단박에 밝아졌다. 점입가경이란 바로 이 같은 상황을 두고 이른 말이던가. 그녀 앞에서 무슨 말을 해야 할지 몰랐다. 어쩌면 그 반대인지도 모른다. 무슨 말이든 할 수 있고 나눌 수 있을 것 같은 예감이 더 낯설고 겁났다. 누구에게도 이런 감정을 느껴본 적은 없었다. 대화란 그저 대거리를 하는 정도이지 남과 아귀가 딱 맞는 말을 주고받을 수 있다고는 상상조차 안 해봤다. 이 순간을 제대로 실감할 수가 없었다. 게다가 앞에 있는 이 사람은 여자가 아닌가. 대화는 영혼끼리의 교접이라는 말의 참뜻을 비로소 이해했다.

"허허, 소일거리 삼아 시를 지어서 함께 돌려 읽는 게 무슨 대단한 일이라고. 그보다는 그대 같은 가인이 첫눈에 나를 알아봐주니 흥감해서 몸 둘 바를 모르겠소. 그것이 시로 말미암은 것이라면 내가 시 덕을 보긴 본 셈이네. 고맙구려. 내 얘기는 그만 두고 오늘은 그대의 시를 듣고자 왔으니 잘 부탁하네. 나 역시 한양에서 그대의 이름을 익히 들었다네."

유희경은 매창이 한양에서 벌어지는 시 모임의 일까지 다 꿰고 있다는 사실에 내심 놀라면서 태연히 그녀의 명성을 운운했다. 매창의 입가에 미소가 떠나지 않았다. 말수가 적고 표정의 변화가 별로 없는 조용한 성품의 그녀로선 예외적인 일이었다. 그녀는 한껏 밝은 목소리로 밖에다 술상을 청했다.

"김제에서 부안까지 오는 길에 산천을 둘러보았는데 과묵한 땅, 조용한 동네이더구먼."

유희경은 화제를 바꾸었다. 남자 나이가 마흔여덟쯤 되면 스무 살 때처럼 마음에 드는 여자 앞에서 숨이 멎는 경우는 흔치 않다. 드문 경우이긴 하지만 거부하기 힘들만큼 매력적인 얼굴을 보았을 때는 이야기가 달라진다. 그냥 어여쁜 얼굴이 아니라 여러 겹의 매혹을 감춘 기품 있는 얼굴 앞에서 머릿속이 텅 비는 느낌이었다. 자신이 지켜온 원칙을 버리게 될지 모른다는 불안 때문인지 숨소리가 고르지 않았다.

"지평선이 보일 정도로 너른 평야가 펼쳐진 김제나 정읍만큼 넉넉하지는 않지요. 하지만 부안은 바다를 끼고 있어서 넘치지도 모자라지도 않는 살림을 나름대로 꾸려가고 있답니다. 그래서 다

틈도 별로 없고 세상일과도 일정한 거리를 두고 살아가지요."

부안은 바다에는 어물, 산에는 산나물, 들에는 곡식이 풍성해서 먹고살 걱정은 없는 땅이었다. 예부터 가문 땅이라 물 걱정은 하고 살았지만 양식은 풍부했다. 울창한 소나무와 향기가 빼어난 변란邊蘭, 만병통치약으로 쓰이는 꿀 변청邊淸은 삼변三邊으로 전국에 이름이 났다. 해풍을 쏘인 덕에 단단하고 좀이 슬지 않아 궁궐이나 배를 짓는 데 쓰이는 변산의 소나무는 변재邊材라 불리는 부안의 명물이다.

"바다를 끼고 있는 고장치고는 공기도 사람도 거칠지 않으니 그것 또한 별스럽지 않은가? 여러모로 다른 지방과는 사뭇 다르다네."

현감이 자기가 녹을 먹고 있는 고장을 자랑할 기회를 놓칠세라 옆에서 거들었다.

"김제야 이름난 곡창이니 재물도 많고 그만큼 탈도 많을 테지요. 여흥이야 산수가 다채로운 이곳 부안만 못하겠지만요. 대감이 부안에 현감으로 내려오신 후 안면에 광채가 나는 이유를 알겠습니다. 아니면 혹시 땅의 기운이 아니라 이 아리따운 여인덕분이 아니온지요?"

유희경은 난을 감상하듯 수석을 어루만지듯 소중한 것을 다루는 눈길로 매창을 건너다보았다. 기생을 노리개로 바라보는 사내들의 능글맞은 태도가 전혀 없었다. 거들먹대는 양반들을 예사로 무안 주는 매창이지만 유희경의 고아한 풍모와 어투에는 얼굴을 붉혔다. 도골선풍이라는 말이 아깝지 않았다. 좋은 풍모를 위해서는 값비싼 옷을 해 입을 것이 아니라 안색과 자세를 바르게 하라고 했다. 저런 표정과 품새라면 누더기를 걸쳐도 빛이 날 거라는 생각을 하며 매창은 그의 눈을 마주보았다. 처음부터 죽 그 자세였다. 한 사람이 말을 하고 다른 사람이 상대의 눈을 쏘아보며 심중을 헤아렸다. 바라본다기보다 눈에서 화살이 나와 상대의 동공에 꽂히는 형국이었다.

술상이 들어오자 두 사람을 흥미로이 관찰하던 현감이 눈길을 거두고 술잔을 채워주었다. 술상은 화려하지 않아도 손님의 젓가락이 갈 만한 반찬을 정성껏 마련한 마음이 느껴졌다. 너비아니와 몇 가지 나물반찬, 해초무침, 생선구이와 젓갈이 맛깔스러워 보였다.

"음식 장만하느라 고생했겠구나. 이 집의 너비아니는 언제 먹어도 별미일세. 그건 그렇고, 매창아! 뭘 하고 있느냐? 어서 너의 거문고 솜씨 한번 보여주지 않고서. 앞으로 술 따르는 일은 내가 맡을 테니 너는 거문고로 우리 두 사람 귀 호강이나 시켜다오."

유희경의 눈이 기대로 반짝였다. 매창의 움직임을 따라 시선을 옮겼다. 매창은 거문고를 들고 문 가까이로 자리를 옮겨 앉았다. 유희경은 그쪽으로 몸을 틀고 나서 술잔을 마저 비웠다. 매창은 왼손을 거문고 줄 위에 올려놓고 오른손으로 술대를 들었다. 고개를 들어 눈짓으로 현감에게 시작한다는 신호를 보냈다. 유희경과도 눈을 맞춘 뒤 잠시 그 눈 속에 자신의 눈이 머물게 했다. 그런 다음 술대에 시선을 고정시키고 술대를 앞으로 밀어냈다. 밀고 당기고 다시 밀어내고 끌어당겼다. 술대를 쥔 손놀림이 바람을 가르는 칼처럼 매서웠다. 그녀의 들숨과 날숨 사이로 거문고 소리가 드나들었다. 삼중주였다. 숨과 곡조가 하나로 엉켰다. 그녀의 몸과 거문고는 한 몸이었다.

현감은 술잔을 한 순배 더 돌렸다. 매창은 술대를 놓지 않았다. 유희경은 매창의 도도한 이마에 눈길을 붙박인 채 곡조에 귀를 열었다. 거문고 소리는 낮잠 자는 아이에게 부쳐주는 부채바람처럼 부드러워졌다. 대나무 숲을 드나드는 서늘한 바람결과 바람소리였다. 그 소리가 방 안을 가득 채우고 유희경 마음의 여러 갈래를 굽이치며 돌아다녔다. 높은 음은 낮은음을 끌어올리고 낮은 음은 높은 음의 가파른 기를 꺾어 넘실넘실 서로 소리의 길을 터주었다. 옆에서 수작을 거는 듯 높은 소리와 낮은 소리가, 들숨과 날숨이 저들끼리 장단을 주고받았다. 장다리꽃 빛깔의 옷소매가 현을 스치는 소리마저 배경음으로 그만이었다.

"오오, 이 일을 어찌할꼬. 으음."

유희경은 제정신이 아니었다. 북채로 머리를 얻어맞기라도 한 듯 멍한 표정이었다. 이윽고 그의 눈길이 매창의 이마에서 거문고 쪽으로 내려왔다. 자신이 갖고 있다는 걸 오랫동안 잊고 있었던 예민한 감각이 그의 내부에서 되살아났다. 작은 것을 알아보고 작은 것에 마음을 주는 섬세함. 모든 틈에서 풀이 자라고 모든 결에서 숨이 나온다는 것을 아는 감각이다. 오감의 속살 같은 것이었다. 만약 그런 것이 있다면 말이다. 그 감각이 난데없는 부끄러움을 이끌고 등장한 것은 속살처럼 남에게 쉽게 내보이면 안 되는 것이기 때문이리라.

'스무 살이라고 했던가. 저 어린 여인은 가슴에 무엇을 품고 있기에 세상의 깊은 시름을 알아버린 얼굴로 이토록 깊고 진한 곡을 가벼이 사뿐히 탄주할 줄 알까? 미색을 뽐내지도 않고 살가운 교태도 없이 담담히 저 홀로 우뚝 서 있구나. 제 속에 움튼 것들을 힘차게 밖으로 솟구치게 하는 저 힘을 당할 사내 몇이나 될까?'

유희경은 자신도 모르게 탄식 같은 깊은 숨을 내쉬었다. 수컷의 숨과 수컷의 피와 수컷의 땀이 그의 몸속에서 마구 몸을 뒤틀고 있었다. 매창은 술대 든 손을 멈추고 허리를 곧게 폈다. 몰아쉬는 가쁜 숨을 따라 앞가슴이 위로 솟았다가 내려왔다. 호흡을 가다듬고 나서 거문고를 무릎 아래 내려놓고 술상 앞으로 다가 앉았다. 숨을 한 번 길게 내뱉은 뒤 술잔을 입으로 가져갔다. 유희경은 술병을 손에 들고서 술잔 채워주는 것도 잊고 매창의 옆얼굴을 빤히 쳐다보았다.

"이보게 촌은, 그만 정신 차리게. 낯빛이 아주 허옇구먼."

"어어, 제가 그랬사옵니까? 민망합니다, 대감."

유희경은 숱진 수염을 쓸며 헛기침을 했다. 현감은 그의 무안해하는 얼굴을 손가락으로 가리키며 깔깔댔다. 두 사람은 장난꾸러기 애들처럼 걸림 없이 맘 놓고 유치해졌다.

"천하의 유희경도 매창 앞에서는 별 수 없구려. 열 명의 미녀가 눈앞에서 옷을 벗는다 해도 꿈쩍도 안 한다는 자네 아닌가. 그 수절이 오늘 절단 나는 걸 내 한번 보고 싶네. 그래야지, 모름지기 그래야 사내지. 사랑스러운 여인과 아름다운 곡조 앞에서 속이 울렁거리지 않는 사내가 어디 제대로 된 사낸가. 모르긴 해도 아마 자네의 정신이 홀랑 빠져나갔을 게야. 내가 알지. 어떤 선녀가 하늘에서 내려온다 한들 저런 거문고 소리를 낼 수 있겠는가? 이 동리 근방에서 저 소리에 심장을 떨어뜨린 인사들이 웬만한 산 하나는 이룰 걸세."

"제가 바쁜 한양살이 하느라 음악을 가까이 할 짬이 없었사옵니다. 오랜만에 귀한 거문고 소리를 듣다 잠시 정신을 놓았나

보옵니다. 너른 아량으로 딱하다 여겨주시오, 대감.”

“저를 앞에 앉혀놓고 이리들 놀리시면 손이 떨려서 더는 거문고를 타지 못하옵니다.”

두 사람의 대화를 매창이 가로막았다. 매창은 자신의 얘기보다 유희경의 얘기를 듣고 싶었다. 무슨 일을 하며, 무슨 생각을 하며, 무엇을 그리며 사는 사람인지 궁금했다. 만난 지 몇 시간 안 됐지만 그를 많이 알게 된 것 같은 느낌이 들었다. 그럴수록 더 알고 싶었다.

“아, 우리가 그랬는가? 그럼 얘기는 이제 그만 하고 내 술이나 한 잔 받게나.”

유희경은 서둘러 매창의 술잔을 채워주었다. 그녀는 두 손을 포개 공손히 술을 받았다. 유희경은 그녀가 술잔을 입술 가까이 가져가는 모습을 지켜보았다. 매창은 술을 한 모금 입안으로 흘려 넣은 다음 그의 눈길을 마주 바라보며 술잔을 내려놓았다. 눈길을 피하지 않는다는 건 상대의 눈이 말하고 있는 것을 받아들인다는 뜻이기도 하다.

“내가 처음 벗들과 떨어져 이 멀리 호남지방까지 내려왔을 때 얼마나 외롭게 지냈는지 아는가? 시를 나눌 벗이 있나, 웅숭깊은 대화를 할 사람이 있나, 술맛을 아는 친구가 있나, 그 모든 걸 이 매창이 한꺼번에 해결해주었다네. 내게는 더없이 고마운 사람이지."

　현감의 말에 세 사람은 무슨 뜻인지 충분히 알겠다는 듯 동시에 고개를 끄덕이며 미소를 주고받았다. 물설고 땅 설은 곳에서의 외로움은 부임하는 현감마다 하소연하는 고통이다.

　"과찬의 말씀이옵니다. 심심파적 삼아 한 곡 올리는 일을 그리 말씀하시니 부끄러워서 낯을 들 수가 없습니다. 대감의 방문을 기다리고 늘 감사한 마음을 갖는 사람은 오히려 저였사옵니다. 저의 짧은 문자속을 탓하지 않으시고 대화 상대로 삼아주시어 언제나 감읍해하고 있지요. 어느 누가 미천한 기생을 상대로 문자를 나누겠사옵니까?"

　현감은 매창의 말에 손사래를 치며 두 사람의 잔이 넘치게 술을 가득 채워주었다. 유희경이 잔을 받아들며 옆에서 한 마디 더 거들었다.

　"허허, 그대의 말은 내가 들어도 빈말일세. 이분이 어디 아무나 칭찬하는 분이신가? 입이 맵기로 소문난 분이지. 대감, 참으로 미쁜 일이옵니다. 저더러 꼭 한번 들르라 하신 말씀의 속뜻을 이제야 알겠습니다. 저는 지난번 부탁하신 친지의 장례 일을 도와준 것에 대한 답례인 줄로만 알았습니다. 이런 횡재가 기다리고 있다니 제가 도리어 큰 은혜를 입고 말았사옵니다. 진정 대감이 부럽습니다. 한양에도 이런 여인 하나만 있다면 저도 사는 일이 그리 팍팍하지만은 않을 터인데."

유희경은 서경덕 문하의 남언경에게 상례를 배운 덕분에 그 분야에서는 따라올 사람이 없을 정도로 정통했다. 한양의 내로라하는 사대부가는 물론 왕실에서도 누가 죽으면 제일 먼저 그를 불렀다. 그를 믿고 모든 일을 주관하도록 맡겼다. 양반이든 천민이든 시신을 염하고 장례절차를 도와주는 일로 생계를 이었다. 현감도 멀리 지방에 내려와 있어서 큰댁의 상례에 손을 보탤 수 없는 처지라 유희경에게 연통을 넣어 부탁을 한 것이다.

"한양이라. 한양에는 없는 것이 없다고들 하지만 진짜배기는 이런 곳에 박혀 있는 법이지. 자네도 괜히 한양에서 매창 같은 여인 만나리라는 큰 꿈은 꾸지 말게. 거문고 한 곡조 제대로 듣고 싶거들랑 부안으로 내려오면 되지 않겠나. 내 언제든 단단히 준비하고 기다림세. 나도 일이 고달픈 날은 발이 절로 이리로 향한다네. 저 거문고 소리만 들으면 세상 시름 다 잊게 되지. 어릴 때 어머니가 배 문질러주며 부르던 자장가 소리 같지 않은가?"

현감은 헌걸차게 웃으며 긴 대답을 했다. 매창은 두 사람을 향해 술잔을 살짝 들어 올려 인사를 하고 술을 마셨다. 정담과 술잔이 오가는 사이 어느새 어스름을 지나 밤이 되었다. 창호지 문에 마당의 매화나무와 산당화 그림자가 어른거렸다. 매창은 일어나 촛불을 밝혔다.

"거문고 연주에 보답도 할 겸 해서 모자란 재주나마 시 한 수 지어 올리겠사옵니다."

"어허, 이거 촌은이 절로 시심이 솟아나나 보구만. 어디 한번 들어봄세."

유희경은 소년처럼 부풀어 오른 기대가 가슴을 채우고 있음을 감추기 어려웠다. 다음에 일어날 장면들을 머릿속에 그려보았다. 앞에 놓인 술상도 거문고 연주도 두 뜨거움이 만날 미래의 그 순간 앞에서는 식은 밥에 불과했다. 의미란 그런 것이었다. 갈급한 의미 앞에서 느긋한 의미는 초라했다. 그녀가 그의 술잔에 술을 따르는 동안 그의 눈길은 그녀의 손끝에 달라붙어 떨어질 줄 몰랐다. 자신의 눈동자에서 끈끈한 진액이 흘러나와 그녀의 손을 친친 감는 상상을 했다. 유희경은 술을 한 모금 입에 넣고 입안을 적신 뒤 떨리는 목소리로 시를 한 수 읊었다.

일찍이 남쪽 땅의 계랑이라는 이름 들었는데
글재주와 노래 솜씨 한양까지 자자하네
오늘 만나 진면목 대하고 보니
선녀가 떨쳐입고 지상으로 내려온 듯하네

계랑은 매창의 어릴 때 이름인 계생의 애칭이다. 현감은 유희경이 한 구절 한 구절 외울 때마다 고개로 허공을 찔고 손바닥으로 무릎을 치며 장단을 맞추었다. 시를 다 읊고 나서 유희경은 어찌 들었냐고 물어보는 눈빛으로 매창을 쳐다보았다. 말없이 듣고만 있던 매창은 대답 대신 빙그레 웃었다. 의미 있는 표정으로 그를 잠깐 바라본 다음 목을 가다듬었다. 노래하듯 나지막한 목소리로 답시를 읊었다.

> 내게는 오래된 거문고 하나 있다오
> 한번 타면 온갖 정담 다루어 생기는데도
> 세상 사람들이 이 곡을 아는 이 없으나
> 임의 피리소리에 한번 맞춰보고 싶다오

유희경의 통소 솜씨가 보통이 아니라는 얘기를 듣고 빗대서 지었다. 통소 소리는 워낙 깊고 울림이 커서 용을 부른다는 말이 있을 정도다. 그가 부는 통소라면 남다를 것이었다.

"어이쿠, 내가 미안하게 됐네. 오늘은 미처 통소를 챙기지 못했네."

그 말을 하면서 유희경은 귀까지 붉어졌다. 자신을 향해 마음의 문을 조금씩 열어주는 여인을 앞에 둔 사내의 천진한 떨림이 그의 얼굴에 번져 있었다. 남자와 여자의 일, 음과 양의 이치는 끌림에 있다. 끌리고 당기고 합쳐지는 속에 생명의 기운이 샘솟는다. 현감은 뿌듯한 표정으로 두 사람을 번갈아 쳐다보았다.

"통소가 없어 아쉽지만 이번에는 내가 자네 시에 대한 답을 하면 어떤가?"

유희경은 흡사 물 만난 고기였다. 시심이 동해서 어쩔 줄 모르겠다는 듯이 제 속에서 용틀임하고 있는 시를 빨리 내보내고 싶어 안달이었다.

"어허, 이거 내가 복이 터졌네그려. 매창아! 참 재미지지 않느냐? 우리 세 사람이 이리 죽이 잘 맞을 줄은 몰랐다. 이러다가 큰일 나겠구나. 분위기가 점점 무르익어 뭐가 터져도 곧 터져버릴 것 같다. 그런데 내 가슴이 왜 이렇게 떨리는 것이냐?"

유희경은 현감의 말에도 아랑곳없이 매창의 얼굴을 아련한 눈길로 바라보며 한 마디 한 마디를 귓속말이라도 하듯 속삭이는 말투로 건넸다.

> 버게 신비의 미약이 있어
> 찡그린 얼굴도 고칠 수 있는데
> 금낭 속 깊이 간직한 이 약을 모두
> 사랑하는 그대에게 아낌없이 주리라

이보다 더 적극적인 고백이 또 있을까. 은근하지만 확실하게 자신의 감정을 담아냈다. 시를 듣던 현감이 손바닥을 세게 마주치며 큰 소리로 박수를 쳤다.

"시의 선경일세. 두 사람이 시를 주고받는 모습에 색기가 물씬 묻어나는군 그래. 진진하고도 물컹하구나. 초희왕과 무산 신녀는 아침에 구름이 되고 저녁에 비가 되어 사랑을 나눈다는 얘기가 있지 않나. 그들도 자네들만큼 끈끈하진 않을 것 같네."

매창은 현감의 잔을 채워주고자 술병을 들었으나 벌써 비어 있었다. 찬모를 불러 한 병 더 청하고 유희경에게 한양 얘기를 들려달라고 했다. 그가 어떤 사람인지 조금이라도 더 알고 싶었다. 한양이라는 말이 나오자 그의 표정이 굳었다.

"한양 얘기 들려줄 게 뭐가 있겠나. 이 궁색한 중노인을 보면 모르겠는가?"

이것이 유희경의 성정이었다. 자신의 부끄러운 점 때문에 비굴해지기보다는 아예 위악적인 모습으로 맞섰다. 비감스러운 자신의 처지를 그리 표현한 것이다. 마흔여덟의 나이에 홀몸으로 병든 노모를 모시고 살며 끼니만 겨우 이을 정도로 궁핍한 살림을 꾸려나갔다. 세상사와는 거리를 둔 채 시를 좋아하는 평민, 천민, 사대부 등 신분을 가리지 않고 어울리며 조용한 인생을 살아가고 있었다. 조용하지만 결코 조용할 수 없는 술잔 속의 태풍 같은 나날들이다. 매창은 그의 흔들리는 눈빛을 알아보고 얼른 자세를 바꾸었다.

"한양에 돌아다니는 나으리들의 시는 저 같은 시골여자가 탐하기엔 아깝다는 말처럼 들리옵니다. 제 귀가 그리 어둡지는 않사옵니다."

"무슨 그런 말을 하는가. 자네와의 귀한 시간을 그런 허튼 소리들로 허비하고 싶지 않다는 뜻일세."

유희경은 목소리를 고르며 자신을 변명하고자 했다. 그의 목소리에는 숨길 수 없는 비탄이 묻어났다. 복사꽃처럼 달아오르던 얼굴색도 차갑게 식었다. 현실을 환기시키는 말 한두 마디에 그토록 못 견뎌하다니 아픔이 깊은 사람이었다.

"그러하오면 그 얘긴 그만 두고 거문고 한 곡조 더 올리겠사옵니다."

"고마우이. 사내로 하여금 오르지도 못하면서 위만 바라보고 살도록 하는 곳이 한양 땅이라네. 그곳 얘기가 뭐 궁금할 게 있겠나? 오늘밤은 술이나 마시며 음악이나 즐기세. 가난하고 외로운 사내에게 던지는 덕담 한마디 같은 곡으로 부탁하네."

아픔이 아픔을 알아보고, 사랑이 사랑을 알아보고, 모자람이 모자람을 알아보는 법이다. 그 순간 매창은 유희경이 자신과 닮은꼴의 영혼을 가졌음을 알아차렸다. 재능과 이상이 자신을 지배하지만 뜻을 제대로 펼 수 없는 현실에 대한 분노와 좌절을 시와 음악으로 잠재우려는 것이다. 애이불비, 슬퍼하되 비탄에 빠지지는 말지어다. 이번에는 매창이 거문고를 타면서 곡조에 맞춰 노래를 불렀다.

꽃 아래서 한 항아리 술독을 놓고 홀로 마신다.
잔 들자 이윽고 달이 떠올라 그림자 따라 세 사람일세
달이 술을 마실 줄 모르고
달빛에 비친 내 그림자도 달과 나를 따라 다니며
함께 즐기는 이 좋은 밤이여!
내가 노래하면 달도 함께 거니는 듯,
내가 춤을 추면 그림자도 따라 함께 즐기네.
세상일이란 취하면 모두 흔적이 없는 것.
길이 이 정을 맺어 오늘 은하에서 다시 만나리.

이 노래는 유희경의 고백에 대한 답시였다. 나지막하지만 또렷한 긍정과 환대의 언사였다. 노래가 끝나자 현감이 매창에게 술잔을 권하며 혀를 찼다.

"이백의 시도 네 노래로 들으니 그 맛이 더욱 깊고 향기롭구나. 이백이 자다가 벌떡 일어나 술잔 들고 나설 것 같다. 흠을 잡고자 해도 너한테선 흉 될 것을 찾아낼 수가 없구나. 나도 술 마신 김에 시 한 수 읊으려 했더니 네 노래가 내 시를 대신해버렸다.”

현감은 이백의 시를 몹시 좋아했다. 매창은 그를 위해 이백의 시 두어 편을 외워두었다가 이따금 그가 찾아오면 노래로 불러주곤 했다. 유희경은 더 보탤 말이 없다는 듯 매창의 매무새만 바라보고 앉아 있었다. 어쩐 일인지 술도 별로 탐하지 않고 가만히 앉아 고개를 끄덕이다가 눈을 껌벅거리다가 가끔 웃기만 했다. 밤은 더 깊어지고 만남의 맛과 향도 더욱 무르익었다. 첫 만남의 긴장과 기대와 호기심이 서로의 시심에 불을 붙였다. 세 사람의 숨소리와 침 삼키는 소리가 거문고 소리에 섞여 방 안을 떠다녔다. 방 안에 시주詩酒의 흥이 넘쳐흘렀다.

매창은 발바닥에 고인 힘까지 끌어올려 손가락을 놀렸다. 대현과 유현을 넘나드는 식지와 장지에 팽팽히 들어가 있는 긴장 때문에 숨이 멎는 듯했다. 몸 구석구석이 신명으로 팽팽히 조여졌다. 요즘 들어 이렇게 평안하고 부드럽게 손가락을 놀려 거문고를 타본 적이 없었다. 자신이 거문고를 타는 것이 아니라 거문고가 자신의 손과 더불어 절로 움직이는 것만 같았다. 유희경은 눈을 감았다 떴다. 시선을 허공에 던졌다가 매창의 손가락 아래서 떨고 있는 거문고 줄을 물끄러미 바라보았다. 참았던 숨을 뻗고는 고개를 들어 천장 아래 허공을 글자라도 새기듯 노려보았다. 공연히 술잔을 들어 허공을 긋는다. 몸의 모든 기운이 가락에 맞춰 함께 흔들렸다.

'곡조의 흔들림을 몸으로 느끼는 사람이야. 몸이 마음을 밖으로 데리고 나와 이리도 차지게 움직일 줄 아는구나. 곡조에 묻힌 이 시간의 숨결을 몸 전체로 받아내고 있어.'

매창은 유희경의 눈길을 붙들려는 듯 더욱 가파른 곡조를 뿜어낸다. 노래를 하는 긴 목울대에 힘줄이 돋았다. 그는 그 모습을 애처롭게 바라본다. 빨라진 그녀의 손놀림을 따라 그도 어깨를 떨며 깊은 숨을 내쉬었다. 매창의 열 손가락이 거문고 위에서 뿜어내는 아우성과 비명과 환호와 웃음소리를 들었다. 곡조와 곡조 사이사이에 밴 세상의 소리까지 다 듣고 있었다. 과장되게 찬사를 늘어놓지도 않고 수선스럽게 이 곡 저 곡 청하지도 않으면서 곡의 모든 마디를 놓치지 않았다. 앉은 자세, 손짓과 고갯짓 하나에도 평생 자신의 정신과 육체를 단련한 사람이 지닌 지조와 기품이 묻어났다. 다름. 한 사람이 다른 사람을 발견하는 순간은 다름을 보았을 때이다. 세상과 다르고 나와 다른 그 지점에 눈길이 멎는다.

'진정 사내로고. 자신을 스스로 높일 줄 아는 진정 사내야.'

매창은 그와 눈이 마주칠 때면 속으로 되뇌곤 하였다. 술자리에서 헛되이 권세를 앞세워 덜 삭은 사내다움을 과시하는 여느 남정네와는 달라도 한참 달랐다. 숱한 남자들 앞에서 거문고를 타고 술을 따르며 살아온 매창이었지만 진정 자신의 혼을 건드린 남정네는 만나보지 못했다.

"촌은, 그리고 매창아, 이대로 시간이 멈추어도 좋을 것 같지 않느냐? 밤만 있는 세상이라면 어떨까? 지금보다 훨씬 평안할 것이야. 당파싸움도 거짓과 권모술수도, 어떤 패악과 악덕도 모두 낮의 일이니 말이다."

현감의 호호탕탕한 성품도 밤이 되니 눅어졌다. 거문고 소리에 눌린 탓일까. 특유의 호기로움은 거두어지고 어깨에 힘을 뺀 느긋함이 그 자리를 차지했다.

"지금 저에게는 그런 일은 생각조차 나질 않사옵니다. 낮의 일은 저는 모릅니다. 대감도 복잡한 세상일 따윈 잊으시옵소서. 매창의 가락에다 심사를 내려놓으시지요."

현감이야 어떻든 유희경은 오직 매창에게만 마음이 가 있었다. 다정하고 열띤 눈길을 매창에게 보낸다. 자신을 세상에 내세울 줄 아는 사람은 죽일 줄도 아는 법이라고 그 눈빛이 일러준다. 사내는 자신의 사내다움을 뽐내고 싶어 하고 여자는 자신의 여자다움을 뽐내고 싶어 하는 것이 연모하는 자들의 일이라지만 두 사람은 그 과정조차 필요 없었다. 어느 결에 서로에게 조용히 그러나 간절히 스며들고 있었다.

"촌은의 말이 맞네. 내가 쓸데없는 얘길 하고 말았구먼. 매창아, 네 거문고 소리에 밤이 깊어가는 줄도 모르겠구나. 이리 와서 내 술 한 잔 받고 잠시 쉬었다 타거라."

매창은 거문고를 내려놓고 술상 가까이 다가앉았다. 그녀는 붓글씨를 쓰거나 달을 바라보며 보냈던 밤들을 생각한다. 시간이 무엇이더냐. 비어 있는 시간은 홀로 충만하지만 남과 더불어 채워진 시간은 저절로 생동한다.

"매창아! 내 너와 네 곡조에 의탁해 긴긴 밤 흘려보내도 괜찮겠느냐? 이렇게 속절없이 밤이 깊어 가는데 이제 너에게 말을 놓아도 좋지 않겠나 싶다. 나는 우리가 그만큼은 가까워졌다고 느끼는데 너는 어떠하냐?"

유희경이 아까와는 달리 격 없는 하대로 말을 건넸다. 어느 결에 매창 곁으로 성큼 다가선 마음을 표현하는 그의 방식이었다. 매창은 팔을 뻗어 유희경이 따라주는 술잔을 받았다.

"초라한 솜씨 그리 보아주시니 황송할 따름입니다. 거문고 소리는 본시 저의 것이 아니라 나으리들 것이지요. 그리고 말씀은 대감 편하신 대로 하시어요. 저는 다 괜찮습니다."

"너의 거문고가 어찌 너의 소리가 아니냐? 듣는 사람의 기쁨이야 타는 사람에 비하면 절반뿐이지. 공연한 겸사는 그만두고

어서 술잔이나 기울이자."

매창의 거문고 솜씨를 아끼는 현감이 반박하고 나섰다. 밤은 더디게 흘렀다. 유희경은 밤이 깊어지기를 기다리는 이 시간이 무겁고 갑갑했다. 술잔 부딪치는 소리, 농담 사이로 흐르는 웃음, 남자와 여자가 나누는 흐드러진 말들, 모든 소리를 흡수하는 거문고 소리. 그것들이 정지하는 찰나의 순간 그는 자신의 가슴속에서 터지는 거대한 폭발음을 들었다. 그때 그의 귀는 멀어 방 안의 소음은 들리지 않았다. 가슴속 소리가 바깥의 소요를 덮어버렸다. 온 세상은 그들 뒤로, 어둠의 반대편으로 지나가고 있는 듯했다. 그녀에게 하고 싶은 말, 그녀를 사로잡을 말이 서로 먼저 나오려고 싸우느라 그의 목울대가 꿈틀거렸다. 매창은 고개를 옆으로 돌리고 술잔을 입술에 갖다 댄다. 입안에 머금은 술을 혀로 놀려 맛을 음미한 뒤 목으로 넘긴다.

"허허, 이거 나는 윗목의 고구마 퉁가리 같은 신세가 됐네그려. 자네 둘은 마치 몇십 년 지기나 된 듯 얘기면 얘기, 정이면 정, 이리 척척 들어맞는 것을."

현감은 술보다 두 사람이 하는 양을 바라보는 일이 더 즐겁다는 듯 껄껄껄 웃었다. 특히 매창에게 푹 빠져 멍청한 얼굴로 히죽거리는 유희경을 보고 있자니 절로 웃음이 나왔다. 점잖기로 유명한 유희경의 다른 일면을 발견한 것이 흥미진진하다는 표정이다.

"제가 오늘은 대감과 얘기할 시간이 별로 없을 듯싶사옵니다. 오늘 하루만 용서해주시지요. 중매쟁이 노릇에는 그 역할도 포함되어 있는 것 아니옵니까?"

"이거 숫제 대놓고 찬밥 취급이군. 그래 아무려면 어떤가. 오늘은 무엇을 해도 무슨 말을 해도 다 기분 좋을 것이니 아무 염려 말고 자네의 진정이 시키는 일에 성심을 다하시게."

"그렇게 말씀해주니 고맙사옵니다. 그럼 오늘밤 이곳에서 일어난 일은 무엇이나 다 면책이 된다는 뜻인 줄 믿겠습니다."

"오늘밤 이 자리의 주인은 자네와 매창일세. 그것 말고 무슨 다른 말이 더 필요한가?"

유희경은 현감을 향해 두 손을 모아서 감사의 뜻을 표했다. 그러고는 바로 매창을 돌아보았다. 얼굴에 미소를 띤 채 두 사람의 대화를 듣고 있던 매창은 유희경의 시선을 받자 흠칫 놀라는 표정을 짓는다. 유희경이 무슨 말을 하든 바로 그녀에게로 달려가 박혔다.

"매창아, 너한테 이곳 부안 소식이나 들어야겠다. 밤이 새도록 아무 얘기나 좀 들려다오."

우리들의 이야기는 이제부터 시작이라는 유희경의 말에 매창은 자기도 모르게 긴 숨을 내뱉었다. 기다리던 일이 이루어졌을 때 내쉬는 안도의 숨이었다.

"그래라. 내 너에게 그 역할을 맡기고자 촌은 대감을 이리 모시고 온 것이니라."

"원하신다면 그러고 말고요. 우선 술 한 잔으로 목을 축인 다음에 무슨 얘기든 들려드릴 터이니 잠시만 기다리시어요. 오늘은 술맛이 왜 이리 달디 단지 모르겠습니다."

술의 맛은 자리마다 더불어 마시는 사람마다 다르다는 사실을 그녀만큼 잘 아는 사람도 드물다. 시나 읊으며 적요한 시간 보내고 싶은 날 하룻밤에 몇 번씩 내키지 않는 술잔을 받다 보면 공연히 서글퍼지곤 하였다. 그것이 거부할 수 없는 자신의 일이라는 사실이 더 슬펐다. 오늘은 술이 본디 그러하도록 되어 있듯이 술술술 넘어갔다.

"그럼 이제 네 거문고 소리도 더욱 달겠구나."

유희경이 웃음 가득한 얼굴로 농담을 했다. 두 사람의 대화에 끼어들 틈을 노리던 현감이 말허리를 자르고 나섰다.

"허허, 나더러 일찍 자리를 뜨라는 소리를 그렇게들 하는구면. 알았네. 내 그렇지 않아도 금방 일어서려던 참이었네. 내가 오늘 손님 대접 한번 제대로 하네그려. 그런데 내가 아끼는 여인을 빼앗기고도 기분이 좋으니 무슨 조화 속인지 모르겠네. 기이하군, 기이해. 매창이 네가 너무 아까워서 겨우 손만 잡고 아겨두었는데 촌은에게 통째로 뺏기게 생겼구나. 세상 모든 만물, 더욱이 사람 인연에는 임자가 따로 있는 법이라 하더니 그 말에 내가 당할 줄이야. 이제나저제나 기다리던 나는 닭 쫓던 개가 되고 말았다."

현감은 짐짓 시샘하는 목소리로 불평을 했다. 곧 두루마기를 집어들 기세였다.

"대감 그런 말씀 마시고 좀 더 노시다 가시어요. 어차피 가셔도 할 일도 없으시다는 걸 제가 다 압니다. 초저녁잠도 없어 늦게 잠자리에 드신다는 분이 왜 마음에 없는 말씀을 하시어요? 좋아하시는 너비아니도 많이 안 드셨잖아요."

"너야말로 마음에 없는 소리 하지도 말아라. 내가 너의 속을 벌써 읽었느니라."

매창이 얼굴을 붉히며 어떤 표정을 지어야 할지 몰라 눈만 깜빡였다. 시간이 흐를수록 밤이 깊어질수록 그녀에게서 풍기는 여인의 향취는 더욱 깊고 오묘해졌다.

"뭘 그리 놀라느냐? 허허, 아니다. 농담이다. 어쩐 일인지 오늘은 좀 고단하구나. 이보게 촌은, 오늘밤은 두 사람이 즐거이 보내고 훗날 뒷얘기나 들려주시게."

현감은 받아놓은 술잔을 비우고 자리에서 일어났다. 그는 욕심 많고 불뚝 성질은 있지만 도량이 넓고 눈치가 빠른 사람이다. 매창에게는 오라비 같고 부모와 다름없는 존재였다. 매창은 댓돌에 내려서는 그를 따라가 신발을 돌려 놓아주었다. 따라 내려서는 매창을 현감은 안으로 밀면서 손사래를 쳤다. 매창은 문 쪽으로 걸어가는 그의 뒷모습을 눈으로 배웅했다. 그는 어서 들어가라고 뒤돌아서 손을 내저으며 문을 벗어났다.

# 벼락처럼 만나고 번개처럼 헤어지다

유희경은 술상을 문 가까이 밀어놓고 매창이 들어오기를 기다렸다. 보료 위에 다리를 뻗은 채 편안한 자세였다. 장침 위에 한 팔을 괴고 매창을 향해 아까와는 다른, 탐나는 여인을 앞에 둔 사내의 웃음을 짓고 있었다. 갓도 벗어두었다. 매창은 거문고를 윗목 벽에 세워두고 그의 무릎 가까이로 다가와 앉았다. 그에게서 옅은 땀 냄새가 났다. 매창은 숨을 한번 들이마셨다. 그의 몸이 뿜어내는 갈망이 반가우면서도 두려웠다. 유희경이 손을 뻗어 매창의 손을 잡았다. 긴 손가락이 거죽은 매끄러워 보이는데 막상 잡아보니 까칠하고 손가락 끝마다 굳은살이 딱딱하게 만져졌다.

"여린 살에 얼마나 거문고 줄을 많이 뜯었으면 손이 이 지경일꼬."

스무 살에 벌써 세상살이의 고달픔 한복판에 서 있다니. 그녀
보다 두 배 넘게 세상을 산 유희경은 애잔한 마음에 그녀의 손
을 꼭 쥐었다. 그는 자신의 저고리 고름을 풀고 그녀의 손을 맨
가슴에 가만히 갖다 댔다. 이 손을 붙들고 오래 놓아주고 싶지
않았다. 매창은 맑고 여리게 열린 그의 눈을 바라보았다. 두 눈
동자에서 순도 높은 갈망이 다독여지고 있었다. 그녀 눈앞에서
흔들리고 있는 것은 사십팔 년 동안 지켜온 남자의 정조였다.

"이대로 잠들기 아깝구나. 너와 함께 있는 동안은 한 시간이
라도 귀히 값지게 보내고 싶다. 한순간도 놓치고 싶지 않아. 이
리 오너라. 좀 더 가까이. 더 가까이."

현감이 돌아간 뒤 유희경은 스승의 감시를 벗어난 학동처럼
장난스럽게 스스럼없이 매창을 대했다. 그는 덫을 쳐놓고 기다
리는 사냥꾼인 양 그녀의 표정을 살펴보았다. 그녀는 약하지만
위험한 힘으로 가득 차 있었다. 그녀에게 닿기만 하면 무엇이
든 삼켜버릴 것 같았다. 그녀는 자신이 가진 힘을 부릴 줄도 알
았다.

"좋구나. 참 좋구나."

그는 생각을 하거나 느낄 겨를 없이 그녀에게 빨려들었다. 그
의 떨리는 눈빛은 그녀에게 붙박여 있었다. 꽃봉오리 속으로 들
어온 나비를 삼켜버리듯 그녀는 그를 사로잡고 놓아주지 않았

다. 그는 매창의 손을 자신의 품에서 꺼내고 윗몸을 일으켜 바로 앉았다.

"달구경하지 않으련?"

그는 과감히 앞으로 나가지 못하고 격정의 속도를 늦추었다. 육체의 문을 여는 법을 모르는 사람처럼 행동했다. 대답으로 매창은 그의 손을 붙잡고 자리에서 일어섰다. 그는 매창의 손을 잡은 채 마루로 나왔다. 풀어헤친 저고리 사이로 시원한 바람이 들어왔다. 이틀쯤 모자라는 보름달이 세상을 넉넉히 비추고 있었다. 매창은 잘 부푼 달에 가득 차오른 관능을 보았다. 유희경이 지금 달에서 찾고 있는 것도 그것임을 안다. 그는 반질반질하게 길이 든 마루턱에 걸터앉아 달빛이 섞인 옅은 어둠과 매창의 얼굴을 번갈아 바라보았다. 초봄의 한밤중 날씨는 쌀쌀했다. 그는 팔을 뻗어 매창의 어깨를 감쌌다. 달빛에 드러난 매창의 얼굴은 아직 봉오리를 터뜨리지 않은 매화 같았다. 둥글고 부드러운 얼굴선에 나지막한 콧날, 갸름하고 얄따란 입술. 눈이 번쩍 뜨일 미인은 아니지만 설 핀 꽃처럼 아슴아슴한 향기를 머금고 있었다. 입을 열어 말할 때의 나지막한 말투와 상대의 눈을 깊이 들여다보는 집중된 시선. 유희경은 마치 책을 읽듯 매창의 표정을 읽었다.

"너와 함께 바라보니 달빛도 더욱 아름답구나. 한양에서도 종종 마루에 나와 달을 보곤 했다. 어둡고 긴 밤을 비추는 달빛은 나에겐 언제나 서글프고 멀기만 한 꿈과 같다."

"한밤중에 혼자 보는 달을 포근하고 편안하게 느끼는 사람이 몇이나 되겠습니까? 오늘은 저 달이 저렇게 다정히 한밤의 어둠을 비추고 발 앞을 밝혀주지만, 어느 날은 아주 매섭게 저를 노려본답니다. 심장에 꽂히는 화살처럼."

매창은 마루에 나와 홀로 올려다보던 달빛을 얘기했다. 유희경의 귀에는 시린 초승달도, 칼로 반을 베어낸 듯 인색한 반달도 그녀의 입에서 말해지니 곱게만 들렸다. 그녀가 무엇을 말하든 곁에 있는 사람의 마음을 녹이는 따사로움이 묻어났다. 아무것도 아닌 얘기도 그녀의 입을 통과하면 신선하고 별스러운 얘기가 되었다.

"제가 달빛에 어울리는 노래를 한 곡조 타보겠습니다."

매창은 방으로 들어가 거문고를 가져다가 무릎에 올려놓았다. 달빛이 그녀의 이마를 비추었다. 그녀는 손가락을 현 위에 올려놓고 지긋이 거문고를 내려다보았다. 손가락은 움직이지 않았다. 매창 앞에 앉은 유희경은 채근하지 않고 기다렸다.

"아무 생각도 아니 나옵니다. 머릿속이 텅 비어서 아무것도 생각나지 않사옵니다."

"오늘은 이만 하자. 들은 바와 진배없다."

유희경은 둘 사이에 가로놓인 거문고를 들어서 제자리에 갖다놓았다. 따라 들어와 다소곳이 앉은 매창에게 다가와 뒤에서 어깨를 가만히 끌어안았다. 매창은 어깨와 등으로 그의 심장 뛰는 소리를 들었다. 땀구멍에서 새어나오는 낮은 떨림도 전해졌다. 유희경은 턱을 그녀의 정수리에 올려놓고 숨을 몰아쉬더니 팔을 풀고 앞으로 와서 앉았다. 그녀의 눈을 들여다보았다. 동공에는 불안과 호기심과 기대가 비슷한 비율로 도사리고 있었다. 그녀는 어깨를 들었다 내려놓으며 호흡을 가다듬었다. 유희경은 천천히 그녀의 저고리 고름을 풀었다. 저고리 틈새로 속살이 보였다. 그는 거기에 얼굴을 묻었다. 그의 숨소리가 거칠어지더니 급히 저고리를 벗기고 가슴을 동여맨 치마말기를 풀었다. 옷에 가려졌던 매창의 몸이 드러났다. 그녀는 좁다랗고 야윈 어깨를 웅크렸다. 유희경이 그녀의 상체를 끌어당겨 그의 무릎 위에 눕혔다. 넓적한 두 손으로 뒷목과 등을 오래오래 쓸었다. 그의 손바닥에서 맥동이 전해졌다. 그는 자신의 뺨을 그녀의 가녀린 등 위에 갖다 댔다.

유희경은 매창의 몸을 일으켜 침소로 이끌었다. 매창은 새로 시친 홍화색 비단 이부자리를 펴고 같은 색 베개를 바로 놓았다. 그녀가 좋아하는 색이다. 유희경은 매창의 남은 옷을 마저 벗기고 자리에 눕혔다. 그녀의 몸을 머리끝부터 발끝까지 찬찬히 뜨어보았다. 숨을 한번 크게 몰아쉰 뒤 자신도 그 옆에 누웠다. 몸을 옆으로 세우고 누워 매창의 얼굴을 들여다보았다. 어깨와 옆구리, 배와 엉덩이, 다리와 발이 서로 스치며 닿았다. 몸이 닿을 때마다 숨소리와 살이 뒤섞이며 꿈틀거렸다. 매창은 눈을 감은 채 손을 뻗어 유희경의 손을 꼭 잡았다.

'가엾은 사람.'

유희경은 그녀의 손을 자신의 품속으로 가져갔다. 그의 거센 심장박동이 매창의 손바닥을 울렸다. 그녀는 그의 가슴살을 움켜쥐려 했다. 그가 먼저 매창의 두 손을 그러잡고 그녀를 끌어안았다. 거친 숨소리와 함께 몰려오는 격렬한 흥분 속에서 두 사람의 몸이 일시에 엉켰다. 둘은 서로의 몸속으로 들어가려 기를 썼다. 겨울잠을 끝내고 첫 교미를 하는 뱀처럼 차가운 몸으로 뜨겁게 서로를 파고들었다. 새로 맞은 봄보다 서로의 몸이 더욱 절실했다.

파정의 순간 그가 신음처럼 내뱉었다.

"열정의 꼭대기에서 내려오고 싶지 않구나."

몸의 불은 꺼지지 않고 두 사람은 두 번 세 번 절정에 가 닿았다. 이렇게 끝낼 수는 없다는 듯이 좀체 열기가 식지 않았다. 몸속의 물이란 물은 다 빠져나간 뒤 둘은 솜처럼 가벼워진 몸을 서로에게 내려놓았다.

"당신이군요. 오, 당신이 매창이에게로 왔군요."

매창은 뜨거운 숨과 함께 비명 같은 말을 쏟아냈다. 자신의 가슴속에서 일어나는 불길을 믿을 수 없었다. 어떤 것을 향해, 어떤 사람을 향해 이토록 열렬한 갈망을 느꼈던 적이 있었던가. 열다섯 순결을 바친 부사를 향한 감정은 첫정의 아릿한 아픔이 었다. 그 후로 만나왔던 남자들도 잡을 수 없는 것을 향한 헛손 질 같은 것이었다. 거기에 생각이 미치자 매창은 고개를 젓고 눈을 꾹 감았다. 매창은 울다 지친 아이처럼 이내 잠에 빠졌다. 이따금 앓는 듯 흐느끼듯 신음소리를 냈다.

그날 밤 두 사람은 밤새 서로를 쫓아다녔다. 둘 다 유능한 사 냥꾼이었다. 잡으려 한 대상을 놓치지 않는 투지를 타고났다. 누가 사냥꾼이고 누가 포획물인지 구분이 안 가는, 서로가 잡고 잡히는 묘한 사냥이었다. 기다림이 길었던 사냥꾼들의 사냥은 성공적으로 끝났다.


"부안에는 얼마나 계시옵니까?"

아침밥을 먹으며 그녀가 물었다

"글쎄다. 사나흘 정도?"

그의 대답이 끝을 맺기도 전에 그녀의 얼굴빛이 어두워졌다. 그녀는 입술을 앙다물었다. 그는 마저 한 마디 덧붙였다.

"하지만 딱히 귀경을 서둘러야 할 일은 없지."

그녀는 숨을 참고 있는 것처럼 느릿느릿 그의 얼굴을 정면으로 바라보았다. 그녀의 눈동자는 그에 대한 조바심과 애틋함으로 촉촉이 젖어 있었다. 그도 그녀가 느끼는 것을 그대로 느꼈다. 서로 꼼짝없이 마주보고 있는 이 형국이 자신의 운명을 마음껏 휘저으리라는 것을 알고 있었지만 거부하고 싶지 않았다. 오히려 흥분에 휩싸여 기다렸다. 이 감정이 상대방을 끌어들이는 자력으로 작용하리라는 것도 알고 있었다. 그는 그녀의 기름한 눈이 자신을 향해 활짝 열리고 있는 것을 보았다. 그 뜨겁고 간절한 눈동자 속에 자신이 담겨 있는 것도 보았다. 그 뜨거움은 쇠처럼 단단하지만 곧 차갑게 식을 냉정함도 갖고 있었다. 그것은 그녀가 끌어안고 살아왔던 얼음덩이 같은 슬픔이었다. 그는 그 얼음을 두 손으로 쥐겠노라고 결심했다. 유희경은 수저를 밥상 위에 내려놓고 일어나 밥상을 문 앞으로 가져다두었다.

"매창아, 가까이 오너라. 더 가까이. 이보다 더 가까이 다가설 수는 없는 것이냐?"

그는 아무리 그녀가 다가들어도 성에 차지 않는지 좀 더 가까이 오라고 재촉했다. 밤새 수척해진 매창의 얼굴을 보자 그의 피는 아까부터 다시 끓었다. 어젯밤 절정에 이를 때 자신을 부르며 몇 번이나 뜨거운 김을 뿜어내던 그녀의 입이 바로 코앞에 있었

다. 단침이 가득한 부드러운 입속을 떠올렸다. 입을 맞추는 동안
에도 똑바로 뜨고 자신을 바라보던 그녀의 눈동자엔 열정 대신
버림받은 짐승의 애처로움이 담겨 있었다. 그 눈을 보자 그는 더
욱 달아올랐다. 흥분으로 부드러워진 매창의 살결과 숨결이 그
를 감쌌다.

"이 순간만 생각하자. 오직 이 순간만."

그는 매창의 저고리를 벗기고 그녀의 젖가슴에 자신의 얼굴
을 묻었다. 그대로 그녀를 끌어안고 한참 움직이지 않았다. 매
창은 그의 몸과 마음 안에서 일어나는 모든 과정을 손바닥 안의
일처럼 고스란히 감지했다. 아울러 자신의 몸에서 일어나는 변
화를 주시했다. 그의 손이 닿은 살갗은 단단해졌고 혈관으로는
그의 말들이 돌아다녔다. 그의 피와 그녀의 피가 섞여 흐르듯
피는 마구 소용돌이 쳤다. 서로의 존재가 몸에서 충돌하고 섞이
고 화해했다.

'이것이 몸의 일이구나. 사랑은 마음이 시키는 몸의 일이구나.'

유희경은 애초에 세웠던 계획을 잊었다. 매창이 있는 부안을
바로 떠날 수가 없었다. 돌아가 마주칠 한양의 어지러운 정세
도 그를 이곳에 붙들어둔 이유 중 하나였다. 목숨을 버티고 사
는 일 앞에서 갈수록 무력한 자신의 처지가 한탄스러웠다. 그
건 진실이 아니다. 다만 변명일 뿐이다. 지금 그에게는 오직 매

창밖에 없었다. 매창의 눈으로 세상을 보고 매창의 손으로 세상을 만졌다. 매창이라는 여인에게 자신의 목이라도 매달고 싶은 심정이었다. 사랑을 나누는 동안에도 유희경은 열음悅吟과 함께 시를 토해냈다.

> 복사꽃 붉고 고운 짧은 봄이라
> 고운 얼굴에 주름지면 고치기 어렵다오
> 신녀라도 독수공방은 견디기 어려우니
> 무산의 운우지정 자주 버리네

유희경 앞에 선 매창은 누구에게도 보여준 적 없는 철부지 여자의 모습이었다. 떼를 쓰기도 하고, 수줍게 심중의 말을 내놓았다가 금세 거둬들이고, 겁 없이 큰 용기를 내기도 했다. 단호히 자신의 의견을 말할 때는 조금도 주저함이 없었다. 그러기에 많은 사람들의 시선을 받으며 내소사에도 다녀올 수 있었다. 그런 점에선 유희경도 다르지 않았다.

"내가 미친 것이 분명하다. 내가 나 같지가 않구나. 내가 이런 사람이었다니."

유희경은 '내가'로 시작하는 문장을 수시로 뱉어냈다. 새로이 드러난 자신의 진면목 앞에서 스스로도 놀라고 있었다. 평생 예의와 법도에 몸을 바친 그였지만 매창 앞에서는 아무것도 중요하지 않았고 두렵지 않았다. 매창 말고는 보이는 게 없었다. 둘만의 세상에 머무는 것에 아무 불만도 없었다. 지금 함께 보내는 이 시간은 여태껏 그들이 가졌던 어떤 행복과도 비교할 수 없는 특별한 것이었다. 귀하고도 중했다. 매창은 유희경 앞에서라면 화내고 투정부리는 것도 부끄럽지 않았다. 철없음이 오히려 가난한 마음을 따스하게 감싸주었다.

유희경이 부안에 머무는 동안 매창은 객점의 문을 닫았다. 나중에 감당할 일 같은 건 알 바 아니었다. 그와 잠시도 떨어지지 않고 함께 지냈다. 그것만이 지금 그녀가 일심을 바칠 일이었다. 그를 위해 거문고를 켰고 술을 따랐고 노래를 불렀고 뒷마당을 거닐었다. 그리고 그 모든 순간을 시로 적었다. 마음이 다하지 못한 말, 몸이 다 바치지 못한 연정은 시에서 마지막 불꽃을 피워 올렸다.

"제가 무척 따르는 언니가 하나 있어요. 같이 만나러 가지 않을래요? 곰소 바닷가에서 염전을 하는데 혼자 고생이 많을 거예요. 가서 안부도 묻고, 당신 얼굴도 보여주고 싶어요."

매창이가 말하는 언니는 애월이라는 선배 기생이다. 언니라고 부르기엔 나이가 많았다. 마흔이 넘었으니 엄마뻘이다. 매창은 기쁜 일이 있을 때나 속상한 일이 있을 때 찾아가서 밥을 얻어먹고 오곤 했다. 애월의 음식 솜씨는 근방에 소문이 자자할 정도로 뛰어났다. 맛난 음식 만들어서 남 먹이는 게 낙이었다. 유희경은 매창과 가까이 지내는 언니가 어떤 사람인지 궁금하기도 하고 나들이도 하고 싶어서 그러마고 했다.

바깥세상은 봄날의 짙어가는 신록 냄새로 그득했다. 박달나무의 애기손톱 같은 이파리가 햇빛에 윤기를 내며 팔랑거렸다. 노간주나무의 바늘잎도 봄기운 앞에서는 날이 서지 않고 보들보들했다. 여리고 비릿한 냄새가 감각의 구멍을 크게 벌렸다. 나무도 꽃도 시냇물도 같은 박자로 매창과 더불어 숨을 쉬었다. 꽃이 봉오리를 벌리는 소리가 들리고 나비가 날개를 퍼덕이는 기척을 알아차릴 만큼 오감이 활짝 열렸다. 그녀의 몸 깊은 곳이 꽃술처럼 나비의 날갯짓처럼 살아 있음을 내보이고 싶어 몸살을 했다. 매창은 유희경에게 다가가 그의 손을 꽉 잡고 깍지를 끼었다. 그녀는 청춘이었다. 육체의 요구가 극심한 스무 살.

애월의 집은 갈대로 지붕을 대충 엮은 초막집이었다. 매창은 매월 언니가 일하는 염막은 저쪽이라고 손으로 가리켰다. 꽤 걸어야 하는 거리였다. 바닷물을 퍼다가 끓여서 소금을 만든다고 했다. 집은 바닷가 언덕 밑에 있었고 주변에 방풍림으로 소나무를 많이 심어서 눈비를 막기에 어려움이 없어 보였다. 애월은 마당에서 백합 조갯살과 해초를 다듬어 말리고 있었다. 매창이 부르는 소리를 듣고 깜짝 놀란 얼굴로 달려오다가 유희경을 보더니 그 자리에 멈춰 섰다.

"애월 언니, 보고 싶었어요."

매창이 먼저 달려가 안겼다. 마음이 복받치는지 한참을 그러고 서 있었다. 잠시 후 몸을 돌리더니 유희경을 가리켰다.

"언니! 인사해요. 매창이가 오늘은 서방님과 함께 왔답니다."

애월은 의혹이 가득한 눈으로 유희경을 빤히 쳐다보았다. 경계나 불신이라기보다는 피붙이끼리 서로를 보호하려는 본능에 가까웠다. 가족이 없는 매창에게는 이런 사람이 필요했으리라는 것을 그는 알고도 남았다. 애월은 손을 앞치마에 쓱쓱 문지르더니 방으로 들어가라고 손짓을 했다. 그냥 얼굴이나 보고 가려고 왔다고 해도 믿지 않는 눈치였다. 잠깐 들렀다는 핑계를 대기에는 거리가 너무 멀었다. 아침 먹고 출발해서 점심때가 다 되어 도착했다. 미리 알았더라면 술이라도 받아놓을 것을 먹을 게 하나도 없을 때 찾아오면 사람이 면구스러워 어쩌라는 말이냐고 애월은 죽는 소리를 했다. 마흔두 살이라고 했지만 얼굴이 주름으로 뒤덮여 쉰 살도 더 돼 보였다. 염전일이 힘든 모양이었다.

"신역이 고된가 보네. 언니 얼굴이 좀 빠진 것 같아요."

"낙이 없어서 그런지 해가 바뀌는 대로 금방금방 늙는다. 어디 정 붙일 데가 없으니 늙어서 빨리 저세상으로 가고 싶은가 보다. 자식이라도 있으면 애 키우는 고생을 낙으로 생각하며 살 텐데…….”

그거였다. 애월에게 없는 것. 좋든 나쁘든 인생에 고갱이가 없었다. 자기를 삶에 비끌어 맬 명분이 없었다. 누릴 부귀영화도, 돌볼 자식도, 정 줄 남자도 없이 혼자 늙어가는 자신을 바라보며 남은 생을 줄여가고 있었다. 그런 사람치고는 강단이 있어 보였다.

“언니는 요새 뭘 해서 먹고 살아요?”

“고깃배 들어올 때 가끔 일손이 딸리면 동네 사람들이 부르러 오거든. 물고기라도 한 줌 얻어오면 그걸로 마른반찬을 만들 수 있으니 짜디짠 살림에 보탬이 되더라.”

애월이 부지런히 준비해온 바지락죽으로 점심을 먹었다. 유희경은 내내 말이 없었다. 까닭 없이 가슴이 무엇으로 틀어막힌 것처럼 답답했다. 애월은 또 놀러오라면서 말린 생선이랑 미역을 싸주었다. 돌아오는 길에 유희경은 바지락죽이 얹혔다며 주먹으로 가슴을 치고 손끝을 주무르고 수선을 피웠다. 가슴 한구석이 무너져 내리는 것 같아 견딜 수가 없었다. 그는 그 까닭을 알고 있다. 그가 없는 매창의 삶이 저러할 것임을 미리 본 것이다. 그것이 피할 수 없는 매창, 자신의 운명임을 또한 보았다.

숨이 막혔다. 매창은 그와 나들이하는 것만 즐거운지 종달새처럼 재잘재잘 옛날에 애월과 같이 관기 노릇할 때 있었던 일들을 들려주었다. 모처럼 수다스러운 그녀를 보는 게 좋으면서도 맞장구를 쳐주지는 못했다.

그날 밤 유희경은 밤새도록 앓았다. 꿈이 현실이고 현실이 꿈이었다. 낮의 일은 밤의 꿈으로 되풀이되어 나타났다. 옆에 누워 있던 매창을 안으려고 끌어당기는데 애월의 뻣뻣한 몸이었다. 소금밭에서 가래로 소금을 밀고 있는 여인이 자신을 향해 손을 흔드는데 얼굴이 매창이었다. 소스라치게 놀라 진땀을 흘리면서 잠에서 깼다. 악몽을 꾸었냐고 묻는 매창에게 절벽에서 떨어지는 꿈을 꾸었노라고 거짓말을 했다. 매창은 키가 더 크고 그런 꿈을 꾼 거라며 좀 더 자라고 등을 다독거렸다. 고통을 매창과 나눌 수 없고, 매창에게 진실을 말할 수 없는 처지에 있다는 사실이 그의 가슴을 갈가리 찢어놓았다.

지난밤은 평생 잊지 못할 격정의 밤을 보냈다. 그전과는 사뭇 다른 교합이었다. 쾌락과 욕망의 몸짓이 아니라 자기 존재를 태워 없애려는 몸부림 같았다. 다 태워버리고 다시 태어나고자 하는 발버둥이었다. 손짓, 몸짓, 소리 하나하나가 필사적이었다. 그 뜨거움 때문에 잊지 못할 것이고, 쥘 수 없는 것을 쥐려 하는 애달픔 때문에 잊지 못할 것이다. 몸이 깊은 곳에 가 닿을수록 마음은 두려움에 떨었다. 별리. 부재. 결락. 그런 단어들이 머릿속을 들락거렸다. 아침에 일어나서는 속에서 치밀어 오르는 뭔가를 견딜 수 없어서 그녀는 부엌에서 시간을 오래 지체했다. 유희경은 아침밥을 먹자마자 친구를 만나러 나갔다. 얼마 후 유희경은 편지를 써서 통인에게 들려 보냈다.

　　매창아 보아라.


　　때 이른 찬바람에 창밖의 매화가지 건듯건듯 흔들린다. 꽃이 다지고 이파리가 초록빛을 띠기 시작한 지가 어제만 같은데 어느새 검질긴 줄기에서 나온 나뭇잎의 녹색이 성성하구나. 오늘 따라 매화나무가 바람에도 비에도 몸을 뒤챈다. 그리 하여도 막을 길 없는 것이 비의 길이요, 바람의 방문이요, 차고 뜨거운 날씨의 변화임에랴.

　　이 세상의 흔들리는 것들, 약한 것들, 헤매는 것들이 이리 사무칠 줄 예전엔 알지 못했다. 나만이 세상에 우뚝 선 존재였고 나만이 대단하여 내 눈에 들어오는 것은 그저 세상의 더러움이었고 사나움이었고 어리석음뿐이었다.

　　애이불비哀而不悲, 애이불상哀而不傷.

　　먼 곳에서, 아니 멀지 않은 곳에서, 아스라이 앉아 있는 너를 위해 고작 이 말밖에 하지 못하는 나를 용서해다오. 힘없이 너를 부르듯 부끄러운 마음으로 네게 당부한다. 잠시 슬퍼하되 비탄에 빠져 너를 상하게 하지는 말기 바란다. 이 세상에 그보다 더 나를 아프게 하는 일은 없을 것이며 그보다 더 두려운 일도 없을 것이다. 내가 없는 동안에도 내가 다시 찾을 그날까지 너를 따사로이 보살펴야 하느니라. 나무가 듣든, 바람이 듣든, 그냥 허공에 흩어져버리든 나는 자꾸 무슨 말인가를 해서 마음이 단단히 뭉치는 걸 피해보려고 애쓴다. 돌멩이처럼 가슴 한구석에 맺힌 너를 향한 이 갈망이 원망의 칼이 되어 나를 찌르고, 세상을 찌르고, 급기야는 너를 찌르게 되니 말이다.

매창은 더 읽지 못하고 편지를 두 손으로 붙잡고 울음을 터뜨린다. 자신의 깊은 마음까지 들여다보고 있는 유희경에 대한 감사와 연민의 눈물이었다. 왜 이 사람을 이렇게밖에 만날 수 없는가 하는 한탄이었다. 그의 말대로 '애이불비'였다. 서러움도 그녀의 사랑만큼이나 진했다. 마음의 안과 밖이 모두 슬픔 하나로 뭉친 순결한 슬픔이었다. 가슴을 한 손으로 쓸어내리며 편지를 다시 펼쳐서 읽어 내려갔다.

너에게 갈 것이다. 네게로 가고 있다. 너는 거기 있느냐?
이런 말들을 수없이 홀로 되뇌며 나는 여기 서안 앞에 앉아 책을 읽지도 시를 짓지도 못하고 바람에 흔들리는 나뭇가지만 내다보고 있다. 회화나무에서 진초록 이파리들이 햇살을 받아 반짝거린다. 저 잎들도 곧 땅에 떨어져 이내 썩을 것이다. 흙과 바람과 비가 합심해서 나뭇잎을 썩히고 그 거름으로 내년에 다시 잎을 피워 올리겠지. 내 너를 위해, 너의 꽃피울 젊음을 위해 흙이 되고 비가 되고 바람이 될 수 있다면 얼마나 좋겠느냐. 나는 잠시 네 위에 내려앉았다 호르르 날아가 버릴 노고지리가 아닌가 싶다.

나는 내가 부끄럽다. 더 젊고 싶고 더 강하고 싶고 더 잘난 남자이고 싶다. 지금 나는 힘없이 늙어가고 있는 초라한 가난뱅이일 뿐이다. 나의 칩칩한 눈과 흰 머리카락을 놀리는 너의 말이 내겐 심장을 겨누는 비수와 같았다. 무심결에 한 말인 줄 안다. 어린 너는 그 말이 내 나이의 사람에게 어떤 기분을 느끼게 하는지 몰랐을 것이다. 그래서 돌아서 나왔다.

나 때문에 너무 마음 태우지 말아라.

노고지리가 제 아무리 고운 노래로 네 곁에 즐거이 머문다 해도 한 식경도 채우지 못할 객일 뿐이다. 새는 자기가 한때 앉아서 노래 불렀던 나무가 어떤 것이었는지조차 잊어버릴 것이다. 계절이 네게 푸른 잎을 피웠듯이 노고지리를 불러들였고, 새는 떠나고 너는 잎을 떨어뜨릴 것이다. 이 어리석은 말들, 이 부질없는 넋두리 앞에서 나는 애가 끊어지는 것만 같구나. 지금 이 순간 새처럼 네게로 날아가 한낮 햇볕처럼 바람처럼 너를 만지지도 않고 안지도 않고 그저 네 거문고 소리나 듣다 돌아오고 싶다.

유희경의 편지를 두 손에 쥐고 매창은 눈물을 흘린다. 그의 심장이 흘린 피가 그녀의 앞섶을 적시고 발바닥 밑에 고이는 것만 같았다. 그의 환부를 만져주고 잘 싸매주고 싶었다. 후원의 앵두나무 아래에서 이미 읽은 편지를 읽고 또 읽었다. 지난밤 내린 봄비로 앵두나무 꽃이 마당에 수북이 떨어졌다. 나무 밑에 떨어진 붉은 꽃송이들을 손바닥에 올려놓고 바라보다 방으로 돌아와 답장을 쓴다. 그녀의 심장에 농익은 앵두 빛깔의 불길이 타오르고 있었다. 이 순간을 잠깐도 견딜 수 없었고 잠시도 기다릴 수 없었다. 상황이 자신에게서 어긋날 때 그녀는 더욱 강해졌다. 삶을 버텨주는 힘은 부정적인 기운에서 나올 때 더 끈질기다. 질투와 소유욕과 원망으로 버틸 때 삶은 더 강고하다. 하지만 상황은 점점 더 나빠졌다.

유희경이 돌아와 자리에 엉덩이를 붙이기 무섭게 아전이 찾아왔다. 느닷없이 들이닥친 그가 유희경을 데려갔다. 현감이 잠시 보자고 한다는데 전쟁 때문인 듯했다. 밤늦게 돌아온 그는 입을 꾹 다물고 아무 말도 하지 않았다.

"어쩐 일이어요? 안 좋은 일이라도 있나요? 얘기 좀 해보시어요.”

유희경은 매창을 물끄러미 바라보았다.

“무섭사옵니다. 무엇이 대감의 입을 막고 있는지 말을 좀 해 보시어요. 저는 괜찮아요.”

“내가 가만히 앉아 있을 수가 없다. 왜병의 총칼 아래 백성이 어육이 되고 있다는구나.”

그는 친구를 만나러 관아로 갔다가 전쟁에 대한 급박한 소문을 전해 들었다. 왜군이 부산으로 쳐들어왔으나 아무 대비도 없던 우리 병사들은 속수무책 당하고 있다 했다. 부산 앞바다나 해안에서 왜병의 침공을 저지할 단 척의 배, 단 한 명의 병사도 없었다니. 봉화대를 지키는 군사도 도망쳐 봉화가 제대로 작동하지 않아 전쟁 상황을 파발로 받을 정도였다. 파발은 사흘이나 걸려 전황을 제때 파악할 수조차 없었다.

재작년에 통신사로 갔다 온 신하들이 주장하던 우려가 현실로 나타났다. 백 년 넘는 전국시대를 거쳐 일본을 통일한 히데요시는 중국까지 넘보는 야심가라 했다. 그는 통역을 양성하고 조선에 대한 정보를 수집하고 군량미를 비축했다. 도로, 교통, 읍성들의 위치와 방비태세, 하천과 도강지점, 조세창의 위치, 전국의 쌀 소출량 같은 정보가 밀정을 통해 히데요시에게 전해졌다. 중국을 침략하기 위해 조선을 먼저 치려는 그의 계획을 통신사들도 알아차렸다. 전쟁을 막아보려는 일본 내 전쟁 반대파와 대마도주는 몰래 사신을 조정에 보내 일본의 실상을 알렸다. 전쟁이 일어난다면 조선과의 무역으로 먹고 사는 대마도가 가장 큰 피해를 입기 때문이다. 나태한 임금과 당쟁에 빠진 신하들은 그 말을 믿지 않았다. 유희경이 이 사람 저 사람에게서 수소문한 새로운 이야기가 모아질수록 매창에게는 불리한 내용들뿐이었다.

"한시 바삐 떠나야겠다. 경상도를 일주일 만에 도륙하고 충청도까지 쳐들어갔다는데 한양이 먹히는 것도 시간 문제라고 한다. 여기선 자세한 내용을 알 수 없다. 한양으로 올라가 봐야 할 것 같다."

벌써부터 입에서 입으로 전해지던 소문들이 부정할 수 없는 사실로 확인되는 순간이었다. 매창은 불안한 마음에 어쩔 줄 몰라 앉지도 서지도 못했다. 나갔다 들어올 때마다 가져오는 소식은 더욱 암담한 내용이었다. 전쟁이 나면 앞장서서 싸워 향토와 백성을 보호해야 할 지방수령들이 재산을 챙겨 가솔을 데리고 도망치는 것을 본 백성들의 심정이 어떠했겠느냐고 분개했다. 왜군이 가진 세 가지 무기는 조총과 창칼, 목숨을 가볍게 여기고 돌진하는 용맹성이라고 했다. 활이 주무기인 우리 군과는 애초에 적수가 되지 않았다. 승승장구하고 있는 왜군들은 오만한 태도로 부르짖었다.

"싸움을 원하면 싸우고, 싸움을 원치 않으면 우리에게 길을 열라."

조선군은 "죽기는 쉽고 길을 열기는 어렵다"며 맞섰지만 아무 힘도 실리지 않은 공허한 메아리일 뿐이었다. 유희경은 이일을 어쩌면 좋으냐고 땅이 꺼져라 한숨을 쉬었다. 진작 이런일이 일어날 줄 알고 전쟁에 대비하자는 신하들의 말을 서인의주장이라고 무조건 반대한 동인이나 우유부단한 임금을 대놓고원망했다. 그가 얘기하는 나라의 운명은 매창에게 일본군과 똑같은 적이었다.

매창은 심장이 빠르게 뛰었다. 언제나 그렇듯이 자신의 편이되어주지 않는 시간이 다가오고 있다는 예감이었다. 가슴을 옥죄는 이별의 공포 때문에 일이 손에 잡히지 않았다. 유희경은매창의 속내는 모르고 그녀의 마음이 딴 데 가 있다는 사실에어찌해야 할 바를 몰랐다. 이 삐걱거림의 이유와 내용을 서로말할 수 없다는 것이, 너무도 잘 아는 일이지만 입에 담아 바깥으로 내보내지 못하는 것이 참혹한 절망의 얼굴임을 매창은 알았다.

"가시어요. 가시려거든 빨리 가시어요. 가신다는 말을 어찌그리 쉽게 하신단 말입니까?"

그녀는 고개를 돌린 채 오열하고 말았다. 유희경은 한참을 앉아 있다 가만히 자리에서 일어났다. 그대로 서 있다가 아무 말도 남기지 않고 밖으로 나갔다. 밤이 되어도 그는 돌아오지 않았다. 매창은 자신이 한 모든 말, 모든 행동을 후회했다. 죽이고 싶을 만큼 자신이 미웠다. 왜 그렇게밖에 하지 못했던가. 삼경이 지나 그녀는 종이를 꺼내고 먹을 갈아 편지를 쓴다. 촛불은 오늘따라 더 희미했다. 눈이 침침해진 건가. 그녀는 눈을 자꾸 비볐다. 편지를 단번에 써내려가지 못했다. 할 말은 폭포처럼 쏟아졌지만 편지는 두서가 없었다. 고치지 않고 하고 싶은 말을 다했다. 그러는 편이 나았다. 붓을 내려놓을 때쯤 문밖은 희붐하게 해가 밝아오고 있었다.

꿈을 꾸었어요. 요즘은 눈만 감으면 기다렸다는 듯이 꿈이 찾아옵니다.

여름인가 봅니다. 매미 우는 소리가 자지러지고 냇가에서 팔을 걷어붙이고 빨래를 하는 제가 보입니다. 산더미같이 쌓여 있는 흰 빨래는 빨아도 빨아도 새하얘지지 않고 날은 저물어만 가요. 저는 당신의 젖은 두루마기를 붙잡고 울음을 터뜨립니다. 빨래를 하고 있는 제 곁으로 집채만 한 황소 한 마리가 지나갑니다. 황소 머리에는 화관이 씌어 있어요. 저는 빨래를 손에 들고 소를 쳐다보았습니다.

어쩐지 당신을 닮은 것 같은 황소의 큰 눈을 바라보다가, 무엇인가를 묻듯이 깊숙이 들여다보다가 잠에서 깨었어요.

오래 울다 잠든 아이처럼 저는 어깨를 들썩입니다. 당신과 연관이 있는 꿈은 무엇이든 깨고 나면 슬퍼요. 당신이 전쟁터로 가야 한다니 꿈조차 이리 심란한가 봅니다. 나라를 지키는 일은 사대부만의 것이 아니라고 의병이든 군졸이든 나는 내 몫을 하겠노라고 말씀하셨지요. 그래도 다행입니다. 화관을 쓴 당신 모습은 눈이 부시게 환했으니까요.

부디 당신 몸을 귀히 보전하시길 애원합니다. 당신 자신에게 비수를 들이대지 말고 당신의 시재   를 부인하려는 세상과, 재능에 마땅한 신분을 받지 못한 애꿎은 운명을 원망하세요. 제발, 당신을 상하게 할 말이나 행동은 하지 말아주세요. 차라리 저에게 화를 내고 발길질을 하는 편이 덜 가슴 저밀 것 같습니다. 당신이 고달픈 목숨 견디기 힘들어 스스로를 상처 낸다고 생각하면 등뼈 하나가 뽑히는 것처럼 아픕니다.

십 리나 간다는 난향처럼, 천 리나 간다는 시향처럼 거문고 소리가 먼 곳의 당신께 당도하기를 기원하면서 손가락을 튕기렵니다. 귀한 당신, 고이고이 몸 살피시어 무사히 돌아오기 바랍니다. 손가락에 힘이 빠져서 오늘은 거문고도 오래 타지 못할성싶습니다. 술대로 줄을 힘껏 내리쳐서 내는 대점大點의 장중한 소리를 당신은 좋아하셨지요? 술대를 내려놓고 당신인 듯 거문고를 자꾸만 어루만집니다. 엊그제 당신이 거문고 타는 제 손을 오래 붙잡고 어루만졌듯이 그리 한참이나 거문고를 쓰다듬습니다.

당신이 곁에 없을 때면 제 마음은 이토록 정처 없이 세상을 쓸고 다닙니다. 끝 간 데 없는 이 마음 당신 옷고름에 매어두고 싶습니다.


매창은 저녁도 먹지 않은 채 넋을 놓고 앉아 있었다. 상명지척喪明之慽이라는 말의 무게와 부피를 몸으로 배운다. 너무 슬퍼하다 눈이 멀어버린 사람의 얘기를 제 아픔만 아픔인 줄 아는 사람의 과장법으로만 이해했었다. 차라리 눈이 멀어버려서 보고 싶어 하는 마음이 없어지기를 바라는 자학이었으리라.

머릿속에 맑은 물 한 사발이 둥그렇게 자리 잡는다. 두 손을 모으고 서서 맑은 물을 바라본다. 새벽이다. 컴컴한 하늘에 아직 해의 기운은 들지 않았다. 그녀는 절을 하지 않는다. 정화수 한 사발을 기도도 안 올리고 단숨에 들이켰다. 차갑고 맑은 물이 밤의 길을 따라 뱃속으로 흘러갔다. 그 시린 기운에 눈을 감고 이를 앙다물었다. 물이란 대저 이렇게 쓰이는 것이지. 화톳불처럼 활활 타오르는 가슴을 숯덩이 식히듯 찬물을 끼얹어 식히는 거야. 상상 속에서조차 그녀는 자신에게 허튼 희망을 허락하지 않았다. 희망에는 독이 있다. 달콤하다고 손을 내밀었다가는 눈만 머는 것이 아니라 목숨까지 잃게 된다.

해시가 다 되어가는 한밤중에 문 두드리는 소리가 났다. 그 시간에 관아의 통인이 편지 한 장을 들고 왔다. 유희경이 보낸 것이다. 매창은 허술한 옷차림도 의식하지 못한 채 달려 나가 편지를 낚아챘다. 문도 닫지 않고 선 자리에서 편지를 읽었다.

매창아!

네 마음이 많이 아프구나. 네 손바닥에, 네 가슴에 약조를 새길 수 없는 내가 밉다.

너도 알다시피 온 나라에 피비린내가 진동한다. 너와의 만남이 아무리 절박하다 해도 내가 여기 눌러앉아 세상에 등을 돌리고 살 수 는 없는 노릇이다. 나랏일을 핑계로 떠나는 내 발걸음을 너에게 용 서받을 수 있을지. 비겁하게 이런 변명의 말을 늘어놓다니 이 부끄 러움을 어찌 할꼬. 너로 말미암아 이 세상에 목숨 받고 태어난 것을 후회하지 않게 되었다. 너로써 충분하다. 내 인생은 너로써 다 채 워졌느니라. 그러니 너도 작별을 너무 안타까워 말고 네 살길을 도 모하여라. 매화나무도 새들도 제 목숨 지키느라 저토록 분주한 것이 다. 모름지기 생명이란 자기 것을 가장 위쪽에 놓는 것이 본성이고 상정이다. 너는 그 순리를 잊지 말아야 한다.

나는 이제 나이가 들어 늙은 몸이 되었다. 낼모레면 지천명이다. 기쁨이 기쁨인 줄도 모르고, 슬픔이 슬픔인 줄도 모르고, 아픔이 아픔인 줄도 모른다. 늘 그곳에 붙박인 듯 숨죽이고 있는 것이 내 부박한 삶이려니 내 몸의 길이려니 모든 걸 받아들이고 어느 때부턴가 꿈조차 꾸지 않는다. 너를 만난 뒤로 망년지회忘年之會의 감격에 내 처지를 잠시 잊었다만 어찌 진실로 나이까지 잊을 수 있겠느냐.

나는 전쟁터가 두렵지 않다. 오히려 여기 앉아서 너를 만나지 못하는 것이 더 무섭다. 살아 돌아올지 죽어 시신으로 돌아올지 알 길이 없으나 전쟁터에서는 비겁하지 않을 것이다. 지금은 그것만이 내가 탐할 수 있는 유일한 꿈이다. 나를 기다리며 애태우지 마라. 새 봄이 오면 너는 새 잎을 달고 너로서 푸르르면 될 일이다.

목숨이 끊어지는 그 순간까지 너의 안녕을 기원하마.


사랑하는 사람에 대한 섭섭함과 원한은 아무리 강해도 뭉쳐지지 않는다. 말 한마디, 눈빛 한 번이면 금세 녹아내린다. 매창은 유희경이 부러 아픈 말을 하고 있음을, 훗날 그녀의 마음이 다치지 않도록 미리 단련시키고 있음을, 그 안간힘을 글자들 사이에서 읽었다. 그 안타까움이 어떤 사랑의 몸짓보다 뜨겁고 아팠다. 누군가를 아무 희망 없이 사랑하는 사람만이 그 사람을 제대로 알 수 있다고 했던가. 유희경의 앞날을 생각하고 자신의 갈 길을 생각하는 밤은 길었다.

들려오는 소식은 갈수록 암암했다. 왜군들이 부산, 동래를 함락하고 충주 탄금대 전투에서 승리를 거둔 뒤 계속 북진 중이라고 했다. 허둥대다 험준한 천애 요새인 조령을 왜군에게 넘긴 조선은 병법의 기본조차 모르는 오합지졸이었다.

"한양이 도륙 당하는 데 보름도 걸리지 않았다니 이것이 나라인가."

유희경은 피를 토하듯 한탄했다. 조정은 급히 병사를 모집하여 대오를 편성하고 부대를 만들었다. 아직 부안을 비롯한 호남 지방은 무사했다. 반역의 땅이라고 욕을 먹던 전라도에서 의병을 일으켜 왜적이 들어오는 것을 막았다. 유희경은 두툼한 손바닥으로 얼굴을 쓸어내렸다.

'저 안절부절못함이 두렵다. 나의 적은 그의 의기. 왜군보다 상대하기 어려운 강적이다.'

매창은 그의 혼란스러운 얼굴을 바라보고 있기가 힘에 부쳤다.

"하루도 더 지체할 수가 없구나. 사대부만 백성인 것이 아니니 나도 뭐라도 해야지. 화살 하나라도 날라야 하지 않겠느냐? 나라가 없는데 어찌 백성이 있을 수 있겠느냐? 어서 한양에 올라가 봐야겠다. 식솔들은 어찌 하고 있는지 모르겠다."

유희경의 다급한 말 속에는 매창이 없었다. 사대부라는 말에도, 한양이라는 말에도, 식솔이라는 말에도 매창이 거할 곳이 없었다. 눈물이 쏟아질 듯 매창의 눈동자에 물이 가득 차서 찰랑거렸다. 이토록 짧은 시간에 극락과 지옥을 오갈 수 있다는 사실을 믿을 수 없었다. 백번 옳은 말이고 사내대장부다운 말이다. 그래서 더 할 말이 없었다. 옳은 말의 가혹함을 그녀는 알고 있었다. 이길 수 없다. 감정을 내세워 대적하기에 상대는 너무 큰 적이었다.

"어째야 할지 모르겠다. 한양은 멀고 적은 가깝다 하고. 너를 여기 두고 어찌 갈지."

그의 말 속에서 이별은 기정사실이 되었다. 마음을 아무리 차갑게 식히려 해도 눈빛이 뜨겁게 타올랐다. 매창은 그에게 매달리고 싶었다. 그를 붙잡고 싶었다. 농부의 종아리에 달라붙은 거머리가 되어도 좋았다. 거머리처럼 달라붙어서 떨어지지 않았으면 좋겠다. 그녀는 오른손으로 가슴을 문질렀다. 그건 아니다. 자신이 그럴 수도 없는 사람이지만 그래서도 아니 될 것이다. 체념은 그녀가 배워야 할 덕목이었다. 햇볕이 가지나 호박, 무나 토란줄기를 말리듯이 굳은 다짐이 그녀의 가슴속에서 허튼 소망을 거둬갔다.

"가실 것이라면 더 지체하지 말고 가시어요."

유희경은 가만히 그녀를 건너다보았다. 애잔한 눈빛이었지만 또한 어떤 흔들림도 없는 눈빛이었다. 그녀는 그가 가진 엄격한 내면의 질서가 두려웠다. 그것은 그녀의 또 다른 적이었다. 지배하려고도 지배당하려고도 하지 않는 영혼의 야성은 무섭도록 매혹적이었다. 그녀를 죽이게 될 거라는 걸 알면서도 끌려갔다. 고개를 내저으면서도 수긍할 수밖에 없다. 매혹은 가까이 다가오는 사람을 집어삼키고 절망에 빠뜨리는 권력이었다. 위대한 자들의 삶은 타인의 피를 필요로 한다. 유희경은 겉으로는 언제나 평온하지만 내면은 드센 파도로 출렁였다. 이루고 싶은 것이 많은 큰 재주를 가진 사내인 것이다.

"기다릴 수 있겠지? 인생길이 만 리라지 않더냐? 만 리나 되는 긴 강에 어찌 천 리 한 굽이가 없겠느냐? 그렇게 믿자."

"약속해주시어요. 다시 저를 찾겠다고. 아니어요. 훗날을 기약하지 마시어요. 차라리 지금 한 달만 더 계셔주세요. 아니어요. 열흘만. 열흘이라도 곁에 남아주세요. 더는 원하지 않을게요. 서로 시나 주고받으며 열흘만 같이 살아요. 한 달도 아니고 보름도 아니어요. 열흘, 열흘만 저를 위해 남겨두시어요."

그는 대답하지 않았다. 얼굴에는 그가 오랫동안 거느리고 살았던 어둠이 드리워져 있었다. 땅 가까이 내려오기 시작한 해가 그 어둠을 더욱 짙게 만들었다. 고즈넉이 내려앉은 노을과 슬며시 고개 드는 어둠. 눈빛 하나, 입술 모양 하나로 열 가지 표정이 만들어지고 만 가지 생각을 표현했다. 가슴속에서 타고 있는 불덩이가 표정이나 눈빛을 빌려 밖으로 밀려나왔다. 불길을 둘러싸고 있는 살얼음과 무지개, 아지랑이 같은 갖가지 현상들이 자리다툼을 멈추지 않았다. 그녀는 방을 나선다. 등을 보인 채 속에 맺힌 말을 쏟아냈다.

"가시어요. 당신은 가실 분이니까요. 그리 꼭 가셔야만 하는 이유를 나는 몰라요. 알고 싶지도 않아요. 소견 부족한 제가 어찌 당신의 크고 넓은 마음을 헤아리겠어요. 눈 먼 어리석은 나는 아무것도 몰라요."

매창은 말소리를 꾹꾹 눌러 또박또박 말했다. 약해진 자신을 내보여야 덜 아플 것 같았다. 지독하게 외롭구나. 연모하는 일은 외로움이 깊어지는 일이구나. 다시 혼자가 되겠구나. 그 생각뿐이었다. 이 생각이 부디 오래 머물지 않기만을 바랐다. 세상에 무관심하지 않으면서도 세상의 손아귀에 휘말려 들지 않는 유희경의 원칙이 원망스럽지만 탐나기도 했다.

"그러마. 급한 시국이 지나고 나면 내 너를 다시 찾아오마. 그때 열흘 동안 시로써 너를 만나마. 엉성하고 미약한 약속이나마 남기고 간다. 내 그러마. 꼭 그러마."

매창은 대답하지 않고 방문을 나섰다. 유희경도 더는 말을 보태지 않았다. 헤어짐을 마주했을 때 사랑은 성스러운 자리에서 비정한 자리로 내려온다. 깨진 유리와 바늘과 칼날이 발바닥은 물론이고 심장까지 베지만 사랑에 절은 몸으로는 대적할 수 없다. 약하디 약한 힘없는 짐승인 것이다. 매창은 방문에 기대서서 눈을 뜨지 못했다. 손이 묶이고 가슴이 쥐어뜯기며 유리를 밟고 서서 홀로 속울음을 운다. 속수무책이라는 말의 기원이 여기에 있다. 울음소리가 사랑하는 사람의 가슴을 찢을까 봐 얼굴을 일그러뜨리고 뜨거운 입김을 뿜어내며 속으로 운다. 이것이 한 사람의 몸에 붙은 자신의 생살을 찢어내는 이별이다. 그토록 뜨거웠던 사랑도, 이토록 아린 이별도 이승의 일은 아니리라. 미친 유령들이 벌이는 놀이임에 틀림없다.

떠들썩하던 집 안이 빈집처럼 휑했다. 전쟁 소식은 점점 가까워지고 있지만 부안은 아직 무사했다. 한양과 영남지방은 왜적의 분탕질로 백성들의 비명이 하늘에 닿는다는 소문을 전하는 사람의 얼굴도 공포에 질려 있었다. 낮에 여전히 해가 뜨고 밤에 어김없이 달이 뜨는 것이 이상할 지경이었다.

바다에서는 이순신 장군이 일본군의 진격로를 막았고 육지에서는 의병과 승군이 관군에 힘을 보태 전라도를 지켜냈다. 일본군은 단숨에 전주에 다다랐으나 곰티재 전투에서 병력 손실이 많았다. 권율이 지키고 있던 배티재 전투에서 큰 저항에 부딪쳐

결국 무주로 퇴각했다. 이렇게 해서 전라도는 보존되었고 군량 공급처로서의 역할을 할 수 있었다.

믿기 힘든 소문도 있었다. 일본군이 곰티재에서 전사한 조선 인들의 시체를 모아 길 옆에 큰 무덤을 만들고 푯말을 세워주었 다 한다.

"조선 사람의 충성스러운 마음과 의로운 용기를 위로한다."

일본군마저 감동시킨 항전이었다지만 겁에 질린 백성들한테 는 별 위안이 되지 않았다. 그게 다였다. 잇달아 전해지는 소식 은 패했다, 달아났다, 죽었다는 내용이 대부분이었다.

'그는 지금 어디쯤에 있을까.'

이 밤에 손님이 올 리 없건만 그녀는 문밖에서 나는 소리에 귀를 세웠다. 들리는 소리라곤 솔방울 떨어지는 소리나 바람에 돌쩌귀 들썩이는 소리뿐이었다. 그녀는 이부자리에서 일어나 방 안을 서성인다. 그가 오지 않는다면? 그를 다시는 만날 수 없다면? 그 물음이 밤 도깨비처럼 그녀를 찾아올 때면 조용히 책상머리에 앉는다. 정말 그렇다면 그녀가 지금 가진 것들이 다 무슨 소용이랴. 적막한 밤은 길었다. 밤길을 쓸고 다니는 바람 은 전쟁 중에도 운우지정을 나누는 남녀의 소리를 잘 숨겨줄 것 이다.

그녀는 거문고를 꺼내 곡조를 연주하지는 못하고 줄만 엄지로 툭툭 퉁겨 보았다. 새 거문고라 자주 만져서 길을 내야 하지만 쳐다보거나 만져보기만 했다. 유희경은 떠나는 날 이별의 말도 없이 거문고와 편지 한 장만 아전 편에 전해왔다.

우리나라나 중국에서는 음악을 미학과 예술의 대상이라기보다 인격 수양과 사회 통합의 도구로 여겼지. 글 읽는 선비가 음악을 가까이 하는 소이연일 것이다. 소리를 존재의 발현으로 생각하고 그 소리를 서로 알아주는 최고의 벗을 지음知音이라 불렀던 것도 그래서임을 너는 잘 알겠지. 음악을 사이에 두면 벗이든 남이든 서로에게 공명하는 마음을 전해준다는 믿음이 그리 터무니없는 것이 아님 또한 알지 않느냐?

나는 보잘것없는 사내이니라. 내가 무엇이 될 수 있을까? 무엇이 되어 네 앞에 나타날 수 있을까? 너를 생각하면서부터 두려운 것이 많아졌다. 하고 싶은 것도, 얻고 싶은 것도 많아졌다. 더 잘난 사내가 되어 너를 얻고 싶다는 말, 많이 망설였다. 그러다 하지 못했다.

흔적이 없는 것, 자취를 남기지 않는 것이라면 뭐든 되고 싶다. 바람이든 물살이든 한숨이든 기침이든. 차마 헤어지는 너의 얼굴을 보지 못하겠구나. 작은 선물 하나 남겨두고 간다. 나인 듯이 여겨 달라는 말은 못하겠다. 이 거문고가 네 곁에 있다고 생각하면 나도 조금은 마음이 편안할 것이다.

감정을 덜어내고 덜어내 심지만 남긴 딱딱한 편지였다. 거문고 값이 그가 가진 돈을 다 털어야 할 만큼 비쌀 텐데. 그녀는 그 와중에도 그의 넉넉지 않은 형편을 걱정했다. 그의 말을 믿는다. 그는 여기 거문고로 남아 있는 것이다. 거문고를 만질 때마다 그의 자취가 느껴졌다. 더 큰 슬픔을 불러올 때도 있지만 곧 마음이 가라앉았다. 대용물의 역할을 그는 알고 있었다. 그는 어찌 그렇게 그녀의 마음을 깊은 곳까지 살피는 것일까. 놀랍고도 놀라운 일이었다. 어떤 때는 그가 곁에 있는 것 같아 옆을 돌아보기도 했다. 그것도 잠시뿐, 이내 그보다 몇 배나 깊고 어두운 천 길 낭떠러지로 떨어지고 만다.

부재의 실감이다. 육체의 부재이다. 마음을 두고 갔다한들 몸이 이곳에 없으니 믿을 수 없었다. 매창은 여태까지 몰랐던 자신의 실체를 알게 되었다. 자신은 이것밖에 안 되는 여인이었다. 눈에 보이지 않는 것은 믿지 못하는 소견 좁은 사람이었다. 누군가에게 마음을 빼앗긴 사람이 할 수밖에 없는 모든 것을 그녀는 다하고 있었다. 구슬픈 한숨, 넋두리, 탄식. 어떤 일 앞에서도 의연하던 그녀는 어디로 갔나. 사랑과 이별. 그것만큼 달콤하면서도 그것만큼 매운 것도 없다.

'우는 소리 하지 마라.'

그녀의 아버지는 그녀가 힘들다고 할 때마다 말했다. 그래도 불평을 멈추지 않으면 싸리나무 회초리가 기다리고 있었다. 종아리에 피가 나고 그 피가 굳어 딱지가 앉으며 그녀 마음도 단단해졌다. 그녀에게 닥칠 미래를 알고 있었던 듯 아버지의 말은 효험이 있었다. 우는 소리 할 때가 아니다. 마음을 인두로 판판하게 펴서 곧게 만들자고 다짐하고 또 다짐했다. 열정을 쏟는 것도 힘이지만 열정을 삭여 담담해지는 것 또한 능력이었다.

매창은 두 손을 마주 비비며 일어나는 불안을 죽이려 애썼다. 나는 이제 무엇을 해야 할까? 생각을 붙잡고 가지런히 하려 해도 생각은 제멋대로 달아나 시작도 끝도 맺어지지 않았다. 이전에 자신이 어떻게 살았었는지, 무슨 힘으로 삶을 버텼는지조차 기억나지 않았다. 하루 일과를, 생활과 습관을, 무엇보다 마음의 길을 완전히 다시 만들어야 했다. 손톱이 뭉개지도록 땅을 파헤쳐 길을 뚫어야 한다. 작은 일은 아닐 것이다. 큰일도 아닐 것이다. 자신을 믿으면 되었다. 어렴풋이 길이 보이는 듯도 싶었다. 슬픔은 감출수록 진해지고, 분노는 누를수록 거세지며, 마음속의 빛은 드러내지 않을수록 밝다는 말로도 위로가 되지 않았다.

깊은 밤, 잠에서 깨면 좀처럼 다시 잠을 이룰 수 없었다. 방문을 열고 마루로 나왔다. 검은 하늘에 반달이 떠 있었다. 맑은 날이었다. 자연은 무정하다. 인간이 얼마나 아프든 기쁘든 슬프든 정확히 정해진 시간대로만 움직인다. 매창에겐 유희경도 저 달만큼이나 무정한 사람이었다. 자기 계획대로만 움직이는 사람.

'만남은 짧고 헤어짐은 길군요. 만남은 진하고 달았지만 헤어짐은 오직 쓰고 쓰고 쓰기만 합니다. 저 지붕 너머 부서진 유리 가루처럼 흩뿌려져 있는 별들을 당신도 보고 있나요?'

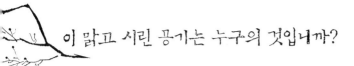

# 이 맑고 시린 공기는 누구의 것입니까?

전쟁이 터지고 스무 날도 안 돼 임금은 도성을 내놓고 북쪽으로 피난을 갔다. 사월 그믐날 어두운 새벽에 임금은 수행원 몇 사람과 함께 서대문을 빠져나갔다. 비는 추적추적 내리고 한양을 떠나는 왕의 모습은 비참하고 처절했다. 민심을 잃은 임금의 몰락을 안타까워하는 사람은 없었다. 정치란 무릇 그런 것임을 임금은 몰랐단 말인가.

자공子貢이 공자에게 정치가 무엇이냐고 물었다. 공자는 세 가지를 말했다. 먹을 양식과 나라를 지킬 병사와 백성의 믿음. 자공은 세 가지 중 하나를 뺀다면 무엇이 좋겠느냐고 다시 물었다. 공자는 서슴없이 국방을 맡은 병사를 들었다. 자공이 만약 하나를 더 뺀다면 무엇을 빼야 하냐고 물으니 공자는 양식을 책임지는 나라살림이라고 답했다.

"예로부터 사람은 누구나 다 죽음을 맞게 되어 있거니와 신의가 없으면 나라가 설 수 없는 것이다."

공자의 말은 한 치의 어긋남도 없이 현실이 되어 눈앞에 나타났다. 임금이 돈의문을 나서기 무섭게 노비 한 떼거리가 궁궐로 몰려왔다. 그들이 제일 먼저 한 일은 노비문서가 보관되어 있던 형조와 장례원을 불태워버린 것이다. 내탕고에 쳐들어가 궁 안에서만 쓰는 물품을 약탈해가는 자들도 있었다. 경복궁, 창덕궁에도 잇달아 불을 지르고 달아났다. 왕족과 사대부의 집을 습격해서 부수고 불을 질렀다. 장안 이곳저곳이 연기에 휩싸였다. 전쟁은 안에서도 일어났다. 지켜야 할 것과 따라야 할 것들이 뒤바뀌거나 무너졌다. 혼란을 애통해하는 자들과 통쾌해하는 자들이 한데 뒤섞인 속에서 전쟁의 기세는 날로 거세졌다.

전쟁의 기미가 있으니 대비해야 한다는 통신사의 의견을 묵살한 조정은 막상 왜적이 쳐들어오자 이리 뛰고 저리 뛸 뿐 뾰족한 수를 마련하지 못했다. 그러는 동안 왜적은 빠르게 북쪽을 향해 파죽지세로 나아갔다. 평양까지 가는 데 두 달밖에 걸리지 않았다. 왜군이 지나간 자리는 피바다, 불바다가 되었다. 피비린내 나는 공기와 바람과 함께 몰려다니는 것은 지독한 소문이었다. 소문은 장소를 가리지 않았다. 우물가에도, 안방에도, 부엌에도, 사랑방에도 들이닥쳤다.

"왕이 도망갔대. 의병이나 군졸로 나간 병사들도 절반은 죽었다니까. 조총은 눈이 달려서 정확히 상대의 심장을 찾아가 박힌다잖아. 에고, 무서워라."

"우물에 독을 타서 물도 못 마신 사람들이 까맣게 말라죽어간다는데 뭘. 으스대면서 거들먹대던 명나라 군사도 왜군 앞에서는 고양이 앞에 쥐라잖아. 굶어죽은 노인과 애들 시체가 길거리에 뒹굴어 발에 채인다니 지옥이 따로 없지 뭐야. 무슨 놈의 전쟁이 해가 바뀌어도 끝날 줄을 모르니. 쯧쯧."

"말도 마. 우리 군대는 도망가다 붙잡혀 죽는 게 일이고 왜놈들은 단숨에 한양으로 진격했다니까. 곡식이고 패물이고 다 뺏고 여자들도 남아나지 않는다잖아. 하여간 숭악한 놈들이야. 여자들을 범하고 나서는 절벽으로 밀어버린대. 에이그, 전쟁 나면 어쨌거나 여자들만 죽어나지."

출처가 불분명한 소문은 서로를 부추기며 바람 속의 들불처럼 퍼져나갔다. 관군은 적정을 미리 정찰하고 멀리서 적진을 망보는 척후와 요망의 중요성을 돌아볼 정신이 없었다. 무턱대고 움직이다가 뜻밖의 적과 마주치면 놀라 달아났다. 싸우기도 전에 패했다. 왜군이 두려워 군량과 병장기를 버리고 흩어졌다. 왜군이 조선군의 병장기와 군량을 모두 불태웠다. 화살로는 왜군의 조총을 당할 수가 없었다. 날아가는 새도 맞출 수 있다고 이름까지 조총이라 붙였다 했다. 충청도와 한양까지 초토화시킨 왜병은 평양으로 달렸다. 전라도는 보존되었다고 하나 관군의 군량으로 곡식을 싹쓸이하다시피 해서 물력이 고갈되었다.

삼도의 장수와 신하들이 모두 인심을 잃은 데다 변란이 일어난 뒤에 군사와 식량을 징발하자 백성들은 왜군을 만나면 싸우기는커녕 달아나기 바빴다. 국가의 명맥은 의병에 인해 유지되었다. 승려까지 의병에 가담하자 하나둘 힘을 모으기 시작했다. 전쟁터에 뛰어드는 것은 살생을 금하는 불교의 교리에 어긋나지만 불합리한 침략으로부터 나라를 구하고자 하는 일념으로 나섰다. 의병은 비록 큰 업적을 이루지는 못했어도 민심을 얻었다.

전쟁 소식을 전하는 사람들의 표정은 공포에 떨망정 활기차보였다. 왜군 진지에는 조선의 비단과 서책, 불경, 도자기와 소금에 절인 조선군의 코를 담은 상자들이 겹겹이 쌓여 있다고 했다. 도자기 굽는 사람과 어여쁜 여인들을 배에 태워 몰래 끌고간다고도 했다. 사람들은 머리를 득득 긁고 체머리를 흔들며 들은 얘기를 전했다. 전쟁에도 가난에도 아랑곳없이 이가 극성이었다. 머리통은 말할 것도 없고 배나 등이 가려워서 연신 긁어댔다. 아무리 없는 살림에도 도둑놈이 훔쳐갈 건 있다더니 이는 짜도 피 한 방울 안 나올 것같이 말라빠진 몸에 보금자리를 틀었다. 머리에도 옷에도 이들이 서캐를 슬고 뼈만 남은 궁기 든

몸에서 피를 빨았다.

죽었다, 다쳤다, 싸웠다, 묻혔다, 불탔다, 울부짖었다. 끔찍한 낱말들로 이어가는 대화로 밤이 깊어갔다. 소문의 발은 짧지만 빨랐다. 사실의 진위 여부는 중요하지 않았다. 말이 오가는 상황과 위태로움을 감지하는 심사가 문제였다. 지금 이 순간도 어디선가 집들이 불에 타고 화살이 허공을 날아 누군가의 몸을 꿰뚫고 있을 것이다. 사람들은 진저리를 치면서도 밥을 입에 넣고 똥을 쌌다.

매창은 그 모든 이야기의 중심에서 유희경의 고통을 보았다. 입에 오르내리는 모든 곳에 유희경이 있었다. 가 닿을 수 없는 곳. 그곳에서 그는 자신을 죽음 한가운데 던졌다. 싸움터로 나간 남자와 그들을 기다리는 여자들의 삶은 똑같이 기약이 없었다. 매창이라고 다르지 않았다. 전쟁과 무관한 사람은 없었다. 죽고 죽이는 일이 일상사가 되었다.

유희경이 미치도록 그리웠다. 그는 매창에게 삶의 지렛대 같은 존재였다. 그를 기다리며 보낸 세월이 아깝지 않았다. 그가 없다면 그녀의 인생은 텅 빈 곳간 같았을 것이다. 그래도 그걸로 충분하다고 말할 수는 없었다. 그의 실재가 필요했다. 그의 손을 잡고 그의 몸을 어루만지고 그의 뜨거운 체액을 받아들이고 싶었다. 지금은 갈 곳도 없고 반기는 사람도 없고 몸은 허깨비 같았다. 고집부릴 힘조차 남아 있지 않았다.

'그리움을 믿지 않아야 한다. 뻔뻔하고 어리석고 끝을 모르는 무모함을 믿지 않아야 한다. 알맹이가 없는 껍질뿐인 감정놀음이다. 고작 여기까지가 허락받은 사랑이고 나의 운명이란 말인가. 여기서 멈춰야 한단 말인가. 나는 그럴 수 있을까?'

지난봄 저녁은 즐겁기만 해서

술잔 앞에서 이 몸은 춤까지 추었지

시 끝에 한숨이 매달렸다. 하늘과 땅 사이 이 맑고 시린 공기는 누구의 것입니까? 이 공기 속에 당신이 마신 숨도 섞여 있겠지요. 내가 숨을 쉬면 당신의 숨이 나의 것이 되겠지요. 잠은 쉬이 그녀 옆에 자리를 틀지 못했다. 그 사람의 부재 앞에서 추억은 아무 힘도 발휘하지 못했다. 몸을 웅크리고 겨우 잠이 들었을 때 꿈속에서 아버지 목소리를 들었다.

"누구나 어떤 인생에나 고통은 있는 법. 이제부터 너는 너대로 버텨내라. 절대 우는 소릴 해선 안 된다. 남 앞에서 눈물을 보여선 안 된다. 사람들은 약한 사람을 동정하기는커녕 업신여긴단다. 눈물로 살려고 했다간 두 배로 딱한 인생이 될 것이다."

열다섯에 처음으로 몸을 바친 부사는 임기를 마치고 떠난 뒤 그녀를 곧 한양으로 부르겠다는 약조를 지키지 않았다. 그녀 인생에 찾아온 첫 시련이었다. 거짓도 빈말도 모르던 그녀는 그를 찾아 한양으로 갔다. 부사를 만나 약속 운운하다가 문전에서 박대를 받고 쫓겨났다. 마지막 희망이 깨져버린 그녀는 낯선 땅에서 의지가지없었다. 눈물을 흘리며 한양에서 객점을 하는 선배 기생 국향을 찾아갔다. 거기서 국향을 도와 거문고도 켜고 시도 읊으며 한두 해 살았지만 다친 마음에서 생긴 병은 낫지 않고 깊어져 도로 부안으로 내려왔다.

그때도 그녀는 아버지 말을 떠올렸다. 가질 수 없는 것을 한탄하며 서러워할 여유가 없었다. 당장 먹고 살 궁리를 해야 했다. 부사가 떠나면서 그녀를 기적에서 빼준 덕분에 몇 사람의 도움을 받아 객점을 차려 살림을 꾸려나갔다. 그녀의 나이 열여덟 살이었다. 조금도 봐주지 않는 야멸스러운 아비의 성격이 그녀를 강하게 만들었다. 참고 견디고 버티는 힘은 지금 그녀가 가진 전 재산이었다. 그토록 야속하던 아버지의 매정함을 고마워할 날이 오다니 인생에는 자신이 모르는 것들이 얼마나 더 숨어 있을까, 궁금했다.


명나라 군사가 파병되고 관군은 의병과 합세하여 평양성을 되찾았다. 그 기세로 권율 장군이 행주산성 전투에서 승리를 거두었다. 폭탄이 달려 있는 소형 화살인 신기전을 백 발씩 한꺼번에 쏠 수 있는 화포로 왜군을 집중 사격했다. 행주대첩의 승리는 군기시의 장인 이장손이 만든 '하늘에서 공격하는 천지를 뒤흔드는 우레'라는 뜻의 포탄, 비격진천뢰에 힘입은 바 컸다.

한양은 적에게 함락당한 지 십일 개월 보름 만에 되찾았다. 한양에서 왜병이 철수하자 임금은 도성으로 들어왔지만 궁궐이 불타 행궁에 머물렀다. 추운 겨울이 오고 왜군의 보급사정이 나빠지면서 관군의 반격은 거세졌다. 왜병은 조선의 강추위와 전염병에 쓰러져 절반이나 죽었다. 이때 명나라 장수 심유경이 나서서 일본과 강화조약을 맺어 전쟁은 소강상태에 들어갔다. 왜병은 남해 일대에 축성한 왜성으로 퇴각했다. 왜병들이 곱게 순순히 철수할 리 없었다. 경복궁에 불을 지르고 조선인 악공과 재인 미녀들을 납치해 북을 울리며 여유자작 남하했다. 남쪽으로 내려가는 길에도 방화와 약탈을 멈추지 않았다.

전쟁을 참고 견딘 백성을 기다리고 있는 것은 기근이었다. 전쟁 중에 농사를 짓지 못했으니 기근이 드는 건 당연했다. 먹을 것이 없어 백성들이 굶어죽는데도 관에서는 징발과 징세를 멈추지 않았다. 조정은 유지되어야 하고 관군도 먹여야 했다. 관리들은 민가의 잡곡 한 주먹까지 모조리 뒤져 거두어갔다. 거기다 명군에 군량 보급이 늦어지면 영의정이 무릎 꿇고 빌어야 하는 급박한 상황이었으니 도리가 없었다.

계절이 여러 번 바뀌었다. 꽃과 열매와 바람과 공기도 절기 따라 바뀌었다. 매창의 삶은 달라진 게 없었다. 계절과 풍경의 변화만으로 무엇을 바꾸기엔 역부족이었다. 그녀에게 세상살이는 두부모처럼 똑같은 날들의 연속이었다. 이전에 무엇을 하면서 살았는지조차 잊었다. 모든 게 헝클어지고 뒤섞였다. 전쟁이 앗아간 것은 물질만이 아니었다. 누가 나이고 누가 당신이고 무엇이 현재이고 무엇이 과거인지 확언할 수 있는 자 누구인가. 그 속에서도 하루가 가고 또 다른 하루가 왔다. 목숨은 제 길을 톺아 앞으로 나아갔다.

매일 하던 일들을 성심으로 하는 것, 그녀는 그것에만 마음을 썼다. 머리를 빗는 일, 얼굴을 매만지는 일, 방바닥을 걸레로 훔치고 사방탁자의 먼지를 닦는 일, 마당의 꽃에 물을 주는 일, 마당을 거니는 일, 시를 외우거나 붓글씨를 쓰는 일이 두 배나 힘이 들었다. 술을 팔고, 거문고 연주를 팔고, 이야기를 파는 일도 자신이 성심을 다해야 하는 일이었다.

전쟁이 소강상태에 들어갔는데도 흉년은 두 해째 이어졌다. 계사년과 갑오년의 흉년 중에 남자가 여자를, 어른이 아이를 잡아먹었다는 소문이 남의 얘기로 끝나지 않을까 봐 사람들은 겁에 질려 있었다. 곡식도 땔나무도 없었다. 벌판이나 산의 들짐승, 날짐승은 씨가 말랐다. 논의 알곡들은 인간이 죄다 주워 먹었으니 짐승들 먹을 게 없었다. 굶주려 기운 빠진 짐승은 인간의 손에 쉽게 잡혔다.

언제나 그렇듯이 한양에서 들려오는 소식은 절망적이었다. 백성들의 삶은 가뜩이나 허덕이는데 토목공사를 일으켜 민가 수천 채를 헐어서 인경, 경덕 두 궁궐을 화려하게 꾸몄다. 그 핑계로 관리들도 기와나 물품을 가로채 사치스러운 저택을 짓는 데 골몰했다. 새 임금은 궁 안에 은 수백 궤를 감추어두고 왕위가 위태로우면 중국에 뇌물을 바쳐 왕위를 되찾으려 한다는 풍문도 들렸다. 풍문과 사실의 경계가 모호했다. 백성들의 불안이 사실을 뭉뚱그렸고 풍문을 부풀렸다.

백성들을 도탄에 빠뜨린 전쟁을 막지 못한 당사자들 중에 반성하는 자들은 하나도 없었다. 그것이 권력의 본성인가. 이익되는 일은 앞에 나서고 책임질 일에는 뒤로 물러섰다. 사대부란 자들은 자신의 안위에만 집중했다. 베풀어야 하는 지위임에도 오직 자신이 가질 것에만 관심을 두었다. 없는 사람의 것을 빼앗는 일의 부도덕함에 둔감했다. 백성의 고통을 돌아보고 위로를 건넬 줄 아는 몇몇은 더러운 세상을 혐오하고 경멸했다. 하지만 그 경멸은 힘이 없어 아무것도 해결하지 못했다.

바람에 날아온 것은 나쁜 소식뿐만이 아니었다. 바람이 묻혀

온 풀씨들은 봄이 되자 싹을 피웠다. 자잘한 꽃들이 들판을 희고 붉고 노랗게 물들였다. 논과 밭을 덮은 자운영은 다홍색 이불을 깔아놓은 신방 같았다. 희망이라 불러도 좋을 만치 고왔다. 열 살짜리 여자애처럼 앙증맞은 자운영 꽃은 곧 갈아엎어져 거름이 될 것이다. 측간의 두엄에서는 김이 모락모락 피어오르고 개들도 바쁘게 돌아다녔다. 허리를 굽힌 농부들의 손놀림은 부산했다. 흙투성이 옷과 땀이 얼룩진 얼굴에 햇살이 비쳤다. 바삐 움직이는 농부의 몸에서는 흙냄새와 땀 냄새가 달게 났다. 잠깐씩 허리를 펴고 자신이 사는 마을을 바라보았다. 낮은 지붕 위로 연기가 피어올랐다. 밥 짓는 냄새가 났다.

전쟁은 그들에게 평범한 일상의 고마움을 가르쳐주었다. 이정도 사는 것도 어디냐 싶어 보리를 거두는 손길이 분주했다. 솔잎, 소나무 껍질, 느릅나무 껍질, 도토리, 칡뿌리, 쑥 등 구황에 먹을거리를 구해오는 것은 여자와 어린애 몫이었다. 그중에서도 솔잎을 제일로 쳤다. 솔잎을 쪄서 말려 가루로 만든 다음 콩가루에 섞어서 죽을 쑤어 먹었다. 콩가루를 섞지 않고 먹었다가는 변비에 걸리기 십상이다. 아침마다 아이들은 똥구멍이 찢어진다고 빽빽 울어댔다. 곡식 대신 나무껍질 같은 걸 많이 먹으면 부황이 들기 때문에 소금을 함께 먹어서 독소를 풀어주었다.

남자들은 광 밑바닥에 숨겨둔 종자들을 꺼내고 뒷간의 두엄을 뒤집었다. 곰삭은 두엄에서 밥 냄새만큼 푸짐한 냄새가 났다. 이따금씩 봄비가 내리고 나면 풀들은 부쩍 자랐고 날은 푹해졌다. 매창도 마당의 잡초를 뽑고 좁아진 빗물 도랑을 넓혔다. 찬모와 함께 뒤뜰에 채마밭을 가꾸었다. 호박과 아욱과 가지를 심었다. 매창은 가지꽃의 보랏빛을 볼 때마다 신기했다. 둥실 열리는 가지에 비하면 그 꽃은 얼마나 우아한가. 매창은 해마다 빼놓지 않고 가지를 꼭 심었다. 여름에 가지를 따다가 쪄서 쪽쪽 찢어 냉채를 만들기에 앞서 늦봄부터 그녀는 꽃이 언제 피나 아침마다 들여다보았다.

여름에 푹푹 솟아오르는 뜨거운 땅김을 쏘이며 엎드려서 김을 매는 사람들의 얼굴은 일상을 되찾았다는 안도와 추수의 기대로 밝았다. 전에는 그것이 감사의 대상인지도 몰랐다. 전쟁을 겪고 나서 씨를 뿌리고 알곡을 기다리는 일이 얼마나 귀한 것인 줄 알게 되었다. 산천이 전쟁의 폐허 속에 버려져도, 끼니를 이을 수 없게 궁핍해도 그건 아무것도 아니었다. 혼자만의 아픔이 아니었으니. 다 같이 겪고 다 같이 지나가야 하는 환난이었다. 지금 유희경의 안위만이 매창의 두려움이고 닥친 고통이었다. 그에게서는 아무 소식도 들리지 않았다. 물을 사람도 알 만한 사람도 없었다. 모두 제 목숨 부지하기도 간당간당한 때였다.

'그는 무사할까? 평생 붓을 잡던 손으로 활을 잡고 창과 칼을 잡는단 말인가. 사랑을 속삭이고 속살을 더듬던 손으로 사람을 죽인단 말인가. 시를 읊던 입으로 병사들에게 호령하고 고함친 단 말인가.'

매창은 자다가도 화약 터지는 소리에 놀라 잠을 깨곤 하였다. 그럴 때면 유희경이 걱정되어 가슴을 쓸어내렸다. 꿈속에서 그는 물소 뿔로 만든 화살촉을 징표로 가지고 왔다. 이상하게 어떤 표정이었는지 얼굴이 기억나지 않았다. 화살촉을 내미는 손만 또렷했다. 상처 하나 핏자국 하나 없이 새하얗고 깨끗한 손이었다. 꿈속에 잡아본 손조차 위안이 되었다. 그녀는 화살촉을 노리개로 만들어 가슴에 달았다. 괴이한 일이 아무렇지도 않게 일어나는 것이 꿈이라 해도 참 기묘한 장면이었다. 얼굴이나 한 번 봤으면.

손님을 맞는 일은 몸에 익은 대로 하면 될 일이었다. 허나 세상에 쉬운 일은 없었다. 부러 그녀를 떠보는 손님들 앞에서는 조용히 거문고를 탔다. 거문고 소리에 소동이 가라앉을 때도 있고 역심이 나서 더 괴롭히려 드는 패들도 있었다. 처음 기생이 되었을 때도 매창은 주눅이 들거나 기가 죽지 않았다. 배반이 낭자하고 계집 사내 할 것 없이 상스러운 말을 주고받는 난잡한 술자리도 그녀는 즐거이 참여했다. 그래야만 했다. 그러려고 노력했다. 즐겁게 하지 않으면 더 견디기 어려울 터이니. 그렇더라도 할 수 없는 일은 할 수 없다고 끝까지 버텼다. 음탕한 농담 정도라면 얼마든지 참을 수 있었다. 저고리를 벗은 채 거문고를 타라는 요구는 끝내 거부했다. 고름을 잡아당겨 뜯어도 움쩍도 하지 않았다.

옛날에 관기로 있을 때부터 그녀의 고집은 유명했다. 선배 기생에게 종아리를 맞고 욕을 먹어도 버텼다. 사흘을 굶어 눈이 쑥 들어간 검불 같은 형상을 보고 다들 혀를 차며 그녀의 생고집에 치를 떨었다. 결국 그녀가 이겼다. 무서운 것이 없는 사람이 이기는 것이 싸움이다. 그녀의 재주가 워낙 남다르다 보니 시간이 흐르면서 사내들도 그녀를 함부로 대하지 않았다. 재주는 인간을 곤경에 빠뜨리기도 하지만 구하기도 했다. 선배나 동료 기생들의 충고는 삼엄했다.

"네가 아무리 잘났어도 여자는 어떤 남자를 만나느냐에 따라 인생이 달라진다는 건 알아둬야 한다. 기생에게 남자는 다섯 가지 중 하나야. 어떤 놈이든 이 중 하나로 걸려들게 되어 있어. 첫째는 불쌍하여 동점심이 드는 남자인 애부, 둘째는 돈 많고 풍채 좋아 인기 있는 남자인 정부, 그다음은 서로 그리워하면서도 잘 만나지 못하는 남자인 미망이 있지. 그때가 제일 정신을 차려야 할 때야. 넷째는 여자를 지성으로 섬기는 남자인 화간이 있고 마지막으로 기생에 빠져 생사 구별도 못하는 바보 남자인 치애가 있어. 나한테 어떤 남자가 걸리는지는 중요하지 않아. 우리는 그 남자들을 어떻게 이용해야 하는지만 생각하면 되니까. 신기하게도 어떤 놈이든 우리한테 필요한 것 한 가지는 만족시켜 주거든. 사랑에 깊이 빠지지만 않으면 나름 재미도 있단다. 그걸 알면서도 제대로 가는 계집이 적으니 그게 문제야. 하지만 어쩌겠냐. 그것도 다 제가 타고난 팔자인 것을."

그건 괜한 걱정이었다. 선배 기생의 충고가 아니더라도 매창에게는 아는 것을 뽐내는 사대부들이 필요했다. 그녀가 목말라 하는 지식은 그들에게서 나왔다. 짐승의 몸에 붙은 홀씨가 들판에 떨어지듯 그녀를 찾아오는 사대부들의 입에서는 이곳이 아닌 저곳의 소식이 풀려나왔다. 정보의 부스러기들을 모아보면 세상에서 일어나는 변화의 윤곽과 사건의 실체가 어렴풋이 잡혔다.

매창은 알고 있었다. 그녀가 노래하는 연모의 시들은 결국 양반들의 애정욕구를 만족시키는 직업상의 의무일 뿐이다. 기생이 읊는 시 속의 사랑이 자신을 향한 것이라 여기는 남자들의 착각이 기생들에게는 필요했다. 매창 또한 그렇게 했다. 사랑의 대상이 따로 있다는 걸 들키지 않는 것은 도리였고 규율이었다. 소문을 듣고 찾아온 자들일지라도 매창은 자신의 입으로 다른 남자의 일을 떠벌리지 않았다. 그러는 것이 모두를 위한 일이라고 믿었다.

고을 유지인 정 진사의 친구라는 사람이 곡성에서 찾아온 적이 있었다. 선친이 내수사에 몸담았던 벼슬아치 집안의 자제답게 풍모도 수려했고 말투도 점잖았다. 처음엔 분위기가 좋았다. 각자 자기가 아는 노래를 부르고 술잔을 돌리며 거문고 소리에 취해 웃고 즐겼다. 곡성 사람은 시간이 흐르고 술이 몇 순배 돌고도 매창이 자신의 수작에 응하지 않자 다짜고짜 저고리를 벗어보라고 말했다.

"다 늙은 계집의 보잘것없는 몸이 무엇이 볼 게 있겠습니까? 그런 소청이시라면 다른 아리따운 아이를 들여보내드리지요."

매창은 완곡하게 그의 수작을 물리쳤다. 그에게 창기 노릇을 하는 기생은 따로 있음을 상기시켰다. 매창이 창기 역할을 하지 않는다는 사실은 단골이라면 다 알고 있었지만 그는 계속 어깃장을 놓았다.

"볼 게 있는지 없는지 결정할 사람은 나다. 네까짓 게 감히 어디다 대고 이래라 저래라 하는 것이냐?"

매창은 얼굴 찌푸리는 일이 없기를 바랐지만 뜻대로 되지 않았다. 그는 매창의 옷고름을 홱 잡아챘다. 그 바람에 옷고름이 찢어지면서 그녀의 속살이 드러났다. 그는 손을 멈칫하면서도 부아가 가라앉지 않아 씩씩거렸다. 매창은 손으로 앞섶을 여미며 자세를 바로잡더니 그 자리에서 시조창을 한 수 읊었다.

> 취한 손님이 버 저고리를 잡았는데
>
> 손님 손길 따라 저고리가 찢어져버렸네
>
> 저고리 하나쯤이야 아까울 게 없지만
>
> 임이 주신 정까지 찢어지지 않았을까 두렵네

"고얀 것! 기생이면 기생답게 굴어야지. 어디서 누굴 가르치려 드는 거냐? 그 잘난 문자 집어치워라!"

가만히 시조창을 듣고 있던 남자는 분기와 노기로 얼굴이 새파래졌다. 속으로야 무안했겠지만 계속 고함을 치며 허세를 부렸다. 말 사이사이 이빨 부딪치는 소리가 딱딱 났다. 매창은 동요하지 않았다. 어떤 일도 그녀를 흔들 수 없을 것처럼 보였다.

"어차피 잘난 척한다는 말 들었으니 외람되지만 한마디 더 보태겠습니다. 논인어주색지외論人於酒色之外라고, 공자님께서도 인물을 논함에 있어 주색은 흠으로 말하지 않는 법이라고 하였사옵니다. 오늘 일은 주흥에 겨워 술잔이 넘치듯 정이 넘쳐 일어난 일인 줄 아옵니다. 쇤네의 행동을 버릇없다 너무 나무라지 마시고 제 곡조 한 가락 들어주시면 저도 기꺼운 마음으로 노래한 곡 올리겠사옵니다."

매창은 뜯어진 옷고름을 가다듬고 앉아서 좌중의 시선이 자신에게 모아지길 기다렸다.

"그래라, 매창아. 자네도 여기 정 진사 체면도 있으니 그만 화를 누그러뜨리게."

옆 손님의 한 마디에 성난 손님도 큰 기침을 하고 더는 입을 열지 않았다. 매창이 노래를 시작하자 방금 일어난 다툼과 흥겨움과 고약한 심술이 곡조를 따라 다스려지고 있었다. 하나둘 손을 무릎 위에 올려놓고 손장단을 하기 시작했다. 시주詩酒를 즐기러 온 한량답게 불미스러운 일은 금방 잊어버리고 시에 취하고 술에 취했다. 정 진사의 친구 역시 헛기침을 두어 번 하더니 몸을 외로 틀고 매창의 노래를 듣지 않는 척하면서 귀를 열었다. 이후로는 그녀를 향해 음심을 드러내지 않았다. 더는 망신살이 뻗치고 싶지 않았던 것이다. 제 것이 아닌 여색보다 확실히 제 것인 체면을 선택했다. 사내 아닌가. 그것도 술에 취한 사내. 매창은 순식간에 약한 짐승으로 곤두박질치는 사내들을 가엾게 여겼다. 사대부라고, 사모관대 썼다고, 비단옷 입었다고 별다를 게 없었다. 수컷인 바에야 상대가 누구든 자기를 내쳤다는 건 상상만으로도 견디기 어려운 일이다.

사람들은 그녀가 유희경에 대한 절개를 지키려는 것이라 말들 했지만 그녀는 수절을 작심한 적이 없었다. 부러 지어먹지 않고 그저 자신의 마음이 시키는 대로 할 뿐이었다. 세월이 흐르면서 매창의 소리와 시, 거문고 연주가 남다르다는 것이 먼 동네까지 알려졌다. 오입쟁이나 난봉꾼의 발걸음은 줄고 조용히 주흥을 즐기려는 사대부들로 손님들의 물갈이가 이루어졌다. 존구자명存久自明이라잖는가. 인간의 실체는 언제고 알려지게 되어 있고 인생도 그에 따라 굴러가게 되어 있었다.

매창은 어느 손님이나 친절히 대해주었지만 몸과 마음은 허락하지 않았다. 그럴 만한 인물을 만나지 못했다는 게 정직한 말이리라. 그들도 사내인지라 흥이 무르익어 육욕을 들이댈 때가 있어도 그동안 떠들어댄 것이 있고 읽어온 글줄이 있으니 아주 지저분하지는 않았다. 노는 물은 노는 사람마다 달랐다. 그래도 여러 사람의 갖가지 성정이 바닥까지 드러나는 술자리에서는 정신을 바짝 차려야 했다. 한눈파는 사이에 어디서 불화살이 날아올지 모른다. 섣불리 대거리하는 것도 교언으로 무마하려는 것도 상대의 비위를 거스를 수 있다. 일단 사태가 진정될 때까지 몸을 낮추어야 한다.

서로 안면을 익히고 서신을 주고받으며 인연을 잇는 대감들이 많아도 매창은 사사로이 인맥을 이용하려는 염은 내지 않았다. 물정 모르는 사람이 청을 넣었다가 그녀에게 호되게 당하는 일이 가끔 있었다.

"하루 술자리에서 쌓은 정과 말로써 기생이 제 이익을 도모하려 한다면 이 나라 정사가 어찌 되겠사옵니까? 정사까지는 아니더라도 제 장사에도 도움이 안 됩니다. 쇤네는 술상을 치우는 순간 인연의 끈을 놓아버린답니다. 훗날 인연이 물 흐르듯 제 갈 길을 찾아가는 대로 내버려두지요. 제가 어찌 다시 인연의 줄을 팽팽히 당길 의지를 갖겠습니까? 그건 제 뜻도, 그분들의 뜻도 아닐 것입니다."

그들은 매창의 평소와 다른 냉정하고 매몰찬 대답에 머쓱해져서 입을 다물었다. 그런 일을 겪은 사람은 매창을 다시 찾지 않았다. 말하지 말았어야 했다. 설사 그런 생각을 하고 있더라도 입 밖에 내서는 안 되었다. 나쁜 상황에서의 말이란 언제든 상대를 공격할 칼을 품고 있었다. 어쨌거나 자신을 찾아온 손님이 아닌가. 매창은 곧 자신의 오만함을 반성했다. 현실을 외면한 객기일 뿐이었다. 자신에게 밥을 벌어주는 일의 정체를 제대로 파악하지 못한 어리석은 행동이었다. 덕분에 늘 궁핍을 면하기 어려웠다.

'세상을, 사대부를 우습게 알았다. 그것이 나의 병통이었다. 이용해야 하는 대상을 무시하는 건 어리석다. 우스웠기 때문에 웃었고 싫어서 싫다고 했다. 그런 나를 세상은 자기편에 끼워주지 않았다. 준 대로 받은 것뿐이다. 후회는 없다. 그런 건 아무래도 좋다. 오직 한 사람만이 내 인생에 영향을 끼칠 수 있다. 나의 한 사람은 너무 멀리 있다. 멀다. 이 말을 소리 내서 말해본다. ㅁ과 ㅓ와 ㄹ의 긴 울림이 정말 멀고 먼 거리를 보여주는 듯 길다. 머얼다. 가질 수 없는 것을 향한 이 갈급함도 오래 싸워야 하는 적이다.'

유희경에게 이토록 집착하는 이유가 뭘까. 매창은 자신의 가슴속을 남의 것인 양 헤집어보았다. 모순되게도 유희경이 자신을 지배하려고 하지 않고 탐심을 부리지 않기 때문에 마음이 그에게 붙들려 있었다. 그는 그녀의 본모습을 있는 그대로 봐준 사람이고, 그 모습 그대로 살도록 해준 사람이었다. 그와 함께라면 그녀가 가진 것을 하나도 버리지 않아도 되었다. 내 것을 버리지 않아도 되는 대신 그를 얻을 수도 없었다. 그녀는 그 거리감이, 이 차가운 진실이 두렵다. 노래를 부른다. 노래는 마음의 옹이를 녹이고 세상을 향한 눈을 뜨도록 닫힌 마음을 열어주었다.

꽃은 웃어도 소리가 들리지 않고
새는 울어도 눈물을 보기 어렵네

노래를 부르다가 오랜만에 붓을 잡고 그 시를 종이 위에 써본다. 花笑聲未聽 鳥啼淚難看. '花'를 쓸 때는 꽃처럼 웃었다. '鳥'

를 쓸 때는 문 두드리는 손님이라도 있는 듯 고개를 들어 밖을 내다보았다. 눈과 귀는 언제나 문밖을 향해 있다. 생각이 제 아무리 꼿꼿하다 한들 몸은 생각을 따라주지 않았다. 몸의 움직임이 검불처럼 가벼웠다. 말에도 심지가 없어졌다. 건듯건듯 가을 걷이한 옥수숫대처럼 버석거렸다. 먹을 가는 손목에도 힘이 빠졌다. 그녀는 시 한 수 쓰고 나서 붓을 내려놓았다. 더는 흥이 나지 않았다. 어찌하여 몸을 구성하고 있는 모든 것에서 기운이 빠져나가는 것일까? 혼자 있는 것을 경계해야 한다. 혼자 보내야 하는 시간은 그리 길지 않았다. 그녀에게도 그녀의 속내를 살필 줄 아는 새로운 벗이 생겼다.

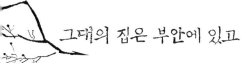
# 그대의 집은 부안에 있고

\*

평화는 짧았다. 안심하기엔 너무 일렀다. 정유년에 왜군은 또다시 전쟁을 시작했다. 불을 지르고 아이 눈앞에서 부모를 베어 죽였다. 시체가 노적가리처럼 쌓여 눈 뜨고 볼 수 없었다. 왜군은 조선인의 귀가 아니라 코를 베어갔다. 귀를 베면 살 수 있어도 코를 베면 출혈이 너무 심해서 살아나지 못했다. 문을 숭상하는 조선과 무를 숭배하고 최강 무력을 자랑하는 일본의 싸움은 애초에 맞상대가 되지 않았다. 임진란의 경험을 거울삼아 더 철저히 준비해서 쳐들어온 왜적 앞에 조선은 속수무책이었다.

임진란 때 우리 조정은 명나라 장수의 충고를 귓등으로 들었다. 중국에서는 한물간 주자학을 신봉하여 고담준론을 일삼다가 학문과 현실 사이에 괴리가 커서 임진란이 일어나게 됐다는 말은 새겨들을 구석이 있었다. 주자학은 진취성과 역동성을 억누르는 학문이었다. 쓸데없는 말만 앞세운 명분에 매달려 실리를 잃고 개혁을 가로막았다. 조선에서 생필품 구하는 데 어려움을 겪은 명군은 명의 상인을 불러들였다. 화폐 대신 미포米包로 물물교환을 하는 조선에 동전 유통과 상업과 무역의 활성화를 권했다. 여행할 때도 무거운 무명 대신 은덩이 몇 개만 배낭에 넣고 다니면 되었다. 명나라 상인들이 명주를 들여와 전란 중에도 사치품이 만연하는 폐해를 낳기도 했다. 그나저나 죽어나는 것은 백성들뿐이었다.

언제나 밝은 날이 오려나. 세상은 뒤숭숭했고 하늘과 땅은 나쁜 소식으로 얼룩졌다. 과중한 부역과 조세에 시달리다 못한 백성은 고향을 버리고 떠도는 유랑민이 되었다. 한 끼 밥을 얻기 위해 양반부호의 집을 털거나 능묘를 파헤쳤으며 관아의 물건을 훔쳤다. 전쟁 동안 농사를 짓지 못하고 유랑민이 된 백성들은 먹을 것이 없어 굶어죽은 숫자를 셀 수 없었다. 대낮에도 사람을 죽여 인육을 먹으니 여자와 애는 문밖으로 나갈 생각조차 하지 못했다. 어미가 병으로 죽은 자식을 삶아 먹는다는 말이 헛소문이길 바랄 정도였다.

이번엔 제일 먼저 전라도를 진격해서 참혹하게 유린했다. 전주, 남원, 순천과 아울러 부안에도 피바람이 불었다. 고을 선비가 나서서 일으킨 호벌치 싸움에서 수천수만 명이 죽었다. 통곡 소리가 몇날 며칠 이어졌다. 매창도 한 달 넘게 월명암으로 피신 갔다가 그곳도 왜군의 공격으로 불타자 집으로 돌아왔다. 죽어도 집에서 죽자는 심사로 숨어 지냈다. 말 그대로 전쟁 같은 하루하루였다. 결국 전쟁이 끝났지만 몸도 마음도 폐허였다.

백성들은 믿을 건 의병뿐이라는 말을 조심스레 주고받았다. 의병들은 재산과 가족의 안위를 위해 목숨을 걸고 싸움터로 나갔다. 대대로 초야에 묻혀 있던 전직 관리, 유생, 고을 유지들은 조정과 지방 수령의 무능함에 의지할 수 없어 내 민족 내 고향을 지키기 위해서 창의倡義했다. 나라를 국난으로부터 건지려는 것은 두 번째 이유였다. 피난 중에 민심의 이반을 본 임금은 의병조직이 역모로 발전할까 우려했다. 그들의 공을 세워주면 백성을 버리고 도망친 자신의 위신이 서지 않을까 두려워했다.

용맹한 의병장이었던 김덕령이 역모 혐의로 맞아죽는 광경을 본 곽재우는 산으로 은거해버렸다. 세상과 단절하고자 속세의 음식을 끊고 솔잎만 먹는 벽곡을 하였다. 곽재우는 목숨이 위험하다고 말리는 부인의 목에 칼을 들이대고 의병을 일으킨 사람이었다. 자신의 곡간을 열어 의병들을 먹여 살렸다. 백성들은 나라님을 입에 담는 것조차 더럽다는 듯 침묵했다. 밥 먹을 때

이외엔 입을 열지 않았다. 무술년에 일본의 수장 도요토미 히데요시가 죽고 왜군이 완전히 철수할 때까지 지옥만도 못한 삶을 마소처럼 견뎌냈다. 그녀의 삶도 다를 바 없었다.

"저 바람 속에서 벼르고 별러 여름과 가을과 세한이 지나고 나면 다시 꽃을 피우리니, 비낀 창문에 핀 매화를 볼 때마다 내 너인 듯 여기리라."

유희경의 말은 의외의 상황에서 현실이 되었다. 가을에 잎이 떨어지고 추운 겨울이 지나고 나면 봄이 오는 이치는 그녀의 삶에도 마찬가지로 적용됐다. 울증과 공포와 분노의 고개를 넘어 일상에 안착했다. 그녀의 삶에 또 다른 사람의 빛이 비치기 시작했다.


김제 부사 이귀는 생일잔치에 기생들을 불러 연회를 열었다. 그는 거문고에 능한 매창을 초대했다. 잔치가 시작되자 꽃 같은 젊은 기생들의 가무가 이어졌다. 고달픈 삶 속에서 만나는 잔치라 다들 신이 나서 어깨춤을 추며 같이 어울렸다. 초무인 검무와 장고춤 사이에 악공들이 피리와 태평소를 불어 분위기를 띄웠다. 기생들은 하나같이 최고로 곱게 단장한 모습이었다. 이날은 근방의 방귀깨나 뀌는 인사들이 모두 모이기 때문에 재주를 보이는 데 한 치의 소홀함도 있어선 안 된다. 기생들은 단장에 각별히 신경을 썼고 춤 연습에도 열심이었다. 공연을 눈여겨본 양반에게 낙점을 받을 수 있는 기회가 따라올지도 모르기 때문이다. 점심때가 지나고 거의 끝 순서로 매창은 거문고를 연주하며 노래를 불렀다.

> 내 가슴에 흐르는 피로 님의 얼굴 그려내어
>
> 내 자는 방 안에 족자 삼아 걸어두고
>
> 살뜰히 님 생각 날 **때면** 족자나 볼까 하노라

목소리를 꺾고 내리고 부리는 품이 어찌나 서럽고 애절한지 좌중이 숨죽인 듯 조용했다. 노래는 잠자리나 나비의 뒤를 따라가듯이 허공을 부드럽게 누비며 듣는 사람의 가슴을 뒤흔들었다. 먼지 이는 공기를 가르고 목소리가 한 촉의 난초처럼 하늘로 뻗어 올라갔다.

"너의 재주는 짝을 찾기 어려운 경지에 도달했구나. 외로운 날이 많겠다."

그녀가 노래를 마치자 이귀는 곁으로 불러 술을 따르게 했다. 매창도 그와 술잔을 주고받으며 긴 정담을 나누었다. 이귀도 매창 앞에서는 지위로 상대를 내리누르려는 권위를 내세우지 않았다. 그녀의 말을 들었고 자신의 얘기를 했다. 누구나 언제든

임자를 만나면 풀어놓을 이야기 한 보따리쯤은 준비되어 있게
마련이다. 그가 아끼는 매창의 재주는 거문고 소리였다. 그녀를
쉬게 해주고 싶을 때는 시를 읊거나 술을 마시기도 했지만 그가
매창을 찾는 이유는 애간장을 툭툭 끊는 것 같은 거문고 소리
때문이었다.

"화용월태花容月態라더니 너를 두고 이른 말이다. 고운 얼굴에
재덕까지 겸비했으니 너는 하늘이 낸 사람이다. 곱기로는 얼굴
이 네 마음을 따라오지 못하겠구나."

첫 만남 이후 그는 오라비처럼 늘 그녀를 챙겨주었다. 그녀의
가난한 살림을, 세상을 영리하게 이용할 줄 모르는 서툰 처세
를 진심으로 안타까워했다. 그의 따뜻한 마음 씀씀이에 매창뿐
만 아니라 주위 사람들도 놀랐다. 그는 평소 사대부로서 권능을
내세우는 편이라 마음에 들지 않는 자리에서는 술상도 엎었다.
우락부락하고 눈빛이 이글거리는 외모부터 피가 끓는 관상이었
다. 매창은 앙금 없고 직심스러운 그의 성품이 마음에 들었다.
내성적인 자신과는 사뭇 다른 면이라 오히려 대하기 편했다. 전
해 듣기로는 싸움을 즐기는 호전적인 성격이지만 풍류와 멋을
아는 사내 중의 사내라고 했다. 지금도 갓에서부터 도포와 버선
까지 섬세하게 고른 것들이었다. 갓이 내려오지 않게 하면 그만
인 풍잠조차 멋을 부리는 사람이 선호하는 마노로 만든 것을 붙

이고 있었다.

"네 곡조가 사람의 심사를 후벼 파는구나. 누가 너의 마음을 그리 사로잡았는지 그 자가 부러울 뿐이다. 그 뒤를 내가 이으면 아니 되겠느냐?"

매창에게는 주변 사람을 자기편으로 만드는 기이한 힘이 있었다. 군더더기 없이 담백하게 상대방의 가슴 한가운데로 질러가는 말과 행동과 거문고 덕분이었다.

"쇤네의 나이 벌써 스물다섯이옵니다. 사랑의 진창에서 헤맬 기운이 더는 없사옵니다. 가끔 저한테 술이나 한 잔 따라드릴 기회를 주시어요. 적적한 날 불현듯 거문고 소리 생각나시거든 아무 때고 들러주시고요."

"이렇게 실망스러운 일이 있나. 이리 어여쁜 여인이 사랑을 싫다 하니 나더러 어찌하라는 말이냐? 진창에 빠지지 않도록 내가 도와주면 어떻겠느냐? 울뚝불뚝하게 생겼어도 내 마음은 질화로처럼 따끈하다는 걸 너도 곧 알게 될 것이다. 한번 진한 사랑을 맛본 사람은 절대 진창에서 오래 헤매지 않는다는 것 정도는 나도 안다. 내 너에게 마른 땅만 밟게 해주마."

이야기책에 나오는 달콤한 연정에서부터 자신의 머리를 얹은 부사와 차린 살림, 정인과의 이별, 매일 밤 그녀를 부르는 사대부들의 희롱. 그녀는 세상에 존재하는 수많은 사랑과 욕망과 그것의 발현을 심연에서부터 밑바닥, 바로 코앞의 현장에 이르기까지 낱낱이 익힌 사람이다. 누가 뭐라 하든지 그것이 불변의 진실이 아니라는 것쯤은 알고 있었다. 이귀도 길게 더 말을 덧붙이지 않고 박수를 두 번 치면서 노래를 한 곡 더 청했다.

"너의 장기인 듯싶으니 이번에는 더 짠한 것으로 부탁한다."

매창은 허리를 곧게 펴고 숨을 한번 고른 다음 술대를 잡고 줄에 손가락을 얹는다.

송백같이 굳은 맹세 하던 그날은
사랑이 깊고 깊어 바다였건만
한번 가신 그 임은 소식이 없어
한밤중 나 홀로 애를 태우네

거문고 소리는 매창의 핏줄을 통과해서 나오는 것 같았다. 얼마나 애간장이 끊어지게 노래를 부르는지 곁에 앉은 기생들조차 옷고름으로 눈가를 찍었다. 제각기 심중의 사람을 떠올리는 것이리라. 코를 푸는 아낙들 옆에서 괜히 헛기침을 하는 남자들도 여럿이었다. 저마다 저만 아는 설움 하나쯤 없는 사람이 어디 있겠는가. 거문고 소리가 하늘 끝까지 가 닿을 듯 긴 여운으로 잔치 마당을 흘러 다니는 동안 사람들의 시선은 모두 매창을 향해 있었다.

"과연 매창이로고. 결코 실망시키지 않는구나. 언제 내가 너의 시린 가슴 쓰다듬어주마."

"고맙사옵니다. 달 밝은 날 들러주시어요. 국화주 한 병 준비해두겠습니다. 밤을 새워서라도 거문고 연주 올리겠사옵니다."

이귀는 흥감하여 너털웃음을 웃었다. 매창은 그의 흰소리나 장담이 싫지 않았다. 이루어지지 않더라도 큰소리치며 자신을 믿게 하려는 그 마음이 좋았다. 매창은 그가 강개하고 호방한 인물이면서도 약자 앞에서는 정약한 면모를 보이는 사람임을 알아보았다. 그날부터 더욱 가까워져 오누이처럼 은근한 정을 나누며 지냈다.

며칠 후 한 처녀애가 보퉁이를 가슴에 안고 매창을 찾았다. 쭈뻣거리며 대문 안을 들어서는 품이 어디서 눈칫밥깨나 얻어먹은 여자애 같았다.

"너는 누구냐? 어리디 어린 사람이 어쩐 일로 이곳엔 혼자 온 것이냐?"

"여기서 매창 아씨를 모시면서 살라고 부사 어르신께서 보냈사옵니다."

여자애는 잔뜩 주눅이 들어 기어들어가는 목소리로 대답했다. 이귀가 보낸 사람이었다.

"이름은 무엇인고? 부모님은 어디 사시느냐?"

여자애는 마침 울고 싶었는데 때려주었다는 듯이 울음을 터트린다. 한참을 훌쩍이더니 잘 들리지도 않게 기어들어가는 목소리로 대답을 했다.

"어머니는 삼 년 전에 돌아가셨고, 아버지는 작년에 노름빚이 무서워 도망친 후 감감무소식이어요. 이름은 윤금이옵고 성은 김가이옵니다."

관아의 부엌에서 물을 길어주면서 밥을 얻어먹고 살았다고 했다. 얼굴에 그늘이 져서 조금 어두워 보이긴 했지만 말하는 것이나 옷매무새는 음전하고 야무진 데가 있었다. 이귀는 스스로 사람 보는 안목이 있다고 장담하는 사람이니 아무나 보내진 않았을 것이다. 그녀가 처음 객점을 차릴 때의 나이쯤 돼 보였다. 아니나 다를까. 열아홉 살이라고 하였다. 매창과 자매처럼, 식구처럼 지낼 사람이 필요하다고 생각한 이귀의 따뜻한 마음이 느껴졌다.

다음날 이귀는 저간의 사정을 간략히 적은 편지와 함께 쌀 두 가마를 보냈다. 아버지 말고 그녀의 밥상, 잠자리, 먹고사는 일을 걱정해주는 사람은 그가 처음이었다. 그래서 훗날 이귀가 김제를 떠나면서 건네준 밭문서를 받을 수 있었다. 거절한다면 그것은 땅이 아니라 그의 마음을 거절하는 것이라고 그녀는 생각했다. 밭은 그녀의 밥상에 푸성귀와 잡곡이 떨어지지 않을 만큼의 딱 그만한 크기였다.

유희경이 떠나고 매창은 여름이면 비와 우울의 냄새가 가득한 계절을 보냈었다. 이귀가 새 벗 노릇을 해주고 하루를 사람 사이의 온기로 채우자 생활에는 다시 활기가 찾아왔다. 기다림의 고통과 울증도 잦아들었다. 밤이면 거울을 꺼내 삶에서 빛을 잃은 자신의 얼굴을 비춰보곤 했다. 그 속에는 자신이 가장 잘 알고 사랑하는 사람의 얼굴이 있었다. 사랑하는 사람에게서 충분한 사랑을 받지 못한 여자의 허전함을 거울은 있는 그대로 보여주었다.

*

아침 안개가 낀 들판은 아늑하고 포근했다. 가을이 되니 늘 보던 풍경에도 기름기가 돌았다. 피난에서 돌아온 사람들도 하나둘 농사 채비를 시작했다. 논밭의 곡식은 농부에게 자식이나 진배없었다. 추수한 곡식을 절반 넘게 도지로 내놓는다 해도 익어가는 벼를 바라보는 심정은 자식 입에 밥 들어가는 걸 보는 어미 마음이리라. 그 대책 없는 마음이 더 딱했다.

윤금이가 겨울 밑반찬 만드는 동안 매창도 곁에서 거들었다. 파 다듬고 마늘 까는 일은 그녀 몫이었다. 부엌일이 손에 익은 찬모를 내보내고 부엌살림을 윤금이에게 맡겼다. 손님 오는 날이면 아직은 뭐부터 해야 할지 몰라 쩔쩔맨다. 매창이 앉아서 시래기를 엮어 주면 장덕이가 담장에 매달았다. 잡일을 거들며 드난살이하는 머슴 장덕이는 윤금이가 온 뒤로 밖에 싸돌아다니지 않고 온종일 집 안을 오갔다. 윤금이는 무를 썰어 장독대에 돗자리를 깔고 호박오가리 옆에다 같이 널었다.

항아리를 열어놓은 장독대에서는 익어가는 장 냄새가 진동했다. 바지런하게 항아리를 행주로 닦아놓아 햇빛이 비칠 때면 항아리에서 반짝반짝 윤이 났다. 사람 사는 집 같았다. 윤금이가 된장이 제대로 익었는지 손가락으로 찍어서 맛보다가 매창에게도 맛을 보였다. 짭짤하고 구수한 된장만 있어도 겨울 반찬 걱정은 없었다. 게장과 산초장아찌는 입맛 없을 때 물이나 녹차에 만 밥에 곁들여 먹으면 별미였다. 명아주잎과 깻잎 장아찌도 두 항아리 담가두었다. 손 많이 간다고 관두라고 해도 간장만 두 번 끓여 부으면 되는데 뭐가 힘드냐면서 윤금이는 팔을 걷어붙였다. 부엌에서 물동이 나르던 시절 어깨 너머로 음식 만드는 걸 배워뒀다고 모처럼 큰소리를 쳤다. 채소를 다듬은 뒤 장독대를 정리하는 건 장덕이 몫이었다. 장독대에 물을 끼얹어가며 항아리와 바닥을 말끔히 소제하고 나서 점심을 먹었다.

털게로 담근 게장은 싱싱한 냄새가 일품이었다. 등껍질 안에 꽉 찬 살에서 단맛이 났다. 장덕이는 게장과 깻잎만 갖고도 밥 두 그릇을 비웠다. 매창도 요즘은 밥맛이 좋았다. 수수와 기장이 섞인 잡곡이었지만 혀에 단맛이 괴며 쌀밥마냥 잘 넘어갔다. 배가 부르면 시름도 줄어드는 법이다. 맛난 밥을 먹고 게을러진 몸으로 마당에 내려섰다. 매창은 손수 싸리비를 들고 바람에 떨어진 나뭇잎과 국화 이파리를 쓸어서 한쪽 구석에 모아두었다.

매창은 방문을 열어놓고 앉아서 밖을 내다보는 걸 좋아했다. 동백기름을 무명천에 묻혀서 거문고를 닦고 느슨해진 줄도 손을 보았다. 윤금이는 장독대 옆 양지쪽에 앉아서 짚수세미에 재를 묻혀 놋그릇을 닦고 있었다. 장덕이가 가만히 다가가 뒤에서 두 손으로 윤금이 눈을 가렸다. 윤금이는 부러 깜짝 놀라는 시늉을 하고 장덕이는 윤금이 허리를 덥석 끌어안았다. 몸을 빼려고 앙탈을 부리는 윤금의 얼굴이 홍시빛으로 달아올랐다. 장덕이는 팔을 풀고 앞으로 다가와 주머니에서 종이에 싼 것을 꺼내 윤금이 손에 쥐여주었다.

"이게 뭔데?"

"인절미."

"어, 맛있겠다. 어디서 났어? 아씨도 인절미 좋아하는데."

"내소사에서 천도제가 있다길래 일 도와주러 갔었거든. 몰래 몇 개 싸온 건데 아씨 주고 말고 할 게 있냐? 얼른 입에 넣어. 아씨는 내가 나중에 또 얻어서 갖다드릴 테니까."

"음, 안 되는데……."

말은 그렇게 하면서 윤금이는 벌써 떡을 입에 넣고 씹느라 말 끝을 맺지도 못했다. 매창은 거문고를 세워놓으며 혼자 웃는다. 너희들 때문에 웃을 일이 있구나. 인절미의 고소한 냄새가 생각 나 침이 넘어갔지만 둘을 방해하고 싶지 않았다.

유희경이 의병을 일으켜서 세운 전공 덕분에 면천을 하고 관 직에 나갔다는 소식을 이귀에게서 전해 들었다. 그의 승승장구 가 자신과의 거리를 더 벌어지게 한다는 사실에 매창은 잠을 이 룰 수 없었다. 긴 가을밤 어수선한 잠자리에서 일어나 마루로 나갔다. 달빛이 국화꽃 핀 마당을 비추자 어둡던 마음이 촛불이 라도 켠 듯 환해졌다.

'너를 너무 늦게 만났구나. 어디서 청춘 다 보내고 이제야 너 를 만나다니.'

그의 간곡한 말들이 칼이 되어 그녀를 찔렀다. 그의 말대로 그는 자신의 마른 가지를 떠나 멀리 날아가려고만 하는 철들지 않는 봄새였을까. 그녀는 아무것도 믿을 수 없었다. 믿을 수 없 는 것이 늘어갈수록 시에 매달리며 밤을 새우는 날도 많아졌다.

마음으로 볼 수 없는 것은 글자로 적어 눈으로 보려 했다. 시여, 내가 알아야 할 것이 있다면 그것이 무엇이든 보여다오.

낮과 밤의 풍경은 사뭇 달랐다. 보일 것은 보이고 가릴 것은 가려주는 것이 달빛이었다. 쑥대가 우거지고 개울물이 흐르는 고샅 끄트머리도 밤에는 수묵화처럼 형체만 보인다. 밤의 그윽함이리라. 귀뚜리 소리가 다정하다. 곁에 없는 것들을 생각한다. 닿을 수 없는 것들을 생각한다. 끝내 이루지 못할 것을 생각한다. 불운한 자들이 인생을 편안하게 살려면 어찌 해야 하나. 제 분수를 아는 길밖에 없다. 체념이 희망이다. 체념이 행복이다. 매창은 달에 대고 다짐하듯 말했다. 구름이 천천히 움직이며 달을 가렸다.


방문이 소란스럽게 열리더니 윤금이의 숨넘어가는 목소리가 들렸다. 문턱에 걸려 넘어지며 호들갑스럽게 매창을 불러댔다. 손에는 종이가 들려 있었다.

"아씨, 아씨! 편지예요, 편지! 아이고 이놈의 치마가 왜 자꾸 발에 걸리고 난리다냐."

윤금이는 급히 뛰어오다가 치마 앞자락에 발이 걸려 넘어졌다.

"한양이요, 한양. 한양에서 편지가 왔어요."

한양이라는 말만 듣고도 매창은 그 자리에서 옴짝달싹 못하고 얼어붙었다. 그토록 마음을 다잡고 평안을 도모했건만 한양이라는 말 한 마디에 모든 것이 원점으로 돌아갔다. 몸이 굳고 입도 굳은 채 손만 앞으로 길게 뻗었다. 윤금이가 그녀의 손바닥에 서찰을 올려놓았다.

"편지를 누가 가지고 왔더냐?"

"한양에서 대감댁 종지기라는 사람이 가져왔습니다."

"어서 들라 해라. 어서 그 사람을 이리 불러 오거라. 얼른 술상을 차려 내와야지. 입맛 다실 게 뭐가 있느냐?"

매창은 두서없이 아무 말이나 막 쏟아냈다.

"갑자기 뭐가 있을까 모르겠네요."

"뭐가 됐든 다 가져오너라. 그분 먼저 들라 이르고."

말이 떨어지기가 무섭게 윤금이 한 남자를 앞세우고 매창의 방으로 들어섰다. 방갓을 쓰고 짤막한 푸른색 도포를 입고 있었다. 먼 여행에 도포 솔기와 버선이 때가 타서 시커멨다. 서른 살 남짓 먹어 보이는 남자는 삐죽이 고개를 빼고 방 안을 둘러보았다.

"어서 오시어요. 누추하지만 잠시 들어오셔서 그분 소식 좀 들려주세요."

말을 채 마치기도 전에 매창의 눈동자는 실핏줄이 터진 것처럼 붉어졌다.

"벼슬자리도 받고 집도 큰 데로 이사를 갔다고, 아주 잘 지낸다고 전하라고 하셨사옵니다. 자세한 건 서찰을 읽어보시면 알 수 있을 것입니다."

"그렇군요. 오, 그렇군요."

매창은 그 말이 무슨 계시라도 되는 듯, 나갔던 정신을 수습하며 편지 봉투를 뜯었다. 단단히 봉한 것도 아닌데 몇 번이나 놓쳐서 다시 봉투 입을 찾아 뜯었다. 읽기도 전에 긴 한숨을 내쉬었다. 반가웠다. 유희경의 글씨를 얼마 만에 보는 건가. 단정한 글씨가 중간쯤부터는 고르지 못했다. 그녀는 자신의 감정에 빠져 심부름꾼 종지기가 별스럽게 쩔쩔매면서 당황하고 있는 것을 발견하지 못했다.

잘 있었느냐?

자주 만나는 사람은 할 말이 많지만 오래 격조한 사이는 할 말을 찾느라 서두가 이리 더디구나. 무슨 말로 너를 위로할 것이며 무슨 말로 나의 마음을 전할 것이냐. 내가 죄인이다. 붓끝이 막막하고 눈앞이 캄캄하고 가슴이 먹먹하다. 내가 무슨 말을 하든 너는 알 것이다. 나의 둔한 붓끝이 다 전하지 못한 말을.

무슨 말을 하고 싶은 걸까? 매창은 그제야 불길한 기운이 자신을 덮치고 있음을 알아차렸다. 고개를 들고 심부름꾼을 쳐다보았다. 그녀의 눈에 눈물이 그렁그렁했다.

"무슨 일이 있으신 거지요? 저한테 말하기 어려운 일이 뭐가 있었던 거지요?"

남자는 고개를 푹 숙였다. 매창은 무슨 말이라도 괜찮으니 얘기해달라고 다그쳤다.

"대감마님이 오래전부터 편지를 보내고 싶어 했사오나 그 일 때문에 차마 그러지 못하셨사옵니다. 말씀드리기 송구하오나 작년에 혼례를 올리시고 올해 아들을 낳으셔서. 저를 불러 여러 차례 말씀하셨어요. 이 죄스러운 마음을 어찌 전해야 하느냐고."

매창은 읽던 편지를 방바닥에 떨어뜨렸다. 눈에 고여 있던 눈물이 주르르 흘러내렸다. 가슴 한가운데가 뻐근하게 아파왔다. 입술을 앙다물고 울음을 참느라 숨이 가슴을 짓눌렀다.


　　그동안 어찌 지냈느냐?

　　나는 면천하였다. 하잘것없는 재주를 천거한 사람도 있었고 의병 활동의 공도 인정받았다. 이 말을 너에게 하기가 참으로 어렵구나. 너는 알 것이다. 우리 같은 사람에게 비천한 신분을 떨쳐버리는 게 어떠한 일이라는 것을. 다 좋지만은 않더구나. 미운 털이 박혀 다들 어떻게든 내게서 흠을 찾아낼 기회만 엿보고 있다. 천출의 피는 어쩔 수 없다는 말을 하고 싶겠지. 저녁에 퇴청하고 집에 오면 목이 뻐근하고 뒷골이 당겨서 눕는 일조차 힘겨운 날이 많다. 하루하루 사는 게 살얼음판을 걷는 일이다. 몸을 낮추고 숨조차 삼가면서 살고 있다.

남정네의 이런 말이 여인에게 얼마나 비루하게 들릴 것이며 얼마나 정이 떨어지게 할지 잘 안다. 내 하소연에 귀가 따가워 네가 귀를 씻어내는 것은 아닌지 걱정이 된다. 나도 강한 남자가 되고 싶고 네 앞에 당당한 남자가 되고 싶었다. 그런데 너에게 나는 죄를 지었다고밖에 말할 수 없는 처지가 되고 말았구나. 수없이 썼던 편지 찢고 다시 썼던 이유도 이 때문이다. 부끄럽고 또 부끄럽다.

네가 언제나 강건하길 빌고 또 빈다. 너의 몸을 살피는 일이 나를 애모하는 일임을 한시도 잊어선 안 된다. 다시 보는 날 예전 모습 그대로이어야 하느니라.

이 부끄러운 글을 너무 나무라지 말거라. 내가 살아 있다고, 내 심장이 너를 향해 뛰고 있다는 말 한마디 전하려고 이 힘겨운 편지를 이어가는 내 마음도 편치 않구나.

부디 강건하게 잘 지내라. 너를 볼 날을 기다린다. 너를 볼 날을……

편지 뒤에 시 한 수가 동봉되어 있었다. 그 시를 읽자마자 매창은 참았던 눈물이 터져 그 자리에 엎드려 대성통곡을 하였다.

그대의 집은 부안에 있고
나의 집은 한양에 있어
그리움 사무쳐도 서로 볼 수가 없네
오동나무에 비 내릴 때마다 애가 끓는구나

그는 부안이 먼 곳임을, 자신이 위태로운 자리, 죄 지은 자리에 있음을 말하고 있다. 다 맞는 말일 것이다. 그 빤한 말을 하기 위해 몇 밤을 새웠을 것이다. 이 모든 말은 그의 인생이 그녀의 것과 포개질 수 없다고 알려주었다. 그녀는 눈물을 훔치고 편지를 접어 문갑에 넣었다. 그는 일상인으로 성실한 삶을 살고 있었다. 눈앞의 욕심에 휘둘리고, 새벽부터 밤까지 일을 하고, 매일 조금씩 닳고 낡아갈 것이다. 뜨거운 영혼도 식을 것이고, 영혼 어느 구석에도 매창이 차지할 자리는 없을 것이다. 그녀는 자신의 마음에 일어나는 불안을 있는 그대로 직시하며 닥쳐올 현실에 맞섰다.

매창은 자리를 털고 일어나 흩어졌던 생활을 하나씩 정돈하기 시작했다. 살아야 한다. 잘 살아야 한다. 살아내는 것이 부끄러움을 이기는 길이다. 불경을 읽는 것으로 마음이 흐트러지는 것을 막았다. 불경이 답을 가르쳐주진 않아도 질문을 다독여주기는 했다.

그녀는 할 일이 없는 날은 바깥으로 나갔다. 되도록 많은 사람을 만나고자 했다. 다른 세상을 보고자 했다. 그래야 내면의 소리에 휘둘리지 않을 것이다. 사람들의 땀을 보고 눈물을 보고 웃음소리를 들었다. 한 사람에게 집중되었던 힘은 뭐든 할 수 있을 만큼 막대했다. 하루 걸러 한 번씩 서림의 금대琴臺에 들러 거문고를 타곤 했다. 노인정의 노인들이 그녀의 연주를 보기 위해 모여들었다. 시조창도 함께 하고 탁주를 나눠 마실 때도 있었다. 노인들은 줄 것이 없을 때 바로 옆의 혜천惠泉에서 샘물 한 바가지를 떠다 주기도 했다. 거문고 소리가 전쟁으로 다친 사람들의 마음을 잠시라도 어루만져주었으면 하는 게 그녀의 바람이었다. 위로는 사람들뿐 아니라 그녀에게도 필요했다. 언젠가는 삶이 제자리로 돌아오거나 더 나은 곳으로 옮겨간다고 믿었다. 하늘과 땅과 들판과 바다도 달리 보였다. 낙조를 가장 잘 볼 수 있는 월명암 낙조대에도 자주 올랐다. 첩첩 이어지는 변산 너머 조각배처럼 떠 있는 섬들 사이로 번지는 낙조를 보고 있노라면, 다 하지 못한 사랑이 멀리서 그녀를 불렀다.

유희경의 소식은 다시 멀어졌다. 한 해가 더 지나고 이번에는 편지 없이 시 한 편만 부안의 아전을 통해 전해왔다. 나쁜 소식, 허튼 약속일망정 편지를 받는 편이 나았다. 매창은 자리에 누워 일어나지 못했다. 밤마다 그의 시가 혼령처럼 그녀를 찾아왔다.

임과 한번 헤어진 뒤로 구름이 막혀 있어
나그네 마음 어지러워 잠 못 이루네
기러기도 오지 않아 소식마저 끊어지네
벽오동 앞에 찬 빗소리 차마 들을 수 없어라

매창은 윤금이를 데리고 뒷산에 올라갔다. 솔잎주 담글 솔잎을 따기 위해서였다. 산이 깊어 나무와 식물이 다양하게 자랐다. 논과 밭에서만 양식을 구할 수 있는 게 아니었다. 소나무가 울창해서 버섯도 제법 많이 딸 수 있었다. 봄에는 산나물, 여름부터 가을까지는 꽃과 열매, 겨울에는 나무뿌리들이 목숨을 부지할 수 있게 철 따라 먹을 것을 대주었다. 부처님의 말씀대로 세상 만물에는 인연이 깃들어 있어 서로가 서로에게 덕을 베풀고 해를 끼치며 세상살이를 꾸려나갔다. 아무리 바빠도 매창이 자기 손으로 꼭 하는 일이 술 담그기였다. 몸도 즐겁고 마음도 기꺼운 일이다. 광에는 잎과 열매와 뿌리와 과일로 봄여름가을 겨울 담근 술항아리가 줄을 맞춰 서 있다. 재회의 날이 온다면 저 술을 다 마실 동안 머물라고 말하리라. 아니다. 그녀는 고개를 저었다. 단 한 병이라도 함께 나눌 복록이 주어지길 바랐다.

장덕이는 자석이라도 매달아놓은 것처럼 윤금이를 따라왔다. 소 팔러 가는 데 개 따라 가듯이 아무 때나 부끄러운 줄도 모르고 종종거리며 윤금이 뒤를 따라다녔다. 산나물을 캐다가 삶아서 말리는 일도 둘이 꼭 붙어서 같이 했다. 봄에 장 담글 메주콩을 삶을 때 주걱을 젓는 사람도 장덕이었다. 그윽한 솔향에 매창은 고개를 들고 숲을 바라보았다. 그녀가 가장 좋아하는 냄새 중 하나다. 나무와 나무들이 뿜어내는 지독하게 강렬한 열망의 냄새. 식물들은 꼼짝 없이 한 곳에 붙박여 살아야 하는 생명이니 냄새로 자신의 존재를 알려왔다. 그 냄새의 켜켜에 사랑과, 분노와, 한탄과, 배고픔이 속속 배어 있다. 비 온 뒤엔 더욱 진해진 냄새로 제각각의 갈망을 올올이 표현했다.

한식경 남짓 지나자 자루가 절반쯤 찼다. 허리가 시큰거릴 즈음 도시락을 풀어 점심을 먹었다. 짠지와 멸치젓, 푸성귀와 된장이 전부인 소박한 밥상이었다. 장덕이는 수저를 들고 윤금이 가까이로 바투 다가앉았다.

"윤금이가 올해 몇 살이지?"

"저보다 한 살 어린 스물셋이옵니다."

"아씨가 나한테 물으셨는데 왜 네가 나서서 대신 대답을 하냐?"

장덕이가 끼어들어 먼저 대답했다가 윤금이한테 어깨를 한 대 얻어맞았다.

"제일로 고울 나이로구나. 꽃보다 더 고울 나이야."

"저처럼 못난 얼굴더러 곱다 하시면 그건 욕이옵니다. 곱기야 아씨가 참말 곱지요."

"네 나이 때는 자기가 얼마나 고운 줄 모르는 거다. 저기 저 꽃처럼. 나비가 찾아와 향기를 맡고 꽃가루를 묻혀 나르기 시작하면 자기 때가 무르익었음을 눈치 채지."

"맞습니다요, 아씨. 너, 아씨 말씀 잘 새겨들어라. 내가 왜 너를 따라다니는 줄 이제 알겠냐? 꽃이 아무리 예뻐도 나비가 찾아오지 않으면 무슨 소용이겠냐?"

"너 말 한번 잘 했다. 내 말이 바로 그거야. 나비도 좋고 벌도 좋고 다 좋은데 왜 하필 너처럼 시커멓고 못생긴 나비가 먼저 찾아오냐고?"

그들의 농담은 끝 간 데 없었다. 자기들이 얼마나 좋은 때를 지나고 있는지 몰라서 더 아름답겠지. 제 열정에 사로잡혀 짝 없는 매창의 허한 마음을 돌아볼 겨를이 없었다.

"오늘은 일찍 내려가자. 내일은 술을 빚어야 한다면서."

"예. 그래서 며칠 전에 제가 윤금이랑 밀가루 빻아두었습니다. 둥그렇게 잘 반죽해서 누룩틀에 넣어 발로 꾹꾹 밟아두었죠. 지금쯤 누룩곰팡이가 알맞게 피어올랐을 거구먼요."

또 장덕이가 먼저 나섰다. 이번엔 윤금이도 장덕이 말에 맞춰 자랑스럽게 고개를 끄덕였다. 누가 천생연분 아니랄까 봐 일할 때도 놀 때도 죽이 척척 맞았다. 두 사람은 몸을 털고 일어나 대나무 도시락을 챙겼다. 장덕이가 바랑을 걸머지고 솔잎을 따다만 큰 소나무 쪽으로 걸어갔다. 윤금이도 장덕이를 따라가고 매창은 느슨해진 치마폭을 잡아당겨 올려서 치마말기를 질끈 동여매고 그 뒤를 따라갔다.

아침부터 집 안이 부산스러웠다. 윤금이와 장덕이가 왁자지껄하게 떠드는 소리가 마당을 가득 채웠다. 술을 빚으려면 꽤 많은 양의 쌀을 씻어야 했다. 시루에 찌고 어쩌고 하려니 일거리가 많았다. 느지막이 일어나 밖으로 나가보았다. 윤금이가 시루에 쪄서 꼬들꼬들하게 만들어놓은 고두밥을 멍석 위에 펴서 말리고 있었다. 한쪽에선 장덕이가 절구에 누룩을 찧는 중이었다. 이제 그 두 가지를 함께 버무려서 항아리에 넣고 따뜻한 물을 부어 사나흘 적당한 온도를 유지시켜주면 뿌연 탁주가 만들어진다. 그럴 때 광에 들어가면 항아리 속에서 뽀그르르 술이 익어가는 소리가 들린다. 가라앉은 누룩과 밥이 술밑으로 잘 만들어지면 이 술밑에 물을 조금씩 부으면서 체로 걸러낸 것이 탁주다. 청주가 마시고 싶을 땐 용수 속에 고인 맑은 술을 떠내면 된다. 그 생각을 하자 매창의 입에 침이 고였다.

"아씨, 술 만드는 건 하나도 힘들지 않지만 아씨가 요새 술이 느신 것 같아 걱정이어요."

윤금이는 익어가는 술내에 코를 킁킁거리면서 매창을 돌아보고는 눈을 맞추고 심각한 표정으로 말했다. 술이 늘긴 늘었다. 혼자 지내는 밤이 많을수록 갈증이 심했고 물로는 그 갈증이 달래지지 않았다. 매창 자신도 술을 좀 줄여야겠다는 생각을 하고 있었다. 요즘은 아침에 일어날 때 배가 찢어질 듯 아플 때가 많다. 몸이 술을 받아들이지 못하고 있는 거다.

"그래야지. 나 혼자 다 마시려고 담근 술도 아닌데 말이다."

윤금이는 아직 못 다 한 말이 남았다는 얼굴로 매창을 물끄러미 바라보았다. 하지만 끝내 그 말을 밖으로 내보지는 않았다. 매창이 그 말을 알고도 남는다는 걸, 그 맘까지 알고 있다는 걸 아는 표정이다. 강아지가 그녀 곁으로 다가와 얼굴을 비볐다. 며칠 전에 윤금이가 얻어다준 누런 삽살개다.

"숨 쉬는 것 하나는 곁에 있어야지요."

윤금이는 철든 소리를 하며 개 밥그릇을 마루 밑에 놔주었다.

"좀 클 때까지는 집 만들어주지 말고 그냥 여기서 살도록 해요. 아씨도 이것이 요만큼 가까이 있어야 마음이 더 놓일 것 아니어요."

살아 있는 것, 정 줄 대상이 곁에 없는 자신을 걱정하는 윤금이의 속마음이 매창은 고마웠다. 여린 마음에 장덕이와 가까이 지내는 것이 미안했던 거다.

"목숨 가진 것 끼니때마다 밥 거두기 번거로워 어찌 키우느냐?"

"그건 제가 챙길 테니 아씨는 신경 쓸 것 없다니까요. 그냥 가끔 이놈이 어디 돌아다니나 찾아보기만 하세요. 누렁이도 아씨가 좋은가 보네요. 아까부터 아씨 얼굴만 쳐다보고 있잖아요. 참 이름은 그냥 누렁이라고 지었어요. 생긴 게 그러니 고대로 불러주면 돼요."

"누렁아!"

강아지는 그게 제 이름인줄 알고서 앞발을 허공에 대고 내둘렀다. 매창은 큰 소리로 깔깔깔 웃었다. 오랜만에 내는 큰 웃음소리였다. 식구가 하나 늘었다. 두 끼도 빠듯한 살림이지만 그녀는 오히려 마음이 든든했다. 그녀가 금대나 혜천으로 나들이 갈 때면 누렁이도 졸졸 따라왔다. 마치 윤금이 뒤를 따라다니는 장덕이 같았다. 예전에는 금대의 너럭바위에서 거문고를 탔지만 요새는 누렁이와 혜천의 약수를 나눠 마시며 저 아래 관아와 객사를 내려다보고 앉아 있다 내려온다. 좀 더 걸어서 상소산 중턱까지 올라갈 때도 있는데 아직 여린 생명이라 반 식경쯤 걷고 나면 헉헉댔다. 그러면 매창은 누렁이를 들어서 안고 걷는다. 손바닥에 물컹 잡히는 배가 따뜻하다. 품에 안고 살살 걸어 내려오는 동안 누렁이는 잠이 들었다. 가위눌림도 악몽도 없이 새근거리며 쿨쿨 잤다. 참으로 탐나는 평안한 잠이었다.

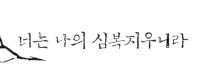

# 너는 나의 심복지우니라

＊

　가는 사람은 가고 오는 사람은 온다. 유희경이 떠난 뒤 이귀가 매창의 곁을 지켰다. 그는 지방군수로, 그녀의 정인으로 한세월을 보냈다. 서로에게 필요한 것을 줄 수 있는 두 사람의 관계는 평온했다. 미진함, 아쉬움, 억울함 같은 감정은 관계를 해치지만 원하는 것이 확실할 때는 그런 감정이 들어올 틈이 없다. 이귀는 매창의 시와 거문고가 필요했다. 이귀의 물질적 도움과 든든한 후원은 매창의 생활을 지켜주었다. 둘은 있는 듯 없는 듯 곁에 있어주면서 서로에게 수족처럼 절실한 존재였다. 하지만 이귀도 임기를 마치고 매창을 떠났다.

　애통해하지 않는 이별, 성숙한 어른의 이별이었다. 서로 잘 지내길 빌어주고 진심으로 따뜻한 마음을 주고받았다. 줄 때는 애달프고 절절하다가도 돌아설 땐 준 것을 차갑게 빼앗아 가는 게 사랑인 줄 알았다. 사람이 오고가는 일이 한 가지 모양만은 아니었다. 비가 내려 꽃을 키우고 개울물이 소에게 젖을 만들어 주듯이 양분으로 남는 관계도 있다는 건 귀한 경험이고 깨달음이었다. 매창은 마음이 한 뼘쯤 자란 것 같은 뿌듯함을 느꼈다. 이전과 다른 나, 이전보다 너른 마음을 가진 자신이 마음에 들었다. 마음의 키가 그만큼 자란 덕분일까. 그녀는 다른 사람을 만날 수 있었다.

매창이 허균을 만난 것은 신축년 성하盛夏의 어느 날이었다. 그는 충청도와 전라도 지방의 세금을 걷는 전운판관 벼슬을 얻어 부안에 왔다. 정유년의 난이 수습되고 삼 년이 지났다. 그는 서른 살 초반인데 벌써 머리가 하얗게 세었다. 어디에서도 환영받지 못하는, 서얼보다 못한 신세가 되어 떠돌아다녔다. 공무는 뒷전인 채 부처를 섬기다가 삼척 부사 자리에서도 쫓겨났다. 아내가 쌀독에 쌀이 떨어졌다고 한탄할 정도로 살림살이가 형편없었다.

"여보, 너무 걱정 마오. 곧 무슨 일이라도 생길 것이니. 참판 어른께 청을 넣었다네. 조관 자리라도 하나 얻어달라고 말이야."

조관은 각 고을에서 세금으로 거둬들인 쌀을 서울로 운반하는 일을 감독하는 종5품 벼슬이다. 바닷가를 돌아다니며 자연이나 벗하며 살 생각으로 그 벼슬을 얻고자 했다. 실제로 조관은 고을 수령에게 환대받는 벼슬이었다. 그들의 부정을 끄집어낼 수도 있고, 마음만 먹으면 그들과 야합해서 한밑천 남길 수도 있는 자리였다. 가는 곳마다 극진한 술대접을 받았다. 관리들이 지방 출장을 가면 그 고을 기생이 수청을 드는 건 관례였다.

허균이 전운판관이 되어 부안에 부임하자마자 아전과 백성들이 모여서 수군거렸다. 천하의 방탕아라는 소문이 허균보다 먼저 부임지에 당도했다. 행실이 괴이해서 모친상을 당하고도 기생과 놀아나고 나라에서 금하는 참선과 예불은 빠지지 않는 괴물이라는 평이었다. 그것을 명민한 허균이 모를 리 없었다.

"남녀의 정욕은 하늘이 준 것이요, 예법 행검은 성인의 가르침이다. 성인을 낸 것은 하늘이니 내 차라리 성인의 가르침은 어길지언정 하늘이 내린 성품은 감히 어기지 않겠다. 나는 나대로 내 길을 갈 테니 쓸데없는 걱정은 말아라."

그의 말은 거침이 없었다. 세상이 자기를 뭐라 하든지 거기에 얽매이지 않았다. 내세를 믿는 불교를 공부했기 때문일 거라고 매창은 이해했다. 여기가 끝이 아니라는 여유, 진짜 판결은 나중에 받겠다는 의지가 그를 자유롭게 해주었을 것이다. 오만방자하다는 말을 들어도 할 말이 없을 수위의 언행이었다. 해운판관이라는 직임을 수행할 때는 엄격하기 이를 데 없어 허투루 일하는 아랫사람을 매로 다스리기도 했다. 그 외의 시간에는 보통 사람은 상상할 수 없을 만큼 자유롭다 못해 분방했다. 때로 분방을 넘어서 방만하기까지 했다.

허균은 측근과 함께 부안을 두루 돌아보았다. 절벽이라 접근하기도 힘든 곳에 미륵불이 새겨져 있는 월명암을 찾아갔다. 절마당을 거닐고 주지승을 만나 얘기를 나누고 나면 마음속 허열이 다독여졌다. 산을 내려오는 길에 동행이 꼭 가봐야 할 곳이 있다고 청했다. 한참 떨어진 상소산 아랫동네의 객점인데 몇 시간 가야 하지만 관아와도 가까우니 나중에 이동하기 좋다고 부추겼다. 소문으로만 듣던 매창을 직접 만나봐야만 진짜 부안을 본 것이라는 결정적인 한마디로 그를 설복했다. 허균도 매창 얘기는 익히 들어서 잘 알고 있었다. 친구인 석주 권필에게 시를 받아 읽은 적도 있었다. 두 말 할 필요 없이 그는 동행을 따랐다.

관아 뒤 상소산 끝자락쯤에 있는 아담한 집 한 채가 매창의 객점이었다. 청보랏빛 수국과 분홍색 상사화가 활짝 피어 집 앞을 장식하고 있었다. 사람보다 먼저 꽃향기가 손님을 맞았다. 마당 여기저기에도 온갖 꽃들이 향내를 뿜어냈다. 방은 양쪽으로 두 칸씩 네 칸이었고 가운데는 사방이 내다보이는 대청마루가 훤했다.

마당으로 들어서던 허균은 방 안에 단정히 앉아서 책을 읽는 매창을 발견했다. 옆 사람에게 조용히 하라는 시늉을 하고 한참을 서서 바라보았다. 조금 있다가 마루 가까이 다가갔다. 매창의 이마와 코끝과 입술로 이어지는 얼굴선은 가늘고 길어서 서늘한 느낌을 주었다. 혼자 있는데도 모자람이 없이 꽉 찬 느낌이 드는 여인이었다. 담 너머에서 불어온 바람이 그녀의 모시저고리 고름을 들썩였다. 창가의 매화나무에는 매실이 다닥다닥 매달려 있었다. 마루 벽에 그녀가 쓴 것으로 보이는 글씨 족자가 걸려 있었다.

填 不 滿 慾 海(진불만욕해)
攻 不 破 愁 城(공불파수성)

굵고 큰 글씨체로 시원스럽게 써내려갔지만 글자 사이에 도사리고 있는 의미는 만만치 않았다. 욕망은 바다와 같아 아무리 채우려 해도 채워지지 않고 근심의 성은 아무리 공격해도 부술 수 없다는 말은 보통 배포가 아니면 내놓기 어려운 말이다. 마음의 일조차 거침없이 해치울 여인이구나. 정신의 현이 팽팽히 당겨지는 느낌을 허균은 오랜만에 맛보았다. 그녀에게로 눈길을 주었지만 독서삼매경에 빠진 매창은 손님의 기척을 알아차리지 못했다.

"계시오?"

매창은 고개를 밖으로 돌렸다.

"어서 오시어요."

밖에 서 있는 손님을 일별하고 놀라는 기색 없이 차분하게 일어나 마루로 나왔다. 조용한 걸음으로 댓돌에 내려서더니 안으로 드시라고 두 손으로 방을 가리켰다.

"집이 아주 조용하군 그래."

허균 옆에 서 있던 얼굴이 유난히 희고 둥근 남자가 입을 열었다. 청나라에 세 번이나 다녀온 역관 김성운이라고 허균이 간단한 소개를 했다. 중국에 갈 일이 있을 때마다 서책을 사다 달라고 부탁하는 사이였다. 허균의 동행은 비록 중인이었지만 문리도 트이고 대국을 드나들어 견문을 넓힌 사람답게 노는 품에 천기가 없었다. 신분이나 지체에 상관없이 생활은 상당한 수준을 갖춘 덕분일 것이다. 조선에 돌아다니는 비단과 사치품은 대부분 역관을 통해 들어왔다. 거래를 중개하고 막대한 부를 축적한 역관들은 자신의 신분보다 높은 사람들과 사귀는 것이 보통이었다. 두 사람이 방 안으로 들어와 좌정하자 매창이 뒤따라 들어와 절을 올렸다.

"갑자기 찾아와서 놀랐느냐?"

"사람 사는 집에 사람이 찾아오는 게 뭐 그리 놀랄 일입니까? 게다가 이곳은 객점인걸요. 잘 오시었습니다."

"그 또한 그렇구나. 네가 조선의 명기라는 매창이더냐?"

"명기인 줄은 모르겠지만 이름은 매창이 맞사옵니다."

"아무리 뜯어보아도 천하절색은 아닌데 무엇이 출중해서 명기라는 명성을 얻었을꼬? 안 그런가, 김 역관?"

"매창의 문자향은 꽃향기를 앞지른다고 다들 입을 모아 얘기합니다. 분내 나는 다른 여인과 비교해서는 아니 될 듯싶사옵니다. 여색을 보는 안목이 높으신 교산 대감의 취향에 맞을지 어떨지 한번 시험해보시지요."

"허허 그런가? 매창아! 정녕 그러하냐?"

교산 허균에 대한 평은 돌고 돌아 매창의 객점에도 당도해 있었다. 시재는 뛰어나지만 방자하여 웬만한 사람과는 말을 섞지 않고 무례히 면박을 주기 일쑤라고 하였다. 매창은 본시 떠도는 말 따윈 신경 쓰지 않는 편이다. 술자리에서 온갖 추태와 함께 양반들의 바닥까지 다 본 터에 무슨 말을 더 보탠단 말인가. 술에 취하면 남정네들이 어떻게 변하는지 보고 난 뒤로는 진면목이라는 말을 달리 해석하게 되었다. 저잣거리에서 사람들이 재미 삼아 지껄이는 인물평이나 풍문 따위는 우스울 따름이었다.

"기생으로 퇴물이라 불려도 따질 나이가 아닌 처지에 어찌 명기 운운하는 말을 받자옵겠습니까? 그런 말씀은 거두시지요. 쇤네 겨우 까막눈을 벗어난 정도인데 문자향이라니요? 가당치 않사옵니다. 교산 대감이야말로 시속의 평이나 세간의 소문과는 사뭇 거리를 두고 사시는 분이라 들었습니다만. 남의 말로 쇤네를 이리 당황하게 하시니 역시 사람의 말은 믿을 것이 못 되는가 보옵니다."

허균은 무릎을 치며 가가대소하였다.

"허허허, 말솜씨는 가히 명기라 불리고도 남음이 있구나. 내가 이곳에 온 까닭이 뭔 줄 아느냐? 너를 혼내주러 왔느니라."

허균은 말을 마치고 매창의 눈치를 살폈다. 매창은 김성운을 돌아보며 무슨 뜻인지 아느냐고 눈으로 물었다. 김성운 역시 미소만 지을 뿐 입을 꾹 다물고 있었다. 섣부른 대응을 삼가겠다는 자세였다.

"네가 무슨 재주가 그리 많기에 한양의 사대부들이 너의 시를 돌려 읽으며 혀를 차는 것도 모자라 이리 먼 길을 찾아오게 만든단 말이냐? 고연지고. 이마에 뿔이 났나, 코가 둘인가, 얼마나 별난 사람인가 보러 왔느니라."

"제가 보기엔 이마에 뿔도 없고 코도 하나뿐이옵니다."

허균의 일갈에 김성운도 너털웃음을 웃으며 농담을 던졌다. 벌써 서로를 올렸다 내렸다 하며 화기애애한 분위기가 되었다.

매창은 말없이 미소만 짓고 있었다.

"저의 말솜씨야 우둔하기로 이름났으니 서툰 솜씨나마 거문고 한 곡조 올리겠습니다."

허균이 눈을 반짝이며 매창의 매무새를 골똘히 살폈다. 과연 흔히 보는 여자들과는 다른 자태였다. 조용하면서 조금도 흔들림 없는 태도에 기품이 묻어났다. 허나 기생이 기생답지 못할 때는 그만큼 고충도 많았을 터. 허균은 그녀의 몸가짐과 손놀림에서 눈을 떼지 못했다. 그때 밖에서 인기척 소리가 들렸다.

"아씨, 저 왔어요. 손님이 오셨는가 보네."

그녀는 자리에서 일어나 밖으로 나갔다. 개 짖는 소리가 들렸다. 매창을 반기는 소리였다. 매창은 밖에다 술상을 준비하라 이르고 자리로 돌아왔다. 두 사람은 숨을 죽이고 매창의 일거수일투족에 눈길을 주었다. 매창은 거문고 앞에 앉아 참새가 벼이삭 위에 올라앉듯 왼손을 거문고 줄 위에 살포시 얹고 오른손으로 술대를 들었다. 고개를 들어 두 사람과 눈을 맞춘 뒤 술대를 밀었다. 술대 쥔 오른손은 비단이 봄바람에 하늘거리듯 부드럽게 움직였다. 그녀의 숨결과도 같은 잔잔한 가락이 거문고 줄을 타고 방 안으로 흘러나왔다.

허균은 숨도 쉬지 않는 듯 눈을 감고 묵묵히 앉아 있었다. 애상이 깃든 곡조를 넘어서고 나자 계곡물처럼 시원한 곡조가 이어졌다. 거문고 소리는 폭포수가 되어 그의 가슴으로 쏟아져 내렸다. 매창의 이마에 땀이 밸 즈음 보채는 아이를 재우려는 듯 순한 가락이 그의 술잔 든 손을 멈추게 했다. 매창의 낯빛이 가파른 곡을 탈 땐 발갛게 상기되었다가 잔잔한 음일 때는 어깨와 함께 편안히 내려앉았다.

"너에 대한 소문이 결코 헛소문이 아니었구나. 미안하다. 첫 만남에 공연히 허튼 소리로 너를 폄하해서."

허균은 생각 없이 아무 말이나 던지는 사람인가 싶었는데 자신이 실수했다는 걸 깨닫는 순간 이내 잘못을 빌고 용서를 구했다. 양반으로서 판에 박은 예의범절을 내세우지 않는 점이 인상 깊었다. 내공과 실력이 따라주지 않는 범절과 권위는 역겨울 뿐이다. 매창은 마음이 편안해졌다. 오랜 친구처럼 스스럼없이 대하는 허균의 태도도 경계심을 녹이는 데 한몫했다. 김성운도 튀지 않게 슬쩍 자신의 의견을 내놓으며 분위기를 북돋웠다. 허균은 술상이 들어오자 술병을 들어 잔에 술을 채우고 건배를 청했다.

"매창아, 오늘밤을 시주의 참맛을 듬뿍 느낄 수 있는 밤으로 만들어다오."

술자리는 삽시간에 웃음과 정담이 넘쳐났다. 매창의 거문고 연주에 허균이 시로 화답하면 매창이 답시를 지었으며 그다음에 김성운이 술을 한 잔씩 치는 식이었다. 세 사람은 사는 일의 고달픔도 외로움도 잊고 오직 이 순간에만 머물렀다. 매창은 많은 시간을 함께 보내지 않고도 허균의 천품과 재능을 바로 알아보았다. 허균은 매창의 예인다운 여리고 날카로운 마음을 위무할 줄 알았다. 오랜 객지생활에 찌든 김성운은 따사로운 사람들끼리 주고받는 안온한 기운을 즐기는 듯싶었다.

"대감, 오늘은 고기가 물을 만난 셈이군요. 술과 시와 음악이라면 둘째를 마다하는 분이 교산 대감 아니십니까? 이제부터 이곳 부안에서 이 여인과 찰진 세월 보내시겠사옵니다."

김성운은 추상이나 허울과는 거리가 먼 실용과 실재의 이야기를 그 특유의 유연한 사고방식에 실어 전달했다. 술도 썩 잘 마셨다. 청나라를 오가며 독주에 길이 든 그였다. 조선의 술로는 취기를 불러올 수 없었다. 시종 술을 따르고 술잔을 권하는 건 그의 몫이었다. 지루해질 만하면 청나라에서 있었던 일들을 양념처럼 끼워 넣었다.

"서재에 만 권의 책을 쌓아놓고 책 속에 묻혀 늙는 것이 나의 소원이었거늘 이제 그걸 바꿔야 할 때가 온 모양이다. 그깟 책이 매창의 거문고 소리를 따라오겠느냐?"

허균은 매창을 바라보며 동의를 구하듯 말했다.

"두 분께서는 중국까지 다녀오신 견문으로 세상을 헤쳐 나가는 분들이시온데 그런 말씀은 저를 놀리는 말밖에 안 되옵니다. 이 골방에서 거문고로 세월을 죽이며 사는 제가 무얼 제대로 배웠겠사옵니까? 오늘 두 분의 가르침을 잘 받잡겠사옵니다."

빈말이 아니었다. 역관은 많은 사람에게 지식의 전달 통로였다. 사대부들은 자신의 지식욕을 채워줄 수 있는 책을 역관에게서 사들였다. 서양의 사상을 소개하는 책들은 대부분 금서목록에 올라 있어 값이 비쌌다. 신 앞에 남녀노소, 지위와 상관없이 모든 사람이 다 평등하다는 진리를 전파한다는 서양의 종교를 맨 처음 퍼뜨린 사람도 역관들이었다. 모든 사람을 똑같이 사랑하고 우리가 지은 죄를 대신해서 죽었다는 신의 존재를 믿는 사람들이 있다는 얘기는 눈 밝고 귀 밝은 그들에 의해 퍼져나갔다.

"허허, 이보게 매창의 말을 들었는가? 나는 누굴 가르칠 깜냥이 아니니 자네가 맡게나."

"그렇다면 불감청이언정 고소원이지요. 무얼 가르치는지야 제 마음 아니겠습니까?"

"자네 또 그 육담을 시작할 셈인가? 관두게."

"농담입니다. 중국에 가서 아무리 귀한 물건, 큰 세상을 보면 뭘 합니까? 이리 고운 여인의 애잔한 곡조가 그리워서 잠을 못 이룬답니다. 매창아, 네 소리를 들었으니 이번엔 내가 노래 하나 불러도 괜찮겠느냐?"

김성운은 자리에서 일어나 농염하고 간드러지는 곡을 중국어로 한 가락 뽑았다. 술기운으로 붉어진 그의 목울대가 올록볼록 꿈틀거렸다. 어깨춤을 추며 발끝을 세웠다 뒤꿈치를 내렸다 하면서 보폭을 앞뒤로 떼어놓았다. 그의 몸은 제 흥에 겨워 저절로 움직였다. 노래가 끝나갈 무렵 매창에게 손을 내밀어 함께 춤추기를 권했다.

"쇤네는 그저 어르신이 춤추는 모습을 보고만 싶습니다. 괜히 멋들어진 춤 망칠까 두렵사와요. 참으로 보기 드문 광경이옵니다. 나리도 음악을 제대로 즐길 줄 아시는 분이십니다. 가락을 몸으로 느끼는 남정네는 드물답니다. 역관 어르신은 몸의 일을 두루 꿰고 계시니 여자의 마음도 잘 살펴주실 것 같사옵니다."

매창의 추어주는 말에 김성운은 반색하며 기뻐했다.

"허허, 그러하냐? 네 말대로 곧 어여쁜 여인이 나타나 함께 춤을 추었으면 좋겠구나."

"머지않아 꼭 그런 날이 올 것이옵니다."

모르긴 몰라도 김성운을 따르는 여자가 한둘이 아닐 것이다. 역관은 대개 다방면에 재능을 지닌 인물이라 품격 있는 관원인 동시에 양국을 오가는 공인 무역상이었다. 유창한 외국어실력, 세계의 변화를 읽어내는 감각, 세련된 태도와 유려한 대화술에다가 상대국 고위관리와 소통할 수 있는 학문적 소양까지 필요했다. 역관으로서 필요한 능력은 여자들이 남자들에게 바라는 능력과 크게 다르지 않았다.

"내 자네를 위해 좋은 여인이 어디 있나 알아봄세."

"그래주시면 저야 고맙지요. 참, 교산 대감! 혹시 세상에서 가장 맛있는 대추 얘기를 들어보셨는지요?"

김성운이 눈을 가늘게 뜨며 은근한 목소리로 물었다.

"대추야 원래 과실 중의 으뜸인데 특별히 더 맛있는 대추가 있던가? 매창아! 너는 뭐 아는 얘기가 있느냐?"

"저도 금시초문이옵니다."

"잘 됐다. 그럼 오늘 내가 너에게 한 수 가르쳐주마. 이건 황제내경에 나오는 비법이니 틀림이 없을 것이다."

허균은 고개를 옆으로 돌리더니 별로 기대할 게 없다는 표정을 지었다.

"서책을 들먹이는 걸 보니 또 실없는 소리를 하려는 게로구만."

허균의 핀잔에도 아랑곳하지 않고 김성운은 선심 써서 비밀 하나 가르쳐준다는 듯 낮은 목소리로 말했다.

"이건 우주의 원리요, 음양의 이치에 관한 이야기입니다. 잘 들어보시지요. 한 남자와 한 여자가 있었습니다. 짐작하듯이 둘은 연모하는 사이였답니다. 밤과 낮을 안 가리고 사랑을 불태우니 그 남자 몸이 배겨나질 않았지요. 그때 여자가 누구한테 전해 들었다며 자기가 남자의 기를 보해주겠다고 했습니다. 남자는 귀가 솔깃해져 그것이 무엇이냐고 물었지요?"

허균과 매창이 동시에 숨을 들이쉬는 소리가 크게 들렸다.

"빨리 얘기하게. 그게 무언가?"

"여자는 광에서 말린 대추를 가져왔습니다. 그러면서 그중 가장 실한 놈을 꺼내 남자 앞에 내밀었죠. 남자는 실소를 하면서 그깟 대추 한 알이 무슨 약이 되겠느냐고 실망한 표정을 지었겠지요. 좀 전의 대감처럼요. 그때 여자가 갑자기 옷을 벗었습니다. 남자는 여자의 벗은 몸을 보자 다시 양물이 불끈 섰습니다. 그때 여자가 고개를 저으며 보란 듯이 아까 그 대추를 집어다가 자신의 옥문 안에다 집어넣었지요."

"예끼 이 사람아, 내 이럴 줄 알았어. 자네는 어찌 그리 요상한 얘기만 어디서 주워오는가? 뭐가 나오나 했더니 결국 또 그 얘긴가."

"이건 내 얘기가 아니라 정말 황제내경이 가르쳐주는 비방이라니까요. 더 들어보세요. 본론은 지금부터니까. 여자가 남자에게 일렀습니다. 이 대추를 안에다 품고 사나흘을 보냅니다. 그러면 여체에서는 남자의 씨앗이 잉태된 줄 알고 가장 좋은 양분을 그 대추에 집중적으로 공급해준답니다. 마치 아이를 키우듯이요. 그리고 나서 꺼내보면 대추는 주름이 다 펴지고 통통하게 살이 올라 있지요. 그때 대추를 먹으면 그보다 좋은 명약은 없다 합니다."

"자네 나를 바보로 아는가? 그건 대추 때문이 아니지. 여자가 대추를 품고 있던 사나흘 동안 남자가 방사를 하지 않고 기다렸으니 자연히 기가 차오르게 된 것이지. 자네 그런 이치도 모르나? 아무것도 아닌 얘기 갖고 떠벌리기는."

"질러가나 돌아가나 길만 잘 찾아가면 되는 것 아닙니까? 안 그러냐, 매창아?"

매창은 평소에 만나는 사람과는 사뭇 다른 느낌을 주는 김성운에게서 신선한 느낌을 받았다. 그는 넓은 세상을 보고 온 사람답게 성품이 호방하고 말과 행동이 컸다. 허균이 그를 벗 삼아 동행해서 다니는 이유를 알고도 남았다. 김성운은 자신이 보고 온 새로운 세상을 펼쳐 보이고 싶을 것이다. 그는 얘기를 들어줄 사람이 필요하고 허균은 자신이 겪지 않은 세상의 얘기를 전해줄 사람이 필요하니 좋은 벗이 될 조건으로 충분했다. 허균 또한 중국에 다녀온 적이 있으니 대화의 맞수가 될 만했다. 그들의 교류는 자연스러웠다.

술잔이 서너 순배 돌고 취흥이 도도해지자 허균이 또 한 번 매창의 소리를 청했다. 매창은 좌중을 둘러보며 각 사람과 눈을 맞추고 동의를 구하듯 시간을 끌었다. 오른 무릎을 세워 두 손을 얹은 다음 목을 길게 빼고 침을 삼켰다.

"어허허허허, 어어어어허허어."

드디어 그녀의 입이 열렸다. 음을 고르고 목청을 가다듬는 구음을 뱉어냈다. 목울대를 움직여 고음과 저음의 자리를 찾느라 소리들이 숯에서 불똥이 튀듯 불규칙하게 자리다툼을 했다. 이윽고 구슬주머니에서 붉은 구슬이 쏟아지듯 흘러나온 소리가 방 안을 구석구석 돌아다녔다. 매창은 목을 지나 입술을 거쳐 나온 소리를 명주실마냥 뽑아냈다. 허균은 흐뭇한 표정으로 매창의 얼굴에서 눈을 떼지 않았다. 어느 자리에서고 좌장 노릇을 하며 나서는 것이 그의 버릇이지만 매창의 노래에 기세가 눌려 말을 잃은 사람 같았다. 숨을 몰아쉬고 침 삼키는 소리만 이따금 들렸다. 매창의 목소리는 멀리 신선이 산다는 삼청에서 들려올 법한 청아한 소리였다. 울고 싶은 사람을 울게 만들고 웃고 싶은 사람을 웃게 만든다는 신묘한 여운이 깃들어 있었다. 가슴을 후비는 애상 어린 목소리이다가도 가벼이 곡조를 타 넘으며 매끄럽게 넘어갈 때는 햇솜 같이 보드라웠다. 다시 굽이칠 때는 홍수 때의 계곡물처럼 세차게 쏟아졌다.

허균은 반쯤 열어놓은 문밖을 내다보았다. 어느 결에 바깥에는 부슬비가 내리고 있었다. 회화나무 끝에 맺혀 있던 빗방울이 마당으로 떨어지고 있었다. 회화나무는 최고의 길상목吉祥木으로 손꼽히는 나무다. 장사하는 사람이 집 앞에 회화나무를 심으면 손님이 들끓게 되고 공부하는 사람의 집 앞에 심으면 문리가 트인다 믿었다. 번창하는 집안에는 반드시 문 앞에 회화나무가 있고, 반대로 집안이 갑자기 몰락하는 일이 생길 때는 회화나무가 말라 죽었거나 베어 버린 경우가 많았다. 잎이 반들거릴 정도로 잘 가꾸었는 데도 매창의 집에 부귀의 기미는 없었다. 저녁이 가까워오는지 사위가 어둑해졌다.

"비가 그칠 줄을 모르는구나. 한여름 더위를 식혀주는 건 좋은데 네 거문고 소리를 맑게 들을 수가 없는 것이 한이로다. 네 나이가 올해 몇이더냐?"

"스물아홉이옵니다."

"나보다 네 살 적구나. 그만하면 나와 벗 삼을 만하다. 내 누이는 너보다 열 살이 많았는데 지금 네 나이에 세상을 떠났다. 너를 보고 있으니 누이 생각이 나서 가슴에 모진 바람이 이는구나. 이런 날 부슬비까지 오니 술맛이 더욱 그윽하다."

봄날 열어놓은 방문으로 들이치는 봄바람 같은 시간이 흘러갔다. 신록 같은 풋풋한 기운이 심장에 새 피가 돌도록 몸을 부추겼다. 두 남자가 대화를 하며 술잔을 기울이는 동안 매창은 배경음으로 이 곡 저 곡 거문고를 연주했다. 그녀는 말을 할 때보다 거문고를 탈 때 더 편안해 보였다. 어둑한 마당에 비치는 그믐달

만큼이나 가녀린 곡조를 끝마쳤다. 빗발은 서서히 잦아들고 처마에 맺힌 빗방울이 툭툭 성글게 떨어지는 소리만 들렸다.

"대감의 말씀을 듣고 있으니 쇤네 또한 마음이 편안합니다. 오래 사귄 친구를 만난 것 같사옵니다."

"친구 좋지, 친구 좋아. 남은 밤은 그보다 더 친해져야 하느니라, 꼭 그렇게 하자, 우리."

허균은 부러 의뭉한 눈빛을 하고 그녀 가까이 얼굴을 들이댔다. 어느새 사방이 깜깜해졌다. 매창은 윤금이에게 술상을 물리게 하였다. 술과 시가 서로를 넘나드는 흥건한 술자리가 늦은 밤까지 이어질 줄 몰랐다. 김성운은 자리를 털고 일어섰다.

"매창아, 오늘 오랜만에 시름 잊고 아주 잘 놀다 간다. 교산 대감, 저는 이만 갈 것이니 남은 오늘밤 제가 부러워서 눈물이 날 만큼 즐기시기 바랍니다."

매창은 손사래를 치며 김성운의 팔을 붙들었다.

"아니옵니다. 저도 이제 그만 일어날 것입니다. 저는 물러가도 비단금침 펼칠 사람은 보낼 것이오니 교산 대감은 하룻밤 주무시고 가시어요. 그러니 역관 어르신도 조금만 더 계시다 함께 자리를 파하는 것이 어떠하올는지요?"

"아니, 왜들 이러느냐? 벌써들 간다니 무슨 그런 섭섭한 말이 있느냐? 김 역관은 그렇다 쳐도 너는 좀 더 있다가 일어나거라."

"연일 격무에 고단하시고 어제는 늦도록 과음을 하셨다 하지 않았사옵니까? 먼 길에 고단하실 터이니 오늘은 일찍 단잠 주무시어요. 잠시만 기다리시면 이부자리 봐드리겠습니다."

매창이 나가고 얼마 후 허균의 침소에 한 여인이 들어왔다. 곱게 단장한 여인은 오늘 대감의 잠자리를 봐드리라는 분부를 받고 왔다며 자신을 소개했다. 매창의 심중에 있는 사람에 대해서는 이귀에게 전해들은 바가 있었다. 어쨌거나 이귀의 정인이고 이귀는 그의 지기인데 아무리 자신이 파락호라 하여도 조심성 없이 덤빌 수는 없는 노릇이었다. 허균은 귀한 것은 귀한대로 천한 것은 천한대로 맞춰주는 사람이었다. 여자라면 가리지 않기로 유명한 허균이었지만 이후로도 매창에게 잠자리를 채근하는 일은 없었다.

'하룻밤 풋사랑을 나누기엔 아까운 인물이고, 아까운 재주로고. 내 평생 너 같은 여인을 곁에 둔다면 그것은 내 인생의 지복일 것이다. 너는 나의 하룻밤 여자가 아니라 심복지우이니라.'

\*

늦잠을 자고 일어난 허균은 매창에게 부안의 명승지를 한 곳

돌아보고 싶다고 했다.

"다른 사람들이 좋다는 곳 말고 네가 좋아하는 곳 말이다. 그곳을 함께 걸어보고 싶구나."

매창은 부안 땅 구석구석 자신의 발이 닿지 않은 곳이 없게 돌아다녔다. 아무리 그렇다 해도 막상 그중에 딱 하나를 고르라고 하면 대답하기가 어려웠다.

"저의 소견으로는 특별한 구경거리보다 높은 산에 올라가서 부안 땅 전체를 내려다보는 것이 어떨까 하옵니다. 부안의 진산, 상소산이라고도 불리는 성황산은 제가 자주 오르는 곳인데 눈앞이 탁 트이는 경치가 대감께서도 볼 만할 것이옵니다. 동으로는 동진강 건너 김제평야가 지평선까지 뻗어 있고, 북으로는 계화 땅 앞에 바다가 펼쳐지고, 서남쪽으로는 요새 같은 변산이 떠받치고 있지요."

"그 말도 그럴 법 하구나. 내가 견마잡이를 불러서 해 뜨자마자 찾아올 터이니 너는 내일 아침 사시까지 단장을 마치고 기다리고 있거라."

"말을 타고 가는 것보다 천천히 걸으면 한두 시간이면 족할 것입니다. 그리 하시지요."

"그래, 알았다. 너 좋을 대로 하자. 행선이라는 말도 있듯이 걷는 일이 참선이고 명상이라고 하더라. 이참에 나도 한번 길거리 구경하면서 걸어봐야겠다. 이거야말로 꿩 먹고 알 먹고 아니 겠느냐?"

"아참, 제가 한 가지 미처 생각을 못 한 게 있사옵니다. 대감의 체면 깎일 일 만들면 아니 되지요. 아무래도 사람들 눈도 있고 하니까 말을 타고 산 초입까지 가시지요. 거기서부터 걸어도 충분할 것이옵니다."

"말을 타고 가나 걸으나 크게 차이가 날 일은 아니나 네 생각이 그렇다면 그렇게 하자꾸나. 말도 타고 걷기도 하고. 너와 같이 가기만 한다면 어떤 것이든 개의치 않으마."

해는 오늘도 어김없이 하늘 높이 올라가 세상을 속속들이 비추었다. 아침이면 지난밤의 일이 먼 과거인 듯 아련하다. 바쁜 일정이 있는 날 매창은 절로 일찍 눈이 떠졌다. 마당을 직접 쓸고 나서 머리를 빗고 있을 때 허균의 목소리가 들렸다.

"매창아! 준비되었느냐?"

그는 대문 앞에서 큰 소리로 매창을 불렀다. 사시가 조금 넘은 시각이었다. 말에서 내려 매창을 안장에 태우고 자신은 매창 뒤에 올라탔다. 매창은 햇볕을 가릴 너울을 머리에 쓰고 부채로 얼굴을 가렸다. 허균은 눈이 부신 듯 찡그리며 준비해온 일산日傘을 매창에게 씌워주었다. 견마꾼은 천천히 말을 몰았다. 허균은

166

스스럼없이 매창에게 말을 걸며 사람들이 오가는 거리를 구경했다. 대담한 사람이었다. 공공연하게 대낮에 기생과 나란히 놀러 다닐 수 있는 배짱은 자신감일까, 세상에 대한 무관심일까.

성황산 입구에 도착했을 때 햇볕은 더 따갑고 등줄기엔 땀이 흘렀다. 견마꾼에게 어디 가서 점심을 먹고 서너 시간 후에 만나자고 일렀다. 허균은 매창 옆에 나란히 서서 숲에서 뿜어내는 나무 냄새를 코를 벌름거리면서 맡았다.

"이곳에 오니 숨통이 좀 트이는 것 같구나. 가슴 한복판에 바람이 술술 통한다. 세상은 넓고 내가 모르는 것이 많다는 사실을 아는 건 좋은 일일까, 나쁜 일일까?"

"뭐든 모르는 것보단 아는 것이 낫겠죠. 어쩔 수 없다 하더라도 저라면 알고나 살고 싶습니다."

"그렇다. 알아서 병이 되더라도 아는 것이 세상 이치를 깨치는 첫걸음이겠지."

"이곳이 제가 매일 와서 거문고를 타는 금대이옵니다. 관아터가 한눈에 내려다보이고 멀리 논밭이 펼쳐져 있어 먼 곳을 바라보고 앉아 있는 감흥이 그럴싸하답니다."

"그렇겠구나. 나도 언제 문득 들러 네가 여기서 거문고 타는 소리를 듣고 싶구나."

허균의 걸음은 점점 빨라졌다. 서너 걸음 사이를 두고 매창이 따라 걸었다. 산길은 좁지만 가파르지 않아서 초행인 사람도 걸을 만했다. 한 식경이 지나자 걷는 일에 익숙하지 않은 허균은 걸음걸이가 조금씩 흐트러지기 시작했다. 그래도 걸음을 멈추지 않고 계속 걸었다. 그는 흐트러진 걸음 따윈 괘념치 않는 듯했다. 숨이 찰 만큼 걷고 나니 나무 그늘이 우거지고 선선한 바람이 부는 숲에 접어들었다.

"조금만 더 가면 앞이 탁 트인 곳이 나올 것이옵니다. 어느 날인가 해질 무렵에 낙조를 보러 온 적이 있습니다. 해가 아래로 내려오면서 붉은 기운이 온몸을 녹이는 것 같아 넋 놓고 바라본 적이 있지요."

"그래, 이곳이 해가 지는 서녘이니 석양 무렵 오면 더 맛이 나겠구나."

"너른 바다를 붉게 물들이는 해를 바라보고 있으면 마음속 암투 같은 건 접어두자, 제법 통 큰 결심을 하게 됩니다. 애탕끌탕속 끓여봤자 그 일들이란 것이 작고 사소한 거지요. 아녀자들이야 어디 넓은 세상을 볼 일이 있나요?"

매창의 자조적인 말투는 제 기를 스스로 꺾고 바다 뒤로 넘어가는 석양을 닮아 있었다.

"네 말이 맞다. 좁쌀 한 알보다 작은 세상이지. 그런데 해질 무렵이라니? 해가 떨어지고 나면 순식간에 깜깜해지는데 내려오는 길에 고생깨나 했겠구나?"

"하하하. 역시 대감은 상상력이 풍부하십니다. 보름 언저리라 달이 밝아서 괜찮을 줄 알았는데 집에 돌아가서 보니까 옷이 온통 흙투성이지 뭡니까? 치맛자락은 나뭇가지에 찢겨져 엉망이었구요. 신발도 못 쓰게 돼서 내다버렸답니다. 한나절 나들이 나왔다가 손실이 이만저만이 아니었어요. 배보다 배꼽이 더 큰 격이지요."

얘기를 하다가 그날 일이 새삼 떠오르는지 매창은 살포시 웃었다.

"허허. 너도 나만큼이나 극성스러운 여인이구나. 다행인 줄 알아라. 네가 사내로 태어났더라면 나처럼 욕도 많이 얻어먹고 칭찬도 많이 듣는 파란만장한 생을 살았을 것이다."

허균은 숨이 찬지 걸음이 느려졌다. 숲을 벗어나니 바다가 훤히 보이는 바위가 턱 버티고 있었다. 바위에 일산을 씌워주듯 그 바위 주변에 바다 쪽으로 몸을 기울인 소나무가 대여섯 그루 서 있었다. 매창이 그 바위를 가리켰고 허균이 먼저 가서 자리를 잡고 자기 옆에 그녀 자리를 봐두었다. 허균은 한참 동안 말없이 먼 바닷길을 내려다보았다. 바다를 둘러싸고 여기저기 흩어진 섬에도 나무가 무성했다. 섬은 젊은 머슴의 숱 많은 턱수염 같았다. 매창은 어깨를 젖히고 가슴을 내밀며 심호흡을 했다. 허균은 그런 매창을 바라보다가 입을 떼었다.

"우주라는 것이 무엇이더냐? 태시太始라는 원초적 혼돈에서 우주가 생긴 거란다. 우주는 기를 낳고 그 기 가운데 맑고 밝은 것은 하늘이 되고, 무겁고 탁한 것은 땅이 되었다지 않느냐? 중국이 세상의 중심이고 중국 천자가 하늘을 대리해서 세상을 다스린다는 말이 진실이 아님을 알아야 한다. 더 먼 곳에서 더 많은 일들이 일어나고 있다. 그것들이야 어쨌든 백성들의 고달픈 삶은 달라질 게 없지. 그래서 내 가슴이 이렇게 답답한 것이다. 바깥에서 큰 변화가 일어나도 우리들의 지지부진한 삶은 도무지 달라지지 않으니 어쩌면 좋으냐?"

"중국에 와 있는 서양 사람들의 소식은 저도 간간이 듣고 있습니다. 말도 다르고 생김새도 다르고 먹는 것도 다른 사람들이 보여주는 세상은 어떤 것일까요?"

매창은 먼 나라의 일들이 궁금했지만 보지 않은 것을 짐작하기란 쉽지 않았다. 그것은 자신의 섣부른 상상을 넘어선 일이리라. 다른 하늘을 이고 사는 사람들, 다른 신을 모시고 다른 이치를 옳다고 생각하며 사는 사람들 아닌가. 더욱이 머리색과 생김새가 조선이나 중국 사람과는 완전히 다르다고 했다.

"너도 중국에 가보면 참 좋을 것인데 그것이 한이로다. 중국에서 만든 곤여만국전도라는 세계지도를 보면 중국보다 큰 나

170

라들이 여럿이다. 일본 너머 구라파라는 나라엔 기리시단이라는 하늘을 섬기는 도가 있단다. 나는 중국을 지나서 그곳까지 가보고 싶다. 세상은 하루가 다르게 변하고 있다."

"곧 그럴 날이 오리라 믿습니다. 때를 기다리시어요."

"참을성이 없는 게 나의 병이다. 나는 지식을 탐하는 마음이 커서 먹어도 먹어도 항상 배가 고프다. 내 사주가 한퇴지와 소동파와 같다 하니 내 운명도 그들과 비슷하겠지. 다심하고 다난한 인생을 타고났으니 누구를 원망하겠느냐?"

허균의 입은 화수분 같았다. 무슨 얘기든 시작하면 끝이 없었다. 말을 나눌수록 그는 이미 보여준 것보다 더 많은 것을 갖고 있는 사람이었다. 사람들의 얘기는 그를 절반도 모르고 하는 소리였다. 중국 사신을 두 번이나 수행하고, 중국에 갔다가 수레 가득 실어온 서책을 읽고, 중국에 스승까지 둔 사람이다. 누가 그를 알아보고 누가 그를 올바로 평가한단 말인가. 간장 종지가 어찌 대접을 끌어안을 수 있겠는가. 종지는 종지만의 세계가 있고 대접에게는 대접의, 대야는 대야의 세계가 있다. 서로 견주지만 끝내 이해하지 못한 채 세상을 마칠 것이다. 대접이 종지를 알아볼 순 있어도 어찌 종지가 대접의 크기를 가늠할 수 있을까. 간장밖에 담아본 적 없는 종지로써 닭 한 마리, 술 한 말을 담아본 큰 그릇의 궁량을 어찌 짐작이나 할까. 허균은 세상이 어떻게 돌아가는지도 모르고 간장종지만 한 소견머리로 밥그릇 다툼이나 하고 앉아 있는 골샌님들을 보면 하품이 절로 나왔다.

"저는 운명 같은 건 생각하지 않습니다. 저한테 하나도 이로울 게 없으니까요."

"이 멀리 부안까지 와서 너를 앞에 두고 다감한 얘기는 못해 줄망정 한심한 작자들 뒷공론이나 하고 있구나. 나를 너무 나무라지 마라. 외로운 산림처사의 푸념이라 생각하고 들어다오. 다들 공부를 잘못 하였다. 공자가 말하는 충이란 본디 저항의 정신을 담고 있었단 말이다. 친구에게 바른 말로 충고하는 것도 충이요, 임금의 잘못을 바로잡는 것도 충이요, 나라와 백성을 위해 목숨을 바치는 것도 충이다. 그러던 것이 세월이 흘러 임금 개인을 위한 신하의 희생만을 충으로 여기는 것으로 변질되고 말았다."

'가엾은지고. 마음을 어디에 붙이지 못하고 떠다니는 사람이야. 한낱 기생 앞에서 자기변명을 늘어놓을 만큼 주위에 사람이 없구나. 흉금을 터놓을 벗을 찾는 일은 누구에게나 쉽지 않으니.'

매창은 자신이 대꾸할 자리가 아님을 알고 그저 들어주는 사람으로 옆에서 그의 말에 귀 기울였다. 허균도 오랜만에 속 시원히 심중의 말을 하고 나니 맺힌 마음이 풀린 듯했다.

"너란 인간이란 어떤 괴물이냐?"

허균은 홀로 있을 때면 스스로에게 묻곤 했다. 그 물음이 두렵고 그 해답이 두려워 그는 혼자 있기를 삼갔다. 벗들과 술을 마시거나 여인의 품을 찾았다. 세속의 영웅주의와 걸림 없는 자유인 사이를 오가는 분열적인 삶이 그를 쉬지 못하게 했다. 두 개의 인격 중 어느 것이 진짜 나인가, 그 물음을 멈출 수 없었다. 그는 답을 알고 있었다. 어떤 인간이 자신의 실체일까? 다름 아닌 그 스스로 먹이를 주는 대상이 자신의 실체인 것이다.

"너와 가까이 앉아 있으니 오랜 지기와 함께 있는 것 같은 기분이 드는구나. 우정에 나이나 신분이 무슨 상관이더냐. 벗이 없는 사람이 제일 가여운 사람이다. 좋은 벗을 가까이 두어야 하느니라. 나는 이즈음 너무 많은 사람을 잃었다."

매창의 마음을 본 듯 허균이 서름한 목소리로 자탄했다. 매창은 가슴이 뭉클했다.

"벗이라면 가까이 있어야 하겠지요. 그래서 서로의 희로애락과 생사고락을 함께 해야겠지요. 제일 어려운 일이옵니다. 마음이 가까우면 몸이 멀고, 몸이 가까우면 마음은 다른 곳으로 가고. 대감께서 말씀하신 운명이라는 게 있다면 아마도 이것이 제 운명인가 하옵니다."

"오래도록 함께 한다는 것, 어려운 일이지. 너만은 내게 그렇게 해다오. 나도 그리 하마. 이렇게라도 부끄럽고 불편한 양반 허울을 벗어버리니 좋구나. 고맙다. 너 같은 벗이 있어 이리 흔쾌히 즐길 수 있으니 고맙구나. 앞으로 이 세상에 좋은 일이 많이 있을 것이다. 비록 우리 세대가 아니더라도 그렇게 되고말고. 우주의 이치란 그런 법이다."

허균은 도포와 갓을 벗어 소나무 가지 위에 걸쳐놓았다. 미풍이 그의 수염을 흔들고 지나갔다. 소나무 냄새와 바다 냄새가 서로 누가 더 센지 겨루듯 번갈아가며 콧속으로 들어왔다. 매창은 바람에 들썩이는 저고리 고름을 손으로 매만지며 말했다.

"저도 그날을 기다리겠습니다. 이승에서가 아니라면 저승에서라도."

"다른 세상에서는 남녀의 이치조차 바뀔 것이다. 생명은 모름지기 암컷들의 주관 아래서 벌어지는 일이란다. 남녀의 교합도 사실은 전적으로 여자를 위한 것이지. 수컷들이야 땀이나 뻘뻘 흘리다 제 욕망 채우고 방사해버리면 그만이지만 그 쾌락은 오롯이 여자의 것이니라. 여자는 이 우주에 모성을 불어넣어 생명을 낳는 존재이지 않느냐? 어미가 된다는 것, 그보다 큰일은 이 세상에 없단다. 머지않아 여자가 세상을 지배하게 될 날이 올 것이다. 모성을 원하는 시대가 온다고 하는 편이 더 맞는 말이겠구나."

"박복한 탓에 저의 몸이야 자식을 실어본 적은 없지만 그런 날이 온다면 한번 보고 싶사옵니다. 얼마나 다를 것인지. 무엇이든 어떻게든 변화는 기대를 갖게 하지요."

매창은 허균과 얘기를 하다 보면 엄청난 일도 별것 아닌 것처럼 생각되었다. 상대의 말을 세세히 파고들지 않고 대범하게 넘겨버리는 그의 성격 덕분이다. 그는 서얼, 천민과 평민들과 교류하기를 주저하지 않았다. 트집 잡는 사람이 있으면 목에 힘줄을 돋우며 맞섰다.

"한 사람의 재능은 하늘이 준 것이어서 귀한 집 자식이라고 더 주는 것도 아니고 천한 집 자식이라고 인색하게 주는 것도 아니다. 서얼을 차별하여 벼슬자리를 제한하는 건 하늘의 뜻을 거스르는 일이다. 원망을 품은 사내와 홀어미가 나라의 반을 차지하는데 화락한 세상을 이룰 수 있겠느냐? 어림없는 일이다."

그는 밥상에 관해서도 보통 양반과는 다른 의미로 엄했다. 삼첩반상을 넘어선 안 되었다. 미식가이지만 상에 가득한 음식을 보면 현기증이 난다고 했다. 또 한 가지, 누구에게고 밥상 아래서 밥 먹는 것을 금했다. 여자건 누구건 함께 밥상에 마주앉아 먹도록 했다.

"지금 대감이 하신 말씀을 열 사람만 알아들어도 세상에 훈풍이 불 터인데요."

"그런데 애석하게도 아무도 없단다. 그래서 내 친구가 그 속에서 죽었다. 곧 다시 만나자고 약속까지 했는데 그만 뒷골목 길가에 쓰러져 죽는 줄도 모르고 죽었다. 너를 만난다고 하니 네 모습을 잘 봐두었다 알려달라고 부탁하더라. 네 초상화를 그려주기로 약속했었다."

그는 목이 잠겨 더 말을 잇지 못했다. 이정은 평민 출신 화가였지만 허균과 친구가 되었다. 사람을 알아볼 줄 아는 허균이 있었고 마음을 열어 허균과 우정을 나눈 이정의 깊은 속내가 있어서 아름다운 인연이 싹 틀 수 있었다. 허균보다 아홉 살 아래인 이정은 술을 너무 좋아해 늘 만취상태에서 그림을 그렸다. 새벽닭이 울 때까지 술을 마시는 것이 그의 버릇이었다. 그리고는 형형한 눈빛으로 붓을 들었다. 귀기 어린 그 모습을 허균은 사랑했다. 이정의 할아버지, 아버지도 유명한 화가였다. 그 피를 물려받아서 이정은 열세 살에 금강산의 벽화를 그렸다. 허나 거리의 화가답게 서른 살 겨울 술에 취해 길에 쓰러져 얼어 죽었다. 이정은 평민이었지만 옳지 않은 것과의 타협을 모른다는 점에서는 허균과 어슷비슷했다. 이정이 움직일 때마다 언제나 많은 일화들이 그의 신발에서 일어난 먼지처럼 따라 일어났다. 이정의 성격을 엿볼 수 있는 사건이 있었다.

이정의 그림 실력과 뛰어난 재능이 널리 알려지면서 그의 그림을 찾는 사대부들이 늘어났다. 어느 재상이 그에게 그림을 그려달라고 청했다. 이정은 두 말 않고 그림을 한 장 그려주고 사라졌다. 두 마리의 소가 재물을 가득 싣고 솟을대문 안으로 들어가는 그림이었다. 그림을 본 재상은 불 맞은 소처럼 펄펄 뛰면서 이정을 당장 잡아다가 치도곤을 내라고 명했다. 재상의 분이 풀릴 때까지 매를 맞은 이정은 거의 숨이 끊어질 지경이었다. 그 정도에 마음이 흔들릴 이정이 아니었다. 눈 하나 깜짝 안하고 그 얘기를 허균에게 전했다.

"부잣집 세도가의 매는 맵기가 자다가 언어맞은 홍두깨 맛입니다. 도둑이 제 발 저린다고 정말 광 속에 쌓아놓은 재물이 많긴 많은가 봅니다. 그러니까 그렇게 기겁을 하지. 허허허."

허균은 불우한 이정의 재주를 아껴서 언제나 돕고 싶어 했다. 임지로 발령받아서 갈 때마다 그를 데리고 갔다. 관사에서 함께 지내며 그가 생계를 잊고 그림에 전념할 수 있도록 해주었다. 그런 친구의 죽음은 팔 하나를 잘라낸 것보다 더 큰 아픔이었을 것이다.

"싸늘한 바위에 핀 가을꽃이여, 무덤에서 누구와 함께 돌아가리."

허균 자신이 정쟁에 휘말려 몇 번 파직을 당했을 때는 한 점

동요도 없었다. 친구를 잃게 만든 세상 앞에서는 몸을 떨며 분노하고 서러워했다. 천민들에게 양반은 가능하면 서로 얽히지 않고 살고 싶은 사람들이다. 양반과 천민은 서로를 경멸했으며 서로를 두려워했다. 서로를 알지 못했고 이해할 수 없었다. 그것을 깬 사람이 허균이었다.

"너와 함께 여기 앉아 있으니 누가 무슨 벼슬을 하건 싸우건 말건 아무 상관없을 듯싶구나. 서책이나 읽으며 너와 이리 얘기나 나누고 살면 더 바랄 것이 없겠다. 옛날에 학문하던 사람은 자기 한 몸만 닦으려고 하지 않았다. 본시 공부는 일신의 영달이 아니라 남을 위해 하는 것이어야 하느니라."

허균의 숨이 거칠어졌다. 그것은 암컷을 옆에 둔 수컷의 숨이 아니었다. 쓰라린 속을 달래지 못해 고통이 숨으로 토해져 나오는 것이었다. 이치를 깊이 공부해서 천하의 변고에 대응하고 도를 밝혀 천하와 뒷세상에게 길을 열어주어야 한다고 덧붙였다.

"저도 아옵니다. 알 수 있을 것 같사옵니다. 무엇이 됐든 살아갈 수 있는 나만의 방도 하나쯤은 필요한 것이지요. 그래도 대감 스스로를 너무 다그치진 마시어요. 잠자리가 뒤숭숭하실 것이옵니다."

매창은 먼 곳에 두었던 시선을 거둬들여 허균을 돌아보았다. 허균이 고개를 끄덕인다.

"저도 남 못지않게 모진 일 많이 겪은 인생이었습니다. 질문에 답을 안 하면 말 없다고 야단이요, 대답을 하면 건방지다 야단이요, 어릴 적엔 뺨도 맞고 머리채도 숱하게 끄들렸답니다. 그들도 가슴에 한이 있어 그러한 것인데 맞상대해서 서로의 상처를 덧들이면 뭐하나 싶어서 참고 말았지요."

"그게 바로 선비의 태도이다. 남에게는 후하고 나에게는 박해야 하는 법이지. 박기후인 아니더냐? 강한 자를 누르고 약한 자를 북돋워주듯이 너의 강점에 너무 지배당하지 말고 약점을 잘 다독이고 북돋워주어라. 그래야 편하다. 묘수를 알게 되거든 나한테도 꼭 알려주고. 다음 세상에선 이보다 편하게 살아야 할 텐데. 팍팍함이 쉬이 가시질 않는다."

"저는 내세를 믿지 않아요. 닥칠 세상이란 없어요. 없어야 하구 말구요."

매창의 간곡한 목소리에 허균은 말을 접었다.

"그래. 이승에서 살 것을 다 살자. 이승에서 못 산 사람이 저승에서 잘 살 리가 있느냐?"

허균은 도연명을 얘기하고 이태백의 시를 외운다. 도연명은 팔십 일 동안 원님 노릇을 하다가 귀거래사를 남기고 고향으로 돌아갔다. 집 앞에 버드나무를 심어놓고 북쪽 창 앞에 앉아서 인생을 즐겼다. 오류선생이라는 별호는 그래서 생긴 것이다. 이

태백은 온 천하를 눈 아래 내리깔고 보면서 세상의 권세 따위를 개미 새끼 보듯이 하였다. 스스로 산야에 박혀서 술로 인생을 즐기다가 동정호에 비친 달을 잡으려다가 물에 빠져 죽었다. 은일과 단독자의 삶을 말할 때 허균은 수다스러워졌다.

유희경과의 대화가 하고자 하는 말의 절반은 심중에 남겨두고 삭이는 방식이라면, 허균과의 대화는 하고픈 얘기를 맘껏 세상에 내보내 저희들끼리 충돌하는 걸 지켜보는 방식이었다. 매창은 유희경이 다 하지 못한 말을 기다렸고 더듬었고 상상했다. 지금은 허균이 내놓은 말들의 충돌을 지켜보았다. 재가 되건 부싯돌이 되건 그 속에서 자신의 자리를 찾으려 했다. 깊어지고 넘나드는 말에서 육체의 단내가 났다. 말은 인간의 가장 멀고 깊은 몸이리라.

"네가 이리 편안히 내 푸념을 받아주니 오랜만에 누이와 마주 앉아 대화를 하는 것 같구나. 너는 나보다 어리지만 속은 바닥을 가늠할 수 없게 깊다. 내 누이를 많이 닮았다. 누이는 나더러 항상 조심해야 한다고 일렀었다. 알면서도 속되고 좁은 도량 갖고서 큰소리치는 자들을 보면 참지를 못하겠다. 남 욕할 것도 없이 내 처세가 이리 졸렬하니 반평생 파란뿐이구나. 그런 건 아무 상관없다. 궁구할 책만 있으면 옥살이를 하건 쫓겨나건 내겐 낙원이 따로 없다. 속된 무리들과 함께 있으면서 고래진미 비단금침 속에 있으면 뭐하겠느냐? 목에 칼을 찬 듯, 몸이 화염 속에 던져진 듯 견디기 힘들다."

매창은 가만히 고개를 끄덕였다. 그는 말 속에서 사는 사람이었다. 그 말이 세상에서 제대로 몸을 얻는 날이 언제이련가, 그녀는 궁금했다. 해가 설핏해지도록 두 사람은 공놀이 하듯 말을 던지고 받고 다시 새로운 얘기를 던지고 받았다. 감정처럼 말도 밖으로 나오지 못하고 쌓이면 울혈을 만들어 기회가 왔을 때 한꺼번에 터져 나왔다. 오늘은 매창에게도 허균에게도 말을 맘껏 노닐게 만든 드문 자리였다.

*

초복이다. 가는 올로 길쌈한 고운 세모시로 치마를 해 입고 더위 맞을 채비를 한다. 살갗에 달라붙지 않는 모시나 삼베는 옷과 살갗 사이에 바람이 머물러 한결 시원하다. 혼례용 삼작저고리의 제일 안에 챙겨 입는 속적삼을 모시로 만드는 이유도 그 때문이다. 남녀가 같이 살다보면 오죽 속 뜨거운 일이 많이 생기겠는가. 한평생 시원한 일만 생기길 바라는 마음이 풍습을 만들어냈다. 매창은 방문을 열어둔 채 북쪽을 바라보았다. 종일 그렇게 앉아 있을 때도 있다. 북쪽 멀리 한양은 여기보다 얼마나 더울까. 북쪽이니 조금 덜 덥겠지.

'그리움이여, 너는 언제나 모르는 얼굴이었다. 얼굴 익히고 달래서 친구로 만들면 다음에는 다른 얼굴로 나타난다. 매번 새로 사귀어야 한다. 잔인한지고. 모질고 모질다.'

해가 서쪽 산등성이로 넘어가는 어스름의 시간이다. 심장을 쥐어뜯는 시디신 그리움이 잠잠해지고 햇살이 산 너머로 물러난 이 시간은 더 느리게 흘러간다. 한가롭게 보낸 하루였거나 집 안팎의 일로 고단한 하루였거나 해 떨어지는 시간에는 마음의 갈피를 잡기가 어려웠다. 덧없는 갈망에 지친 삶이 헛된 꿈처럼 느껴졌다. 정신이 드는 것인지, 정신을 놓는 것인지 언제나 쩔쩔맨다. 그리움도 사치요, 작란만 같았다. 매창의 달뜬 표정이 깊은 애상을 감춘 듯 애잔하게 서글펐다. 비탄은 생존에 아무 도움도 되지 않는다. 생존에는 차라리 저주나 분노 같은 공격적인 감정이 낫다.

매창은 몸을 일으켰다. 앉아 있기보다 서 있기를 자주 하리라 마음먹었다. 발로 땅을 디디고 땀내 섞인 공기를 마시고 싶었다. 윤금이를 데리고 산보를 나갔다. 일산 없이는 한 발자국도 걸을 수 없게 뜨거운 날이다. 논밭에서 일하는 사람들은 더위와 상관없이 농사일에 여념이 없었다. 염천에 그늘 한 뼘 없는 밭에서 뜨거운 땅김을 쐬며 허리도 못 펴고 김을 매는 아낙은 점심이나 먹었는지. 하루 두 끼 먹는 것도 거친 잡곡뿐인 가난한 살림이다. 아낙은 밭일 틈틈이 맏딸이 업고 온 젖먹이에게 젖을 물렸다. 앙상한 뼈가 드러난 아낙의 가슴팍에 그악스럽게 매달려 아이는 세차게 젖을 빨았다. 젖이 모자라 배가 차지 않았는지 으앙, 하고 자지러지는 울음을 터뜨렸다. 빈 젖을 물리며 아이를 다독거리던 아낙은 옆에 놓인 냉수를 한 사발 들이켰다. 검게 그을린 이마에 땀이 흘렀다. 흙 묻은 손등으로 닦자 얼굴에 얼룩이 졌다. 속눈썹을 파고든 땀이 쓰라린지 눈을 비볐다. 이마에서 흘러내린 땀이 뺨과 턱을 타고 아이의 얼굴로 떨어졌다. 닦아도 닦아도 땀은 자꾸 흘렀다. 젖을 먹이는 잠깐 동안 아낙은 숨을 돌리고 허리를 폈다. 곧 아이를 큰애에게 업혀주고 다시 밭고랑으로 돌아갔다. 낮에는 시회나 잔치에 불려나가고 밤에는 사내들의 품을 전전하는 기생들의 삶보다 별로 나을 게 없어 보였다.

"더위에 다들 지쳤구나. 윤금아! 우리 밭의 서리태는 어찌 되었느냐?"

"엊그제 밭에 김을 매주었더니 무럭무럭 잘 자라고 있어요. 지금은 날이 더 팍팍 더워서 뜨거워야 할 때여요. 날이 더워야 열매들 속이 차고 야물어져요."

"저 깨와 콩도 한여름 땡볕에 착실히 여물어가겠지. 햇볕이 무섭구나. 세월이 무섭구나. 저 젖먹이도 자고 나면 날마다 조금씩이라도 살이 차고 단단해지겠지."

무엇인가를 바라는 것이 죄가 되고 허망한 물거품이 되던 때를 지나왔다. 전쟁이 뺏은 것은 목숨과 재산뿐만이 아니었다. 앞날에 대한 희망도 함께 사라졌다. 맏딸은 밭고랑을 벗어나 길가의 풀을 발로 툭툭 치면서 집 쪽으로 걸어갔다. 모든 것이 한순간 사라질지 모른다는 불안이 열 살도 안 된 여자애의 얼굴에 절망의 그림자를 드리웠다. 원하는 것을 가질 수 없으리라는 것을 벌써 알아버린 얼굴이었다. 이렇게 하루하루 견뎌가는 것이 삶이라는 걸 아직은 몰라도 좋을 나이였다. 아낙은 가끔 고개를 들고 허리를 펴며 먼 곳을 바라보았다. 저 여인은 무엇을 그리는 것일까. 태어나 한 번도 이 마을을 벗어난 적이 없는 여인의 머릿속에서 먼 곳은 얼마나 멀며 어떤 형상을 하고 있을까. 그 눈길은 아득하다. 거기엔 공간이 아니라 시간이 담겨 있을 것이다. 자신이 지나온 시간.

남자들이라고 사정이 다르지 않았다. 시큰거리는 허리를 두들겨가며 논에 물을 댔다. 물 귀한 부안에서는 논에 물 대는 것이 농사의 가장 큰일이다. 이마에서부터 흘러내린 땀이 가슴팍을 적셨다. 등짝으로도 땀이 흐르는 걸 아는지 모르는지 옷이다 젖도록 내버려두었다. 말 그대로 허리 펼 시간도 없었다. 등이 굽고 손톱 자랄 새가 없을 정도로 일에 치였다. 마을 어귀에 세워놓은 농기가 무심히 펄럭거렸다. 용의 형상이 그려져 있고 그 옆에 '農者天下之大本'이라고 씌어 있었다. '神農遺業'이라고 쓴 깃발도 있었다. 죄다 말뿐이지 누가 저들의 고달픈 삶을 돌아볼 것인가. 허균의 영향을 받은 탓에 매창은 어떤 풍경도 사람도 예사로 보이지 않았다. 제 입에 밥숟가락 들어갈 때 농부가 밥알 숫자만큼의 땀을 흘렸다는 걸 생각하는 사람도 농부들이다. 타인의 땀은 금방 잊고 자신의 땀은 죽을 때까지 기억한다. 그게 인간이다.

'당신은 지금 어디에서 무엇을 하고 있을까요? 무엇을 먹고 무엇을 마실까요? 미소를 지을까요, 한숨을 쉴까요?'

매창은 닿지 않는 사람을 향한 이 정념이 해처럼 저녁이 되면 수그러들길 바랐다. 서울에 인편으로 서신을 몇 번 보냈으나 답이 없었다. 애를 태우며 서울서 기별이 오기만을 기다리는 동안 여름이 가고 가을이 왔다. 욕망이난망欲忘而難忘이요, 불사이자사不思而自思라. 아무리 잊으려 해도 잊을 수 없고, 생각하지 않으려 해도 절로 생각이 났다. 아예 소식이 끊어졌을 때보다 이따금 연락이 오고 다음 연락을 기다리는 지금이 훨씬 고통스럽다.

'당신에게도 어린 시절이 있었겠지요? 당신도 청년이었던 적이 있었겠지요? 그때는 어땠나요? 머리보다 가슴이, 생각보다 열정이 먼저 달려 나갔나요? 두 번 생각할 것을 한 번만 생각하고 몸으로 움직였나요? 주춤거리기보다 벌떡 일어나는 사람이었나요? 당신이 그런 사람이었기를 바랍니다. 아니, 그런 사람이 아니었기를 바랍니다. 그런 당신을 내가 제일 먼저 만나지 못했다는 건 아픈 일이니까요. 당신은 예나 지금이나 멀리서 고요히 바라보기만 하는 조심성 많은 사람이었다고 믿고 싶어요. 나 말고 다른 사람에게 뜨거운 연정을 보여준 적 없었다고 믿으렵니다. 당신은 본디 그런 사람이라고.'

윤금이와 장덕이는 여전히 먹과 벼루처럼, 호미와 삼태기처럼 붙어 다녔다. 무슨 할 말이 그리 많은지 조곤조곤 숙덕숙덕 말소리가 끊이지 않았다. 닭이 모이만 쪼아 먹어도, 꽃이 피어도 꽃잎이 떨어져도, 달이 떠도 해가 져도 다 신기하고 다 숨넘어가게 즐거운 일이었다. 저들은 자신들이 지금 얼마나 아름다운 시절을 지나고 있는지 모를 테지. 매창은 그들의 서슴없는 젊음이 부러웠다.

"장덕아, 너는 나중에 무엇이 되고 싶으냐?"

"나는 너의 신랑이 되고 싶다."

"사내대장부 꿈이 겨우 고거야? 사내라면 큰 포부 하나쯤은 가슴에 품고 있어야지."

"그래서 너의 낭군이 되려는 거지. 나한테 그보다 더 큰 꿈이 무슨 소용에 닿겠냐?"

"너 순 날건달이구나. 여자 앞에서 고로코롬 입에 발린 말이나 주워섬기는 사내를 어찌 믿고 시집을 가겠냐?"

윤금이는 장덕이의 옆구리를 꼬집으며 샐쭉했다. 혈육이 없는 매창에게는 두 사람이 벗이요, 피붙이요, 식구였다. 긴 밤이면 방으로 불러 함께 마주앉아서 얘기를 하거나 주전부리를 하기도 했다. 손끝 야문 윤금이는 생밤을 까먹을 때도 날고구마를 깎아 먹을 때도 접시에 예쁘게 담아내올 줄 알았다. 음식 솜씨 하나만으로도 어디 가든 밥 굶을 일은 없을 것이다. 동네에 농사일 품앗이나 잔치 음식 준비를 거들어주러 가도 언제나 환영받았다. 윤금이가 만든 무지개떡이나 증편, 송편, 전병은 한눈에 알아볼 수 있다. 모양이 고와서 먹기 아까울 정도였다. 매창은 떡을 좋아해서 양식이 모자라 밥은 건너뛸지언정 여름에는 증편을, 겨울에는 호박떡을 한두 번은 꼭 해먹었다.

장덕이는 뒤가 없고 화통하며 힘이 장사다. 과장된 허세를 부려 믿음성을 떨어뜨릴 때가 있지만 그야 잘 보아주면 사내다움이라 이를 수도 있다. 사내가 한 계집을 향해 한번 맹세한 단심을 언제까지나 지키리라 기대하겠는가. 지금 당장 한 여자에게 보여주는 마음 하나만 믿고 앞날을 기약할 수밖에. 누군들 세월 따라 변하는 맘을 예측하고 대비하며 처신할 수 있을까. 사는 동안 살갑고 재미지게 살고 그다음엔 팔자소관이라 치부하면 그만이리라.

매창은 보부상 마 씨에게 소금 한 됫박과 말린 미역과 생선 피데기를 샀다. 윤금이에게는 경대를 하나 사주었다. 윤이 반드르르 나는 칠기에 옥으로 테두리를 장식한 게 단아한 멋이 났다. 윤금이는 거울에 얼굴을 비추어보고 이마와 뺨을 쓰다듬고 옷고름을 다시 고쳐 맸다. 거울 하나에 아이처럼 기뻐하는 모습을 보니 매창의 마음에도 온기가 피어났다. 눈앞의 일, 내 곁에서 움직이는 사람, 아침 밥상, 저녁 나들이, 그런 것들이 인생의 진경일 것이다.

점심 먹고 나서 장덕이는 누렇게 말린 억새로 쪽문 옆 양지에 앉아 도롱이를 엮고 있었다. 덜렁거리는 듯 보여도 일하는 품을 보면 여간 꼼꼼하고 세심한 게 아니었다. 도롱이의 벌집처럼 조밀한 안쪽을 하나하나 촘촘히 엮었다. 지루해하지 않고 한자리에 두 식경도 넘게 앉아서 일을 했다. 저 맵짠 손재주 하나면 여자 하나 먹여 살리는 건 일도 아닐 것 같았다. 틈 없이 매끈하게 엮은 도롱이는 여름에는 비막이로 쓰기에 맞춤이고 겨울이 오면 방한용으로 다시 쓸 수 있다. 객점의 벌이가 전과 같지 않아

두 사람을 내보내거나 논을 빌려 농사를 짓게 하려는 계획을 세우고 있었다. 매창은 윤금이를 불러 앉혔다.

"이거 받아라. 네가 항상 탐내던 금직이다. 옷 한 벌은 지을 수 있을 거다. 시집가는 날 곱게 단장해야지. 장덕이와 잘 의논하여 날을 잡거라. 더 추워지기 전에."

윤금이는 금사를 넣은 비단인 금직을 탐냈었다. 참 곱네요, 매창의 옷을 마름질할 때마다 말하곤 했다. 바느질 솜씨가 좋아서 혼례복 하나는 잘 말라서 고운 옷을 장만할 것이다.

"아씨⋯⋯."

"알고 있지 않느냐? 지금도 이르지 않다. 진즉 날을 잡아서 혼례를 올려주었어야 했는데 너도 알다시피 내 살림이 넉넉지 못하다 보니 늦었구나. 장덕이가 든든한 사내이니 둘이서 조금만 힘을 합하면 아이 낳고 키우며 푸근히 잘 살 줄 믿는다."

두 사람은 잘 해낼 것이다. 벌써부터 서로 부딪치고 풀어가며 상대와 섞여가는 모양이 앞으로도 큰 다툼은 없을 것 같았다. 혼례는 결국 실용적인 삶 속으로 스스로 걸어 들어가는 일, 아무리 재주가 많아도 실용의 세계에 맞지 않는다면 혼인의 의무를 잘 해내지 못한다. 매창에게는 그것이 부끄러움이었다.

"아씨, 미안하고 죄송하구먼요. 제가 어찌 아씨 앞에서⋯⋯."

윤금이는 눈물을 뚝뚝 흘렸다. 많은 생각이 그녀 머릿속을 지나가고 있으리라. 죽은 어미도, 행방을 모르는 아비도, 장덕이와 보낸 세월도.

*

자기 주변에 사람이 생긴다는 것은 참 놀라운 일이다. 허균이 다녀가고 그가 남긴 말과 충언들이 매창에게 많은 변화를 일으켰다. 서책에서 보았던 어떤 고담준론보다 살아 있는 한 인간이 들려준 이야기들은 막강한 힘을 발휘한다. 그것이 만남의 의미이자 이유이다. 지기의 만남, 지음을 갖는 것은 누구나 평생에 걸쳐 지치지 않고 소망하는 일이다.

허균과의 두 번째 만남은 애석하게도 작별을 하기 위해서였다. 공부와 집필에만 집중하는 은일의 시간을 보내고자 한다던 그의 다짐은 임금의 부름 앞에서 바로 무너졌다. 중국 사신을 맞이하는 일이 맡겨졌다. 허균은 한양으로 올라가는 길에 매창의 집에 들렀다.

"미안하다. 이리 일찍 떠나게 될 줄 몰랐구나. 내 너랑 시간을 더 오래 보낼 줄 알았는데 갑자기 한양으로 올라갈 일이 생겼다."

"다행한 일이옵니다. 부름을 받는 것은 복된 일이지요. 하물며 임금님의 부르심이온데."

"임금의 부름을 저버릴 수도 없는 노릇이니 더욱 안타깝구나. 한번 인연은 영원한 인연이라지 않느냐? 곧 다시 보자. 못다한 이야기들은 훗날 만나서 하자꾸나. 머지않아 다시 볼 날이 있을 것이다."

임금의 부름을 받아서 가는 길이라는 말을 거듭 강조했다. 체념이 밴 말투였지만 한편 자부심도 엿보였다. 중국에서 온 사신을 대적할 만한 문장가로 원접사 이정구가 그를 꼽았다고 했다. 허균은 대국의 사신 앞에서 자신의 역량을 시험할 기회를 절대로 놓치지 않을 사람이다. 매창은 그가 다른 신하들과 부딪쳐서 상처 입지 않기를 바랐다. 허균이 자신의 또 다른 모습에 실망하고 자신의 잘못된 선택을 후회하지 않기를 바랐다.

'곧 다시 볼 날이 있을 것이다.'

그 말 한마디가 심장에 가서 박혔다. 매창의 얼굴에 짧은 순간 어둠의 기운이 들이친다.

'지키지 못할 결심은 하지 마시어요. 괜히 마음만 부대끼니. 대감께선 세상에게서 외면당하는 것도 홀로 버티는 외로움도 견디지 못하시는 분이십니다. 그래서 수없이 탄핵을 당하면서도 전하의 부름에 달려가길 마다하지 않는 것입니다.'

허균의 마음 깊은 곳에서는 출세에 대한 집착과 영웅주의를 떨쳐버리지 못했다. 세상 거칠 것 없이 자유롭게 떠돌며 살고자 하는 마음과 세상에 우뚝 서고 싶은 야심이 늘 싸웠다. 그런 사람은 한 곳에 붙박일 수 없다. 곧 다시 만나자는 말이 믿을 수 없는 기약임을, 함부로 하지 말아야 할 것이 재회의 약속임을 알지만 그녀는 말을 삼킨다. 묵은 슬픔을 덧들이고 싶지 않았다. 허균은 그녀의 속내를 놓치지 않는다.

"못 오게 되면 편지라도 보내마. 그리고 이것은 내 마음을 남겨두고 간다는 의미로 너에게 주는 선물이다. 이곳의 돈 많은 지인에게 받은 것인데 나보다는 너에게 잘 어울릴 것이야. 나인 듯 여기고 내가 다시 올 때까지 잘 가지고 있거라. 재회의 그날, 여기다 술 한 병 그득 담아서 나눠마시자꾸나."

허균이 건넨 것은 귀하디귀한 청화백자 주병이었다. 중국에서 수입한 값비싼 청화가 들어가기 때문에 만들기도 어렵고 구하기도 어려운 귀물이다.

"이 귀한 물건을 저에게 주시면 어찌합니까?"

"시서화는 한 몸이고 그 안에 문인의 인품과 정신이 담겨 있음을 알고 있지? 도자기 또한 단지 물건이 아니라 삶의 뜻과 염원, 풍류, 정을 담아 곁에 두고 함께 하는 벗이자 분신이란다. 너의 외로움을 조금이나마 덜 수 있다면 더 바랄 것이 없겠다."

매창은 주병을 끌어안고 고개 숙여 감사를 표했다. 주병 아래 부분에 빙 둘러서 이백의 시가 달필로 적혀 있었다. 다른 그림이나 문양은 없이 고졸한 멋을 살린 도자기였다.

願以酒泉土 (원이주천토)

陶成白玉壺 (도성백옥호)

相逢知之友 (상봉지지우)

長酌不言無 (장작불언무)

"원컨대 주천토로 백옥 같은 항아리를 만들어, 나를 아는 벗을 만나 아무 말 없이 오래 술을 나누리! 어떠냐? 이만하면 너와 내가 마실 술을 담을 만하지 않느냐?"

"귀한 선물 엎드려 절할 만큼 감읍하오나, 이리 물건을 남기시면 기다림이 더 애달프고 속절없을 것이옵니다. 정히 저와의 약속을 염두에 두신다면 이따금 안부 몇 자 적은 척독尺牘이라도 보내주시어요. 큰 위안이 될 것이옵니다."

매창은 주병을 받아들고 고개 숙여 감사 인사를 했다. 하지만 고개를 들고 허균과 눈을 맞추지 못했다.

"눈이 따갑사옵니다. 날이 너무 덥네요. 저는 이만 들어가 보겠습니다."

"그러마. 편지하마. 건강하여라. 네 몸이 약한 것이 마음에 걸린다. 부디 몸을 강건히 보존하기 바란다. 불경 읽기를 게을리 하지 말고 힘들 땐 참선으로 마음을 달래거라."

"이제 그만 출발하시어요. 대감의 말들이 저의 마음을 더 꼭 붙잡을까 두렵사옵니다."

매창의 표정이 금방 눈물이라도 쏟아질듯 흔들렸다. 동공에는 벌써 눈물이 가득 고여 있었다. 부모형제도 친척도 없는 매창에게 허균은 살가운 오라버니 같고 다정한 벗 같았다. 그조차 복이라고 그녀 몫이 되지 못했다.

"미안타."

허균은 돌아서는 매창에게서 눈을 떼지 못했다. 뒷모습이 그녀의 귀, 그녀의 양볼, 턱과 목덜미가 어떻게 떨리고 있는지 보여주기라도 하듯 그대로 한참 서서 바라보았다. 매창이 방 안으로 들어갔는데도 움직일 줄 몰랐다. 잠시 후 자리를 뜨려할 때 방 안에서 거문고 소리가 들렸다. 허균은 그때야 몸을 돌렸다.

"가자."

견마꾼에게 일렀지만 정작 자신은 말에 몸을 싣지 못했다. 말의 잔등을 쓰다듬고 서 있었다. 서너 번 더 말을 쓰다듬은 후 올라탔다.

"천천히, 천천히 가자꾸나."

말은 목을 길게 빼고 히이잉, 소리를 내며 터덕터덕 걸음을 옮겼다. 거문고 소리는 말을 따라왔다. 허균은 발로 말을 건드리지 않았다. 행여 말의 걸음이 빨라질까 움직임을 삼갔다. 거문고 소리는 점점 멀어졌다. 한순간 모든 것이 가까이 다가왔다가 다시 또 아득히 멀어지는 것이 인생이던가. 그러는 동안 타인의 가슴을 할퀴고 자신의 가슴을 적시지만 왜 스스로 이 길을 벗어나거나 걸음을 멈추지 않는지 거문고 소리가 묻고 있었다. 허균은 응답할 말을 생각하지만 끝내 답을 찾지 못했다.

'마음이 자기 생명을 이어가느라 그런다고 믿는다. 마음은 마음의 길이 있다. 마음이란 언제나 허망하고 위험한 선택을 하는 것이구나. 그래서 모든 이해는 오해라는 말을 하나 보다. 나도 내 마음을 이기지 못해 자청해서 거짓말쟁이가 되고 말았다. 미안하다.'

허균의 걱정과 달리 매창은 곧 마음의 평정을 찾았다. 그녀는 기생이다. 그녀에게는 만남과 이별이 일상이고 일이다. 그때마다 자신을 추스를 방편을 마련해두지 않으면 어찌 살겠는가. 각각의 만남이 그녀에게 가져다준 기쁨과 복록만을 되새긴다. 유희경과의 만남은 그녀에게 감정의 일을 한걸음 떨어져서 생각하게 하는 방어책과 여유를 가르쳤다. 여유라기보다 거리 만들기에 가깝다. 곁에 아무도 없다 해도 마음까지 가난하지는 않다. 그녀가 읽은 책들이 그녀에게 그런 감수성을 선사했다. 아무리 비참한 순간에도 하늘과 시간이 자신에게 들려주는 말소리를 들을 수 있었다. 그럴 때마다 그녀는 깊고 아늑한 위안을 받았다. 혼자가 아니구나. 혼자여도 괜찮구나. 스스로에게 말해 줄 수 있었다.

# 이화우 흩날릴 제

*

　배꽃이 진다. 한 잎, 두 잎 떨어지다 잇따라 훨훨, 허공 가득 배꽃이다. 누가 나무를 통째로 흔들기라도 한 듯 비처럼 쏟아진다. 떠난 사람의 안녕을 빌어주는 꽃의 인사였다.

　'저 꽃잎을 쓸어 모아 술을 담갔으면 좋겠다.'

　매창은 꽃을 보면서도 술을 생각한다. 술이 익어가는 걸 지켜보면 시간이 술 익는 속도로 흐른다. 주향은 어떤 꽃의 향내 못지않게 향기로웠다. 술 냄새를 맡으면 항상 목이 마르다. 술이 익으며 풍기는 냄새는 그동안 지나온 술자리와 그곳에 함께 있었던 사람을 불러온다. 술 냄새가 살 냄새를 닮아서일까. 그리움은 달래는 것이 아니라 함께 가는 것이라고 알려준다. 철석간장도 어느 순간 저 꽃잎처럼 약해져서 덧없이 무너져 내리니.

이화우 흩날릴 제

울며 잡고 이별한 임

추풍낙엽에 저도 날 생각는가

천 리에 외로운 꿈만 오락가락하노라

이 세상 어딘가에 그런 새가 산다지.

살아 있는 짐승의 간만 파먹는 새. 매창은 말랑말랑하고 검붉은 간이 피를 뚝뚝 흘려야만 식욕이 돋는 새가 소리 없이 찾아와 간을 파먹는 상상을 한다. 상상은 곧 실감이 되어 온몸에 통증을 일으킨다. 그리움은 모진 새의 형상으로만 겨우 남아 있다. 짧은 사랑 말고는 아무것도 누릴 것이 없는 자들은 그 고통조차 천복으로 여겨야 하는 것일까.

거울을 꺼내 얼굴을 비춰본다. 혼자 있을 때 하는 그녀의 버릇이다. 거울 속에 들어 있는 또 한 사람을 만난다. 이마와 눈가의 주름이 올해 들어 더 뚜렷해졌다. 입을 벌려 입안을 들여다보니 웃음이 비어져 나온다. 잠깐 입만 벌려도 저토록 깊고 어두운 세계가 도사리고 있다. 오랜만에 지은 웃음이었다. 웃음은 술과 거문고 연주와 더불어 그녀가 팔아야 할 것 중 하나다. 찾아오는 사람이 늘어나든 줄어들든 밥을 벌어야 한다는 생활의 엄혹함은 그녀를 몰아치기도 하지만 지켜주기도 한다. 지금은 넉넉한 살림이 되었건만 유희경은 그녀에게 묻지 않았다.

"너는 무엇으로 하루 세 끼를 벌어먹고 사느냐?"

물을 수 없었을 것이다. 때가 되면 어김없이 다가오는 끼니가 불러올 그녀 일상의 이야기들이 그는 두려웠을 것이다. 그녀한테 부족한 것을 채워주지 못하는 건 예나 지금이나 똑같았다. 기뻐도 슬퍼도 밥을 먹어야 하는 몸을 가졌다는 것은 축복인가, 재앙인가.

어제도 매창은 꿈을 꾸었다. 잦은 꿈은 불청객이지만 꿈과의 대화는 점점 구체적이다. 꿈이 전해준 전갈을 잘 새기고 나면 다음번 꿈에서는 또 다른 전갈을 받는다. 한소끔 눈 붙인 짧은 낮잠 속에서 꾼 꿈이라기엔 지나치게 선명한 장면이었다. 한 여자가 마루 끝에 앉아 하염없이 울고 있다. 여자는 소복을 입고 있었다. 눈물이 소복을 적셨다. 눈물은 붉은색이었다. 핏빛 눈물에 젖은 흰 옷은 점차로 붉게 물들어갔다. 여자는 불꽃같이 빨간 옷을 두르고 일어나 두 팔을 벌리고 하늘로 치솟았다. 공중에 떠오른 여자의 몸은 진홍색 동백꽃 한 송이 같았다. 꽃은 가까워졌다 멀어졌다 하면서 그녀의 눈을 채웠다. 누가 그랬던가. 동백은 식물이 아니라 동물이라고. 절정을 지나면 자진하여 목을 툭, 떨어뜨리고 마는 한 많은 짐승이라고. 그녀는 눈을 떴다.

'왜 인간은 어리석은 결정을 하는가. 왜 고통을 선택하는가.'

끝나기 때문이다. 제 아무리 대단한 일도 다 지나간다. 생자필멸, 회자정리. 고통스러운 현재를 사는 사람에게 이보다 더 위안이 되는 말이 어디 있으리오. 저 꽃잎이 그 이치를 가르쳐 주었다. 잠깐의 방문 뒤 아스라이 멀어지고 사라져갈 것들. 따스한 안방에서 잔재미를 누리며 살 복록은 그녀의 것이 아니었다. 떠난 사람은 꼭 돌아온다는 거자필반의 기쁨은 책에나 씌어 있는 말인가.

어제 누렁이가 죽었다. 싸돌아다니다가 산에서 멧돼지를 잡으려고 놓은 올무에 걸려 죽었다. 이틀째 집에 안 들어왔지만 발정이 나서 돌아다니는 줄 알고 애써 찾지 않았다. 윤금이는 목이 찢긴 누렁이를 차마 보지 못하고 울먹였다. 나쁜 일은 쌍으로 온다더니 겹쳐 다가온 두 개의 이별이 그녀를 고꾸라트린다.

"아씨 보기 전에 얼른 갖다 묻어주라니까."

장덕이한테 하는 말을 매창은 방에 앉아서 다 들었다. 그녀가 마루에 나와 앉아 있으면 누렁이는 살그머니 올라와 발등에 머리를 기댔다. 배를 문질러주면 눕자마자 금방 잠이 들었다. 자면서 내뿜던 콧김이 다리를 간질이는 그 느낌을 어찌 잊나. 새근거리며 오르내리던 뱃가죽을 어찌 잊나. 윤금이가 누렁이를 데려왔을 때 매창이 꺼려했던 것은 챙겨줘야 할 밥 때문이 아니었다. 바로 이 이별의 아픔 때문임을 그녀는 그때 이미 알고 있었다.

하룻밤 봄바람에 비가 오더니
버들일랑 매화랑 봄을 다투네
이 좋은 시절에 차마 못할 건
잔 잡고 헤어진 님 그리워하는 일

다시 찾은 유희경이 남긴 시를 읽고 또 읽는다. 가슴속에 있는 단단한 덩어리가 뜨겁고 차갑다가 소리치고 떠돌다 마침내 가라앉는다. 이 열기와 냉기는 몸의 일이다. 그녀의 손을 맞잡은 님의 손길이요, 뺨을 어루만지는 님의 손길이다. 그녀는 밖으로 나와 마루 밑을 들여다보았다. 누렁이가 깨끗이 핥아먹은 밥그릇만 덩그러니 놓여 있었다.

"차마 못할 건, 살아서 너와 헤어지는 일이로구나. 너와 헤어져 어찌 살아갈 거나."

유희경이 몇 번이나 되풀이한 이 말은 그녀를 자주 찾아왔다. 그 피 묻은 말은 종이 위에 죽은 듯 누워 있다. 일어나지도 움직이지도 사랑을 나눌 수도 없게 종이 위에만 검은 글씨로 얼룩처럼 남아 있다. 지난 열흘의 땀과 눈물과 한숨과 미소가 구겨진 종이에서 벌떡 일어나 눈 속에 들어와 박힌다. 두 번째 만남 그리고 이별. 그것은 또 얼마나 오랜 부재와 별리로 이어질 것인가. 매창은 자신의 간을 쪼아 먹는 새의 형상을 마주한다. 재회의 열흘은 꿈이었다. 그 아득함을 꿈 말고 달리 뭐라 부를 것인가.

*

정미년 봄, 매창은 유희경을 다시 만났다. 이렇게 말해야 하리라. 유희경이 매창을 다시 찾았다. 십오 년 만이었다. 매창은 처음 만났던 때의 유희경만큼이나 늙은 것 같았다. 당상관이 된 그는 도포 위에 자색 술띠를 매고 나타났다. 변함없는 모습이었다. 몸집은 조금 불었지만 진지하고 과묵해 보이는 표정과 숱진 수염은 그대로였다. 흰 터럭이 조금 더 늘어난 정도의 변화였다. 걸음걸이도 말투도 눈빛도 표정도 달라지지 않았다. 매창은 지위가 그의 성정을 크게 바꾸어놓지 않았다는 점에 안도했다. 그녀만의 유희경을 잘 보존해서 고스란히 가지고 온 거라고 믿고 싶었다. 그의 검고 깊은 눈은 매창과 매창의 뒤를 동시에 훑었다. 손은 가만히 들어 올렸다 앞섶을 매만지고 내렸다. 그녀는 이제 그의 팔을 잡고 매달리며 응석을 부리지 않는다. 유희경도 전처럼 그녀의 야윈 어깨를 감싸고 다정히 웃으며 농을 하지 않았다. 지긋해진 나이만큼 두 사람의 말투도 점잖아졌다. 재회는 반가움보다 원망, 기쁨보다 미움을 데리고 왔다.

"이곳에 열흘간 계신다 하셨지요? 열흘간 함께 시를 나누기로 한 약속을 지키기 위해 오신 거란 말이군요. 그 약속을 잊지 않으셨다니 고마운 일입니다."

매창은 오래전에 했던 약속을 상기했다. 마음을 가볍게 하기 위해서였다. 유희경이 사람을 보내 자신을 전주까지 오라 한 이유를 묻지 않았다. 예전의 약속 때문이라고 생각하는 것이 서로를 위해 좋을 것이다. 유희경 역시 말을 아꼈다. 그녀는 그를 똑바로 보지도 못하고 그의 버선 끝을 내려다보았다. 그는 두 팔을 뻗어 매창의 두 손을 끌어당겨 붙잡고 쓰다듬을 뿐이었다. 매창은 자신의 손을 잡은 유희경의 손을 조심스레 놓으며 청했다.

"당신의 시를 듣고 싶어요. 저를 위해 준비한 시가 있으면 들려주시어요. 아니면 지금 당신 가슴에 떠오른 말들을 시로 보여주세요."

매창은 서로를 외롭게 할 뿐인 말을 재촉하지 않았다. 시로써 두 번째 만남을 기리고 시로써 기약 없는 이별을 대비하고자 했다. 그와 그녀 사이는 직설이 아닌 은유가 필요한 관계였다. 매창은 청춘을 바친 기다림의 시간을 부질없이 흘려보내고 싶지 않았다. 이미 흘러갔다. 지금은 새로운 시간이 앞에 있다. 유희경의 마음 깊은 곳을 만나고 싶었다. 그녀가 가질 수 있는 것은 그것뿐이었다. 눈에 보이지 않는 유희경, 형체가 없는 유희경. 시만이 해줄 수 있는 일이었다. 눅진 마음에 해가 들게 하고 싶었고, 찢어지고 부서진 자리를 어루만지고 싶었다. 그래야 자신도 해 아래 떳떳하게 나설 수 있을 것이다. 졸면서 짠 삼베처럼 거친 심사도 편편해질 것이다.

"부끄럽구나. 시라. 하지만 네가 그렇게 원한다면 들려주마. 그래야 나도 너의 시를 들을 수 있을 테니."

유희경은 허리를 곧게 펴고 오른손으로 수염을 쓸어내린 뒤 큰기침을 한 번 했다. 얼굴 표정이 밝지 않았다. 긴 숨을 몰아쉬는 매창의 숨소리가 크게 들렸다.

예부터 님 찾는 것은 때가 있다 했는데
시인께선 무슨 일로 이리도 늦으셨던가요
배 온 것은 님 찾으려는 뜻만이 아니라
시를 논하자는 열흘 기약이 있었기 때문이라오

매창의 얼굴에서 오래 묵은 원망을 읽어낸 유희경이 먼저 시로 둘의 마음을 그려 보였다. 그녀의 바람과 서운함이 고스란히 담겨 있는 시였다. 그는 매창의 얼굴에서 그녀의 지난 시간을 온전히 읽어냈다. 매창은 몸을 옆으로 돌리고 참았던 눈물을 쏟아냈다. 유희경은 두 손바닥으로 얼굴을 가리고 우는 그녀에게 선뜻 다가가지 못하고 바라보고만 있었다. 가슴이 타들어가는 이 아픔을 어떻게 그녀에게 전해야 할지 몰랐다.

"죄송해요. 이런 모습을 보이고 말아서."

"무슨 소리를 하는 것이냐? 너는 지금 나를 욕하고 있다. 네 원망이 깊고 깊구나."

매창은 유희경에게 다가가 그의 어깨에 머리를 기댔다.

"너무 늦으셨사옵니다. 왜 이리 늦게 오신 것이어요?"

유희경은 대답을 하지 못하고 그녀의 어깨를 붙들고 한숨을 쉬었다. 매창은 또 울음을 터트리고 만다. 어깨를 들썩이며 오래 눌러둔 울음을 꾸역꾸역 내놓았다.

"아프구나. 정녕 아프구나. 너를 이리 아프게 했다니 정말 아프구나."

한참 입을 다물고 앉아 있던 그의 입에서 비명 같은 말이 흘러나왔다. 매창은 유희경의 품으로 다가가 그의 허리를 끌어안았다. 유희경도 그녀를 힘주어 안았다. 포옹은 길었다. 한참 서로를 놓지 않았다. 매창은 별리의 시간이 그의 품에서 녹아 없어지길 기도했다. 유희경은 빚진 마음과 비겁하고 부끄러운 시간이 그녀 품에서 용서받길 소망했다. 기도와 소망밖에 할 수 있는 일이 없다는 점은 달라지지 않았다. 이 가난함이 우리가 누릴 수 있는 전부라고 유희경은 침묵으로 말했고 매창은 알아들었다.

시가 있었다. 멀어지려는 서로를 끌어당기고 너무 가까워지려는 서로를 적당한 거리에 두고자 하는 시가 있었다. 두 사람은 잠시도 떨어져 있기를 마다하고 시로써 말을 하고 시로써 사랑을 나누었다. 꽃과 나무와 구름을 빌려다 노래한 시에서 매창의 웃음소리와 거문고 소리가 들렸고 유희경의 피눈물이 흘렀다. 아픔과 비탄이 연잎 아래, 먹구름 속에 숨었다가 살짝살짝 드러났다. 아무것도 바꿔놓을 힘이 없는 무력한 사랑의 정체는 모른 척했다.

비바람에 울리기를 몇 해였는고
몸에 지닌 짤막한 거문고 하나
외로운 곡조는 타지를 말자
님과 함께 백두음을 타보고지고

매창은 낮보다 더 더디고 진하게 흘러가는 밤에 이 시를 읊었다. 혹여 자신의 사랑이 유희경의 발목을 잡는 덫이 될까 두려웠다. 덫이 될 수 있다면 진정 그러고 싶다고도 생각했다. 자신이 가장 원하는 것을 두려워할 수밖에 없는 사람이 그녀였다. 아울러 가장 두려워하는 것을 원할 수밖에 없었다. 두려움은 그만큼의 간절함을 품고 있었다. 진심이란 얼마나 낡은 것인가. 변치 않기 때문에 진실이라 불리지만 새로울 게 없기 때문에 전달하기 어렵다는 것을 아는 데 십오 년을 바쳤다. 진심은 그 자체로 완성되는 것임을, 전해지는 것은 다른 일임을. 그녀의 시를 들으며 유희경은 한숨을 뱉어냈다. 언젠가 편지에 썼던 말을 다시 해주었다.

"난향이 십 리면 시향은 천 리라더니 네 속이 천릿길이로구나."

어느 날 밤 선녀가 땅에 내려와
풍류 타는 가는 허리 아름다워라
창가에 거문고 품어 안은 그 자태
노래는 끝나도 그리움은 한이 없어라

유희경은 매창의 손을 잡고 객사 후원을 걸으며 답시를 읊었다. 나란히 누각에 기대 달빛 속에 비친 자신과 매창을 노래했다. 무엇을 해도 마음이 가라앉지 않았다. 한 뼘쯤 땅 위에 뜬 마음을 둘은 꽉 붙잡았다. 말을 할 수도 없고, 하지 않을 수도 없었다. 두 사람은 달을 뒤로 하고 방 안으로 들어갔다. 술상 앞에 앉아서는 취할 때까지 마시고 취해서 시를 지었다. 몸을 찾듯 시를 찾고 마음을 어르듯 시를 골랐다. 상대의 전부를 탐하듯 시를 완성했다. 시라는 핑계는 요긴했다. 하지만 그것만으로는 부족했다. 마침내 유희경이 입을 열었다.

"나를 잘 보거라. 나를 잘 보아두어라. 표정 하나 몸 구석구석 솜털과 땀구멍까지 눈에 담아 두어라. 나도 그리 할 것이다."

"저는, 부끄럽습니다. 그 사이 제 얼굴이 많이 늙었사옵니다."

"아니다. 너는 옛날하고 똑같다. 이 얼굴이다. 잠들기 전에 눈을 감으면 보이던 너의 고운 얼굴. 바로 그 얼굴이니라."

"지금 이 순간도 시간이 흐르고 있겠지요?"

"그래. 그러겠지. 이리 와 보거라. 손을 잡자."

유희경에게 다가앉아 손을 부여잡은 그녀는 그 손 위로 얼굴을 숙였다.

"너는 나의 집이다. 너는 언젠가 내가 돌아갈 곳이니라."

"언젠가는 오지 않을 것이옵니다. 지금 이 순간만 생각하시어요."

매창은 유희경의 품 안으로 파고들었다. 둥지를 찾아든 비 맞은 새처럼 몸을 떨었다. 가시투성이의 둥지일지언정 비를 피할 수 있었다. 두 손을 그의 등 뒤에서 깍지 끼어 꼭 끌어안았다.

마음의 깊은 곳뿐만 아니라 육체의 열망 끝까지 가고자 하였다. 자신이 도달한 곳이 그 모든 것의 끝이기를 바랐다. 낭떠러지이기를. 거기서 동시에 몸을 던질 수 있기를. 하지만 그러지 못했다. 어느 순간 그들은 그들의 의지로 무언가 하고자 하는 마음을 멈추었다. 자신들의 운명을 바깥의 손에 맡겨버렸다. 첫 이별이 그러하였고, 십오 년만의 재회 또한 그러하였다.

'매창아! 임진년의 이별 앞에서 네가 나를 위해 연주한 곡조를 아직도 기억한다. 너의 굳은 마음을 내보이듯 그날 너는 거문고를 발밑에 내려놓지 않고 무릎 위에 올려놓았었다. 굳이 정악을 연주하려는 너의 마음을 나는 알아보았다. 그 곡은 늘 자랑스러워하던 너만의 화려하고 박진감 넘치는 산조가 아니었다. 너는 허리를 꼿꼿이 펴고 앉아 대현과 무현을 유난히 많이 켜는 무겁고 장중한 정악을 들려주었다.

구음도 없이 술대를 쥔 오른손과 무명실을 꼬아 만든 현을 골무도 없이 켜는 너의 왼손, 그 손을 따라 움직이는 너의 얼굴을 끝내 내게 보이지 않았다. 네 속에 들끓는 분노와 설움을 나 또한 못 본척했다. 그날은 백악지장百樂之丈이라 하여 학도 날아와 춤을 추게 한다는 거문고 소리가 바람에 가뭇없이 흩어져버려 새를 부르지 못했다. 길고 마른 목에 핏줄이 도드라지게 힘을 들였지만 현학금이라는 별칭이 무색하게 그날 너의 연주는 형편없었다.

그것이 너의 마음이었다면, 내게 열망도 웃음도 온기도 없는 그 소리를 남기고 싶었다면 네 뜻은 이루어졌다. 나는 늘 그 마지막 곡을 떠올리며 너를 향한 그리움을 물리쳤다. 이조차 내게 베푼 너의 선물이더냐. 숨죽은 배추 색깔 같은 녹색 저고리에 자주색 치마를 입고 노리개 하나 달지 않은 창백한 너의 얼굴은 아직 스무 살도 안 된 여인의 것이라기엔 깊은 애상이 칼자국처럼 새겨 있었다. 그 마지막 얼굴이 언제나 나의 마음을 저미곤 하였다.'

유희경은 아무것도 믿을 수 없었다. 믿지 않았다. 자신이 이곳에 없는 사람인 것만 같았고 매창은 곧 물거품처럼 사라져버릴 것 같았다. 바라보고 바라볼 뿐이었다. 따뜻한 말조차 삼갔다. 매창의 머리끝부터 발끝까지 눈 속에 담아두는 일. 지금 자신이 가진 힘을 전부 끌어 모아 해야 할 일이었다.

"너의 품은 어찌 이리 온화하냐? 늘 곁에 두고 바라볼 수만 있다면. 세상에 너처럼 어여쁜 사람이 또 있을까? 세상에 너만큼 나를 잘 아는 사람이 또 있을까?"

차갑게 떨리는 유희경의 목소리가 어둑한 방 안에 퍼졌다. 매창은 말이 없다. 소용없는 말 속에 자신을 풀어놓고 싶지 않았다. 그 말에 갇히고 싶지 않았다. 마음을 단단히 여미고, 그리하여 열흘 뒤 그의 발길이 저절로 풀려 돌아가게 하리라.

"내가 의병의 공적으로 얻은 벼슬자리를 넘보는 자들이 장안에 가득하다. 그들은 천민의 피가 흐르는 나를 폄훼할 거리를 찾느라 혈안이다. 그러니 내 어찌 천한 끼를 어쩌지 못해 기생을 끼고 산다는 말을 자초하겠느냐? 이런 말이나 늘어놓는 내 혀를 잘라버리고 싶다. 하지만 어찌 하겠느냐? 나를 기다리지 말거라. 이토록 비루한 나를 생각지도 말고 나를 위해 울어서도 아니 된다. 그리 하여도 참아지지 않거든 나를 위해 산조 한 곡조만 울려다오. 멀리서 그 소리를 들으마. 이생에서의 우리 인연은 이뿐인가 한다."

유희경은 더는 견딜 수 없다는 듯이 말을 쏟아냈다.

"그만 말씀하시어요. 그 말들이 무섭사옵니다."

"그러니 어찌하면 좋으냐? 어찌해야 우리가 둘 다 평안할 것이냐? 네게 줄 것이 아무것도 없구나. 한탄스러운지고. 참으로……."

그는 말을 제대로 맺지도 못했다. 그는 도망치고 싶은 사람이다. 평생 자신의 자리에서 달아나는 일에 매진한 사람. 진정 갖고 싶은 것이 무언지도 모르고, 가지려 하지도 못하는 진짜 가난한 사람이다. 매창은 그의 말을 알아들었다. 그는 곧 떠날 것이 확실했다. 그래서 이토록 많은 말이 필요했다. 매창은 비로

소 숨을 몰아쉬며 마음의 평정을 찾는다.

'알아요. 당신은 약한 사람이고 그 약함이 언제나 나를 다치게 합니다. 당신은 자기 고통으로 가득 차서 나를 돌볼 여유가 없는 사람임을 알아요. 인생에서 많은 걸 가지도록 허락되지 않은 사람이지요. 알고 나니 차라리 후련합니다. 당신이 나인 것을, 당신 인생이 내 인생과 다름없음을 아는 내가 어찌 당신을 원망하겠어요? 가셔요. 편히 가시어요.'

매창은 머리를 꼿꼿이 세우고 눈을 똑바로 뜬 채 고개를 끄덕였다. 몸에 있는 피란 피는 전부 눈 속에 고이는 느낌이었다. 그러나 눈을 감지 않았다.

"지금 이렇게 함께 있으니 지금은 그것만 생각하렵니다."

유희경은 매창의 이마 위로 흘러내린 머리칼 한 올을 걷어주었다. 멈칫 하던 손은 아래로 내려와 귀를 만지고 목덜미를 쓰다듬다 엄지손가락으로 입술을 눌렀다. 뜨겁고 긴 숨을 내쉬는 매창의 앞섶이 부풀어 올랐다가 내려앉았다. 유희경은 손을 들어 홍화로 물들인 붉은 옷고름을 잡아당긴다. 그녀의 눈에서 눈물이 길게 흘러 입술을 적신다. 짠맛이 났다. 이 짠맛은 그 옛날 입술에 닿았던 유희경의 등에 흐르던 땀의 짠맛과는 달랐다. 유리조각에서 짠맛이 난다면 바로 이런 맛이리라.

"울지 말아라. 네가 울면 나는 어이하라고 이러느냐?"

유희경이 눈물을 닦아준 손가락으로 입술을 어루만졌다. 매창은 입술을 베인 듯 얼굴을 찌푸리며 눈물을 삼켰다. 유희경은 매창의 옷고름을 풀었다. 옷을 한 겹 한 겹 벗기는 그의 동작은 느릿느릿하다. 그녀를 향한 것이라면 무엇이나 한껏 시간을 들였다. 오늘 하룻밤에 십 년, 백 년을 살아내야 하는 사람의 몸짓이었다. 하루로 전 생애를 살아야 하는 하루살이의 절박함이 이러하리라. 그녀의 몸을 관능이 덮치자 살결은 탱탱하고 뼈들은 초에 담갔다 꺼낸 듯 유연했다. 몸 전체가 물컹거리고 말랑말랑했다. 침은 맑고 달았으며 모든 움푹한 곳은 축축하고 뜨뜻해졌다. 그녀의 움직임 또한 시간의 마디마디에 숨결과 감정을 불어넣으려는 듯 안타까울 만큼 신중했다.

"매끄럽고 따뜻한 몸이야. 너는 언제까지나 나의 집이어야 한다. 너는 내 것이다. 나를 뻔뻔하다고 탓해도 할 수 없다."

유희경이 매창의 귀에 숨처럼 불어넣은 말이다. 매창의 몸이 잘 익은 살구처럼 향내를 풍기며 벌어졌다. 유희경의 손이 닿을수록 살결은 더욱 매끄러워졌다. 그녀의 몸 안으로 들어갈수록 뜨거웠다. 첫날에는 메마르고 까슬까슬하다고 느꼈던 살결이 그녀 특유의 단단함과 뜨거움을 되찾았다. 적삼과 속곳을 벗기는 유희경의 손길은 나비가 접힌 날개를 펼치듯 조심스러웠다. 그가 그녀의 가장 깊고 뜨거운 곳에 도달했을 때 얇고 보드라운 속살이 물풀처럼 흔들리다 그를 맞았다. 그의 중심을 그녀의 속살이 알뜰히 감싸고 꽉 조였다. 이 순간을 붙잡으려는 듯 그녀는 그의 등을 손바닥으로 누르고 움켜쥐다가 일순 모든 동작을 멈추었다. 그녀는 유희경의 어깨에 턱을 고이고 울음을 쏟아냈다.

"마지막이어요. 이번 한 번만 소리 내서 울게 해주시어요. 한 번만."

"사는 것이 고통이구나. 사는 것이 전부 죄구나."

유희경을 부둥켜안은 매창의 몸이 멈출 줄 모르고 떨렸다. 오열을 쏟아내는 몸은 울음을 만드는 울림통이 되어 대나무 밭에 떨어지는 소나기 소리를 냈다. 십오 년 동안 쌓인 그리움을 푸는 방법을 두 사람은 알지 못했다. 다만 몸이 먼저 울었다. 가닿지 못하고 오래 떨어져 있었던 몸은 고통을 호소했다.

"아아, 어쩌면 좋으냐? 너를 어쩌면 좋으냐?"

"괜찮아질 것입니다. 안 괜찮아도 괜찮을 것이옵니다."

"이것만은 기억해다오. 너는 나의 정인이 아니라 바로 나 자신이니라."

그는 가쁜 신음을 뱉어내며 매창을 힘껏 끌어안았다. 매창의 숨소리, 입에서 흘러나오는 모음으로만 이루어진 말들, 그 분절된 심중의 소리 속에서 그는 목숨을 놓고 싶었다. 육체의 다함이 사랑의 정점에서 이루어지길 진정으로 바랐다. 마침내 그도 매창의 젖가슴 사이에 얼굴을 묻고 엉엉 소리 내어 울었다. 울음은 남자를 젖먹이 아이로 만들었다. 눈물이 터지면서 어른의 의무를 버렸다. 비록 잠깐일지언정 그는 자신의 자리를 잊었다.

"나는 이제 어쩌면 좋을꼬. 오오, 나는 어디로 가고 있는 것이냐? 어디로 가야 하느냐?"

열흘을 다 채우지 않고 매창은 떠날 채비를 했다. 그가 머무는 객사에 따로 두 사람이 편히 거할 수 있는 곳을 마련해주었다 해도 관아 안이었다. 보는 눈이 많고 말하는 입도 많았다. 차마 떨어지지 않는 발걸음이었지만 언제 떠나나 마찬가지였다.

"별일 없다는데두 그러는구나. 더 있다 가거라."

"아니어요. 이만 가렵니다. 지금이 더 나아요. 시일을 꼭 채우고 나면 마음이 더 정처 없을 것 같사옵니다. 편히 며칠 더 쉬었다 가시어요."

"이렇게는 못 보낸다. 나더러 어찌 살라고 이렇게 가는 것이냐?"

매창은 아무 대답도 하지 않고 짐을 챙겨 일어섰다.

"정 그렇다면 잠시만 기다리거라. 내가 너를 데려다주마. 너와 함께 부안으로 가서 너 사는 걸 보고 한양으로 올라가마. 그리 하자. 응?"

매창은 고개를 끄덕였다. 반가웠다. 혼자 가는 길을 걱정하고 있었다. 지난밤에도 이 마음으로 혼자서 부안까지 어찌 가나 생각하다 눈물을 흘렸었다. 그 심정을 유희경이 모를 리 없었다. 그렇게라도 해서 조금이라도 아쉬움을 달랠 수 있다면. 할 수 있는 건 다 해야 한다는 마음을 그도 똑같이 갖고 있는 것이다.

매창의 객점 앞에 선 유희경은 감회가 새로운 듯 바로 집 안으로 들어가지 않고 대문 앞에서 머뭇거렸다. 꽃이랑 나무랑 대문에 하나하나 시선을 주며 예전 그대로인가 확인했다.

"네 꽃밭은 여전하구나. 네 손이 무슨 마법이라도 부리는 것처럼 유난히 곱고 탐스러운 꽃들이 하나 가득이었지."

"목도 마르고 출출하시지요? 먼저 들어가 계시어요. 금방 요기할 것을 좀 챙겨올게요."

윤금이는 마실을 나갔는지 집에 아무도 없었다. 매창은 부엌에 가서 간단한 술상을 봐가지고 방으로 들어왔다. 유희경은 자리에 앉지 않고 서서 방 안을 여기저기 둘러보았다. 그러다 청화백자 주병에 눈길이 멎었다.

"귀한 물건이구나. 검박한 네 방에 딱 어울리는 멋스러운 물건이다. 이런 선물을 한 사람이라면 안목이 보통이 아닐 텐데."

"우선 앉으시어요. 차차 얘기해드릴 테니 앉아서 말씀하시어요."

유희경은 매창이 차려온 술상 앞에 앉았다. 그러나 여전히 눈길은 청화백자에 가 있었다.

"예전에 교산 대감이 들른 적이 있었는데 그때 남기고 가신 물건이옵니다. 먼 한양 길에 짐이 된다며 다음번 오실 때 그 주병에 술을 담아 마시자는 기약을 하셨지요."

유희경의 얼굴에 싸늘한 기운이 지나갔다.

"내가 없는 동안 너를 살뜰히 살펴준 사람이 있다는 말은 들었다. 문장력에 있어서나 가문에 있어서나 나와는 견줄 수 없는 인물이지. 너보다 겨우 네 살 많으니 여러모로 네게는 힘이 되었을 줄 안다. 신분과 싸울 필요 없이 오직 학문을 위해서만 공부할 수 있는 그가 부럽구나. 너에게 줄 것이 많은 그가 부럽구나."

무표정을 고집하는 얼굴과 달리 말을 하는 목소리는 심하게 떨렸다. 격앙된 어조였다. 다른 남자를 입에 올릴 때의 유희경은 평소의 그답지 않게 감정적이고 다변이었다.

"제게 시와 불경을 가르쳐주시는 스승일 뿐입니다. 공부가 따라야 시가 깊어진다고 하셨습니다. 한이 깊으면 시가 그 속에 갇히게 되니 공부로 그것을 넘어서야 한다고요."

술상은 손도 안 댄 채 음식은 식고 있었다. 그녀도 그도 뭘 먹을 기분이 나지 않아 상을 옆으로 밀어두었다.

"그 사람은 나도 만나보기도 했고 시도 여럿 읽어 보았느니라. 그의 형과도 친분이 있지. 시 쓰는 인간들이야 어디 사는 누가 시 좀 쓴다고 하면 득달같이 구해서 읽고 한마디 보태야 직성이 풀리는 족속들이지. 그렇게 한 수 배우면서 나아지는 것이 시의 맛이기도 하니까. 너를 못 만나는 동안도 너의 시는 전부 구해 읽었느니라. 교산 대감도 너의 시를 어여삐 여겼겠지?"

"왜 자꾸 그분 얘기를 꺼내시는 겁니까? 저를 원망하고 계신 건가요? 나를 찾는 사람이면 누구나 만나야 하는 것이 저의 일임을 잊으셨나요? 저는 그런 계집입니다."

매창의 목소리가 갈라졌다. 말 한 마디 한 마디에 날이 서 있었다. 부재의 시간에 대해 할 얘기가 겨우 허균에 대해서뿐인가 싶어 울컥 감정이 솟구쳤다.

"그런 말이 아님을 알지 않느냐? 나 자신이 미워서 하는 말임을 알지 않느냐? 그 소식을 들었을 때 눈이 머는 것 같은 고통을 느꼈다. 너를 아끼는 사람이 나 말고 또 있다는 사실이, 그리고 그 사람이 너와 정말 잘 어울린다는 생각이 나를 오래 괴롭혔느니라. 하지만 이토록 나약하고 어리석은 내가 먼 곳에서 무얼 어쩌겠느냐?"

"그분과 많은 얘기를 나누었습니다. 저는 거문고를 탔습니다. 교산 대감의 시를 들었습니다. 그랬사옵니다. 그리고 교산 대감이 저의 마음을 살펴주시어서 크게 위로를 받았사옵니다. 좋았사옵니다."

매창은 눈물을 흘리고 만다. 허방에 빠진 마음을 가눌 수가 없었다. 이기적인 그가 원망스러웠다.

"그 말이 아니지 않느냐? 왜 그러느냐? 그만 하여라. 그만 말 하거라. 두 사람이 얘기가 잘 통하겠구나 생각했다. 그 생각이 그렇게 아프더구나. 그래서 그 마음이 아직 남아 있었나 보다. 네가 나의 그런 마음을 살펴주리라 기대했나 보다. 내가 뻔뻔했다. 미안하다."

"아옵니다. 그 마음을 제가 왜 모르겠습니까? 하지만 그런 얘기 들로 시간을 허비하고 싶지 않습니다. 왜 괜한 말을 하시옵니까?"

"미안하다고 하지 않았느냐? 내가 못할 말을 했다. 나는 약속을 저버리고 혼인까지 한 처지에 이게 무슨 망발인지 부끄럽구나."

매창은 유희경의 손을 잡고 한참 내려다보았다. 손등의 주름 도 손바닥의 손금도 그녀에게 길을 보여주진 않았다. 혼란 속에 서 마음을 매몰차게 다잡는 것은 그녀의 장기다. 마음이 제 갈 길로 방향을 잡은 듯 그녀는 잠시 후 입을 열었다.

"교산 대감이 한양에서 많이 지쳐서 내려오셨사옵니다. 그분 주위엔 도처에 적들뿐인데 그 말을 들어줄 사람이 누가 있겠사 옵니까? 술값을 내고 나한테 그 말을 하러온 사람입니다. 외롭 고 지친 사람을, 술집을 찾아온 손님을 어찌 내치겠사옵니까? 그런 손님을 맞는 일은 저한테도 기쁜 일이옵니다. 배움을 베풀어주시는 분을 만나는 건 흔치 않은 일입니다."

"그래서 그게 더 마음에 걸렸느니라. 네게서 그가 위안을 받고 너를 떠나지 않을까 봐. 그 사람은 피가 뜨거운 사람이다. 그래, 그러고 보면 우리 셋은 여러모로 닮은 점이 많구나. 재주가 덫이 되고 성정은 다심하여 부대낌 없이 살기 어려운 사람들이지. 겉으로야 강단 있는 척하지만 시에서는 마음을 속일 수 없는 법이다. 너 보기엔 그의 시가 어떻더냐?"

유희경은 사무치는 질투와 비감스러움 때문에 말조차 두서가 없었다. 정인을 아껴주는 다른 사내를 입에 올려야 하고 그 사람보다 잘해줄 수 없음을 고백하는 심사는 무엇인가. 상대는 그가 그토록 한스러워하는 신분의 장애가 없고 자신보다 이십 년도 넘게 젊다. 초라함을 견딜 수 없어 어린애처럼 구는 유희경의 마음을 매창은 받아주고 싶지 않았다. 고작 그 말밖에 할 말이 없다니. 매창은 유희경의 몸에서 벗어나 고개를 모로 돌렸다.

"뭐라고 말을 좀 해보아라. 가슴이 갈기갈기 찢어지는 것 같구나. 뜨거운 송곳이 가슴속을 휘젓고 돌아다니는 것 같다."

이 말을 하고 있는 사람이 분노를 좀체 겉으로 드러내는 법이 없는 유희경이란 말인가. 그는 세상에 대한 욕망과 갈증을 잘 내보이지 않았다. 허균은 달랐다. 그에게는 분노도 열망도 계획도 투명했다. 투명했으므로 소란했고 소란했으므로 구경꾼들이 모여들었다. 내보이기를 망설이지 않았으며 때로 즐기기까지 했다.

"교산 대감의 시야 제가 뭐라 말할 깜냥이 되지는 않지만 항시 살펴주시는 마음은 감사히 여기고 있어요. 제게는 유일한 스승이니까요. 불자가 아닐지라도 명상과 기도로 마음을 다스려 세상 것에 대한 미련을 버리고 번민을 끊으라 하셨습니다."

허균의 편을 드는 자신이 어리석게 느껴졌지만 어쩔 수가 없었다. 말은 말의 길이 있어 진심의 눈치를 보면서도 제 갈 길을 갔다. 왜 이런 얘기들을 나눠야 하는지 서러움이 복받쳐서 그를 위로할 말을 찾고 싶지 않았다. 왜 모르겠는가. 허균이 평생 구습과의 싸움을 삶의 명분으로 내세운 지체 높은 집안의 재기 넘치는 학자라면, 유희경은 존재 자체가 이미 구습의 적인 천민 출신 벼슬아치다. 임금이 자신의 무능을 덮기 위해, 백성의 원성을 잠재우기 위해 신분을 무시하고 기용했지만 바람 앞에 등불 같은 하루하루를 보내고 있다. 싸우고 싶지 않아도 자신이 싸움의 중심이고 대상이 되는 것을 피할 수 없는 처지였다. 싸움이 그 자체로 생존인 사람. 그에겐 싸움이 선택이 아니라 생득의 문제, 생존의 문제였다.

"나보다 낫구나. 나는 네게 고통의 씨앗을 뿌려놓고 떠났는데 그 사람은 꽃향기처럼 네게 위안을 주었구나. 너는 알고 있을 것이다. 나는 네게 다시 올 수 없을지도 모른다."

유희경은 숨을 고른 다음 오래 벼르던 말을 내놓았다. 매창의 손을 잡은 유희경의 손에 힘이 들어갔다. 그는 그런 사람이다. 매창이 한 뼘 화를 내면 한 길만큼 돌려준다. 모질게 돌아서는 마음의 칼을 그녀는 맨발로 밟고 서기로 마음먹는다.

님 떠난 내일 밤이야 짧고 짧아지더라도
님 모신 오늘밤만은 길고 길지어다
닭 소리 들리고 날은 새려는데
두 눈에선 하염없이 눈물이 흐르네

손을 잡은 채 밤을 맞고 둘은 나란히 누웠다. 틈은 틈대로 엇갈림은 엇갈림대로 남겨둔 채 정이 이끄는 자리에 자신을 내려놓았다. 이 밤이 마지막 밤이구나. 다시 한 번 더 이별을 해야 한다는 생각이 매창의 가슴을 짓눌렀다. 무슨 말을 갖다 붙여도 그는 떠나기 위해 온 사람이다. 어느 결에 두 사람은 까무룩 잠이 들었다. 바람이 방문을 흔들었다. 모두의 그림자만이 살아 움직이는 시간이다. 그녀는 노곤해서 가만히 누워 있었다. 그도 움직이지 않았다.

'몇 시나 되었을까.'

그녀는 밖을 내다보았다. 아직 어두웠다. 그를 돌아보았다.

어렴풋한 허공 속에 그의 옆얼굴이 보였다. 그녀는 그의 입술 가까이 다가가 그의 입술에 입을 갖다 대고 눌렀다. 그가 가만히 입술을 벌렸다. 뜨겁고도 축축한 열기가 그녀의 가슴속에 몰려왔다. 고통스럽고 달콤한 격정에 휩싸여 그녀는 그에게 몸을 밀착시켰다. 그는 그녀가 더 깊숙이 다가오도록 몸의 긴장을 풀었다. 그는 그녀의 입안으로 혀를 밀어 넣었다. 부드러운 혀가 깊숙이 밀고 들어왔다. 아! 두 사람은 더 이상 제어할 수 없다는 듯 거친 숨소리를 내며 엉켰다. 둘 중 누구 것인지 모를 심장 박동소리가 북소리처럼 크게 들렸다.

"차라리 죽고 싶다. 여기가 끝이었으면 좋겠구나. 아아아아."

거대한 나무가 한여름 비바람에 뿌리째 뽑혀 쓰러질 때 나는 소리였다. 유희경의 몸에 고여 있던 진한 액체가 매창의 몸속으로 흘러들어갔다. 매창은 자신의 입으로 그의 입을 막았다. 그 울음을 다 빨아들이겠다는 듯 오래 입을 맞추었다. 그의 울음을 그녀의 목 너머로 삼킨다. 모든 의혹과 불만과 설움을 모조리 삼키고자 했다. 이 밤이 지나면, 그의 울음이 흘러 지나가는 그녀의 목구멍으로 그 말이 새어나왔다. 이 밤이 지나면……. 언젠가 숲에서 보았던 거대한 나무들이 두 사람의 몸 위로 쓰러졌다. 고통을 피하기 위해 두 사람은 몸을 꽁꽁 단단하게 얽어맸다. 나무에 깔려도 벼락을 맞아도 홍수에 떠내려가도 두 몸은 풀리지 않을 것 같았다.

"아아, 가지 말아요."

그녀는 외마디 비명을 질렀다.

"저를 데려가주세요. 영원히. 영원히 나를 지켜주겠다고 약
속해요. 무서워요. 당신이 떠나고 혼자 남은 시간이 무서워요.
제 곁에 있어주세요."

그녀 자신도 모를 말이 입 밖으로 자꾸만 자꾸만 빠져나왔다.

"저는 당신의 것이어요. 우린 둘로 나누어질 수 없어요. 떨어
지면 안돼요."

유희경의 팔에 힘이 들어갔다.

"그러자, 그러자꾸나."

이 순간은 말의 진위 따위를 따질 수 없었다. 그저 말들은 말
의 힘으로 나왔고 사람은 말을 밀어낼 힘이 없었다. 저항할 의
지도 없었다. 그녀의 가슴은 미친 듯이 뛰었고 불안이 그녀를
삼킬 듯이 밀려들었다.

\*

행복이든 안타까움이든 만남의 시간은 짧았다. 애간장을 끊

어 시간을 잇는 듯 아픈 순간들이 지나갔다. 슬픔에는 내성이 없었다. 이토록 서럽고 황황한 마음이었던 적이 또 한 번 있었다. 아버지가 죽었을 때 열두 살 매창은 죽음이 무엇인지 몰랐다. 죽은 사람 저고리를 지붕에 던지고 집 앞에 사잣밥을 차려놓을 때도 그녀는 멀거니 보기만 했다. 고아가 되었다고 혀를 차는 어른들의 말도 이해하지 못했다. 동네 사람들이 모여들어 곡을 하고 음식을 장만해서 먹고 떠드느라 법석이었지만 과연 죽는다는 것이 무엇이기에 저들이 저리 하는지 알 수 없었다. 목이 따갑고 쓰라렸지만 눈물은 나오지 않았다. 목소리도 나오지 않았다.

"모진 세상 떠나는데 왜 이리 발걸음이 무거운 것이냐?"

아버지가 마지막으로 남긴 말을 여러 번 되새겼지만 어린 매창에게는 요령부득이었다. 뱃속에서 찬바람이 일었다. 아버지가 아파서 잠을 오래 자는 거라고만 생각했었다.

떠날 시간을 코앞에 둔 유희경과 마주앉아 아침밥을 먹었다. 아버지 친구인 서산의 아전이 보낸 어리굴젓과 영광 굴비, 깻잎과 파강회, 물김치와 고들빼기김치로 차린 밥상이었다. 두 사람은 말을 삼가고 먹는 일에 열중했다. 밥상을 물리고 그의 도포를 건네주다 기어이 매창은 눌러두었던 말을 하고야 말았다.

"당신이 나에게 밥과 술 같은 양식이 되었으면 좋겠어요. 상자에 담아서 사방탁자 꼭대기에 올려놓거나 서랍에 고이 간직하는 귀물이나 보석 같은 것 말구요. 일 년에 한번 만져볼까 말까한 그런 귀한 존재 나는 원치 않아요. 나는 당신이 매일 세수를 하는 대야가 되고 싶고, 당신의 발을 감싸는 당혜가 되고 싶고, 당신 손바닥을 올려놓는 서안이 되고 싶어요."

"그만 하거라, 매창아. 제발 그만."

유희경은 고개를 저으며 매창의 어깨에 손을 얹었다.

"나는 정말, 당신 곁에 있고 싶어요. 하루에도 수십 번 당신의 침을 묻히고 당신 입속을 들락거리는 수저라도 좋아요. 당신 가까이만 있을 수 있다면 냄새나는 걸레라도 되겠어요. 같은 잠자리에서 함께 자고 함께 일어나고 싶어요. 제일 흔하고 쉬운 일이 왜 제일 어려운 걸까요? 말해주시어요. 왜 안 되는 건가요? 당신은 이제 힘을 얻었잖아요."

매창은 유희경의 옷고름을 다 매주지 못하고 도포 앞자락을 붙들고 울음을 터트렸다. 방바닥에 주저앉아 그의 발목을 한 손으로 잡고 소리 내어 울었다. 지금 하지 않으면 한이 될 말, 말이라도 한번 해보면 반분은 풀리는 말이 제멋대로 흘러나왔다.

"미안하다."

"무어라도 상관없어요. 아무것도 아니어도 좋으니 당신 가까이 있는 사람, 정말 될 수 없는 건가요?"

"네 말이 나의 발목을 잡는 것이 아니라 목에 칼을 들이대는구나. 우리들의 운명이 이것밖에 안 되는 것이냐? 너는 나로 하여금 사내로서 무엇이 되도록 부추겼으나, 내가 무엇이 되고 나니 너를 떠나고 마는구나. 이 무슨 변괴인고. 나는 언제나 너를 위해 해줄 것이 없는 사람이다. 이것이 정녕 대장부의 길이란 말이더냐?"

매창은 알고 있었다. 그는 갈 것이다. 가고야 마는 사람이다. 자신이 가야 할 길 앞에서는 한없이 이기적인 사람임을 안다. 사랑으로도 애원으로도 그를 막을 수 없다. 잠깐의 만남, 긴 헤어짐, 산 같은 그리움, 바다 같은 기다림. 그것이 이 사랑의 운명임을 모르지 않는다. 매창의 얼굴에 찬 기운이 돌았다.

"더는 아무 말도 마시어요. 당신 말을 들으니 당신이 더 먼 사람만 같아요. 제가 당신을 비겁하다고, 이기적인 사람이라고 욕할지도 몰라요. 속으로는 벌써 여러 번 욕했어요."

유희경은 변했다. 그의 처지가 달라졌다. 사랑밖에는 누릴 것 없는 인간에서 잃어버리기 아까운 것들이 주위에 차곡차곡 쌓인 인간으로 바뀌었다. 그 상황이 그를 계산적으로 만들고 비겁하게 만들고 무력하게 만들었다. 여러 가지를 다 가질 수 있는 자들은 언제나 소수에 불과하다. 그는 한 가지를 선택해야 했다. 매창은 그가 대장부의 길 운운하는 말을 듣고 있기 거북했다. 여인 앞에서 내세우는 그 말은 도망갈 구실에 불과하다. 매창은 그래 왔다. 사내대장부라는 말을 쉽게 입에 올리는 자는 소인배로 낙인찍었다.

'당신이 대장부의 길을 가고 높은 곳에 오를수록 나와는 아득히 멀어지는 일인 걸요. 저는 이제 시나 쓰면서 살렵니다. 나쁘거나 좋거나 내 인생을 과장하고 축소하고 은폐하며 낱낱이 기록해둘 것입니다. 지리하고 멸렬해도 어쩔 수 없어요. 화룡점정 같은 건 먼 얘기일 뿐이지요. 가물가물한 불빛 속에서 일희일비하는 인생이 어찌 완벽을 추구하리까.'

언젠가 보냈던 편지의 한 구절처럼 그는 매창의 아름다움을 상기시킨 후 나쁜 소식을 전할 것이다. 그러고 나서 무심한 어조로 안부를 물을 것이다. 용건은 앞쪽의 찬사가 아니라 뒤쪽의 무정한 소식이다.

네게서 나던 매화꽃 향기 이곳에 가득하다. 어느새 또 봄이 왔다. 너를 만난 것도, 너를 떠나온 것도, 너와 떨어져 지낸 세월도 모두 꿈인 것만 같구나. 너는 어찌 지내고 있느냐?

너를 처음 만난 날을 기억한다. 찬바람 속에 핀 복수초 같았지. 한겨울 눈 속에서 살그머니 고개를 내민 노란 복수초. 살벌한 어감의 이름과 달리 만복과 장수를 빈다는 뜻이란다. 그러고 보니 그것 또한 너와 닮았구나. 차갑고 딱딱한 계란껍질 속에 들어 있는 노른자 같은 사람이 너 아니더냐. 나 말고 누가 너란 사람의 마음을 조금이라도 엿볼 수 있겠느냐? 너는 그러한 사람이다. 아무도 네가 진정 어떤 사람인지 알지 못할 것이다. 짐작조차 못할 것이야. 오직 나만이 너를 알아볼 수 있음을 너도 알고 나도 안다. 마찬가지로 오직 너만이 나를 알아보았다. 그것이 내가 너를 사랑한 이유이고, 네가 나를 사랑한 까닭이다.

내 사랑 매창아, 너의 거칠고 딱딱한 손이 그립다. 손톱 밑의 때. 거문고를 켜는 너의 손을 잡았을 때 보고야 말았다. 네가 보통 때 무엇을 하는지, 어떻게 지내는지 궁금했었는데 다 본 것만 같았다. 이제는 어쩐지 더 메마르게 변했을 것만 같구나. 그 또한 달걀껍질 속의 노른자 아니겠느냐? 그토록 청초한 얼굴에 갈퀴 같은 손이라니. 놀라는 내게 태어날 때부터 원래 그렇게 생겼었다고 너는 말했지. 그럴 리가 있느냐? 내가 일로 거친 손과 원래 못나게 태어난 손도 구별하지 못하는 사람인 줄 아느냐? 너는 내 앞에서 거짓말 같은 건 아예 할 생각을 말아라. 나무라는 내 말에 너는 살풋 웃었었다.

오래 너를 찾지 못해 미안하다. 앞날을 기약할 수 없구나. 너에게 가는 길이 자꾸만 늦어진다. 당분간 나를 잊고 네 몸을 잘 살피기 바란다. 지금은 그 말밖에는 할 수가 없구나.

미안하다. 미안하다, 매창아!

유희경을 향한 매창의 마음은 언제나 반가움과 놀라움이 한 몸으로 붙어 다녔다. 만남이 기뻐서 반갑고, 늘 나쁜 소식을 전하고 떠나서 가슴이 철렁했다. 마음도 시간 앞에서는 무뎌졌다. 바위도 닳게 하는 게 시간 아닌가. 어느새 나쁜 소식이 무소식보다 낫다는 것을 깨닫는 데까지 이르렀다. 그의 부재는 그녀에게 많은 것을 가르쳤다. 상황이 어떻게 돌아가든 있는 그대로 확실히 알고 나면 오히려 견디기 쉬웠다.

*

유시가 다 되어간다. 해가 마지못한 듯 천천히 서쪽으로 기울고 있었다. 매창은 세수를 다시 하고 머리도 새로 빗고 분을 발랐다. 저녁때 윤 진사가 손님과 함께 오기로 해서 단장을 해야 했다. 화장을 진하게 하지는 않아도 주름과 주근깨를 가릴 정도로는 신경을 썼다. 먹고사는 일의 엄숙함에 그녀는 감사했다. 생활의 중심이 되어 그녀를 이끌었다. 간간이 찾아오는 시정의 한량들에게 거문고를 연주해주고 술을 팔며 간신히 생계를 이어갔다. 집 앞이 북적대는 정도는 아니어도 밥을 굶지 않을 만큼은 찾아오는 손님이 있었다. 거래관계라기보다는 공생관계라고 해야 맞을 것이다. 서로 필요한 것을 주는 관계였다.

기생이란 존재는 돈만 주면 누구나 맘대로 꺾을 수 있는 길가의 꽃, 노류장화였다. 이십 세가 되면 노기, 퇴기 취급을 받지만 매창만은 예기 대우를 해주었다. 춤과 노래, 문자속이 쉽게 흉내 낼 수 없는 경지에 이른 덕분이었다. 그 편이 부리는 자들의 마음도 편할 것이다. 사람의 쓸모에 맞게 정확히 값어치를 매겨야 갈등이 적다. 아무리 불러주는 사람을 기다리는 것이 기생의 일이라지만 그녀에게도 싫은 사람, 좋은 사람이 분명히 있었다.

윤금이가 옷을 챙겨 내왔다. 인두로 곱게 다린 속곳과 치마와 저고리, 노리개가 소반에 담겨져 있었다. 윤금이는 손끝이 야무지고 얌전해서 무얼 맡겨도 마음이 놓인다. 특히 바느질 솜씨는 근방에서 따라올 사람이 없었다. 바늘땀이 눈에 보이지 않을 정도로 고운 솜씨를 타고났다. 윤금이는 소반의 옷을 하나씩 꺼내 건네주며 단속곳, 속속곳, 고쟁이를 빠뜨리지 않고 잘 챙겨 입어야 치마 태가 난다고 일러준다. 상체는 조붓하고 가냘프게, 하체는 풍만하게 보이는 하후상박의 몸매를 만드는 것은 옷태의 기본이었다.

윤 진사는 꼭 한 달에 한 번 벗들을 데리고 찾아와 노래를 청하고 쌀가마니를 놓고 갔다. 말로는 네 노래를 못 듣게 될까 봐 내가 네 끼니를 걱정하는 거라고 했다. 그는 저녁을 겸한 술상을 받고 시조창을 들으며 대화를 나누다가 늦지 않게 돌아갔다. 손님이라기보다 동네 친구 같은 사람이었다. 매창은 거문고를 가져와 이태백의 〈장진주사〉를 부르기 시작했다.

그대 보지 않았는가?
황하의 물은 천상으로부터 와서
기운차게 흘러 바다에 이르면
다시 돌아오지 못하는 것을.
또 보지 않았는가?
고당高堂 명경明鏡에 비친 백발의 슬픔을!
아침에 푸른 실 같던 머리가
저녁에는 눈같이 희었네.
인생에 뜻을 얻었거든
저녁에는 모름지기 환락을 다할진저.
황금 술단지를 공연히 달빛만 보이고 버려두지 말아라.

윤 진사는 거문고 소리를 가만히 듣고 있다가 그녀의 얼굴을 이곳저곳 뜯어보았다.

"매창아! 어디가 아픈 것이냐? 네 거문고 소리에 힘이 없구나. 목소리도 예전 같지 않고."

"죄송하옵니다. 제가 낮부터 체기가 있더니 아직 맺힌 속이 풀리지 않은 모양입니다."

윤 진사는 손을 뻗어 그녀의 손을 잡고 말을 이었다.

"그런 것이 아니다. 네 몸에 진기가 하나도 남아 있지 않은 것 같아 걱정이 되는구나. 네 일이라는 것이 몸으로만 하는 것이 아니고 신명이 나야 하는 일이 아니냐? 너의 목소리에서 신명이 느껴지지 않는다. 거문고도 토라졌는지 제 소리를 못 내고 있다."

윤 진사는 더는 말을 하지도 무엇을 청하지도 않고 술잔을 비웠다. 함께 온 손님과 이런저런 공무에 얽힌 얘기를 나누다가 이른 시간에 돌아갔다. 그녀를 오래 만나온 사람은 그녀보다 먼저 그녀의 소리를 듣고 속내를 알아차렸다. 매창은 깊은 잠을 자본 지가 한참 되었고 입맛도 잃어 밥을 맛나게 먹은 지도 오래전 일이었음을 새삼 깨달았다. 많이 먹지 않았는데도 쉽게 배탈이 났고 몸살기도 자주 찾아왔다. 이따금씩 열에 들떠 정신을 놓곤 하였다. 원래 약골인데다 섭생이 충실치 못해 몸이 병증을 보이기 시작한 거다. 모두 곧 지나갈 것이다. 그러면 다시 힘이든 신명이든 되찾을 것이다. 괜찮다고 스스로에게 말해준다.

가을이 깊어졌다. 들판의 억새와 잡풀은 누렇게 말라가며 땅바닥으로 몸을 굽혔다. 벌써 겹저고리 입을 때가 되었다. 가을은 언제나 소리 없이 표 안 나게 슬쩍 찾아온다. 소나기도 눈도 매서운 바람도 데려오지 않고 꽃샘추위의 변덕도 없이 살그머니. 어느 날 조용히 낙엽처럼 마루 아래 당도한다.

저녁을 거르고 매창은 홀로 술상 앞에 앉았다. 허균이 주고 간 청화백자에 청주를 담아 왔다. 그의 말대로 이 주병에 술을 담아 함께 마실 날은 좀체 오지 않았다. 약속을 남긴 자들은 기다리는 사람을 쉬이 잊기 때문이다. 거리가 멀어질수록 약속도 기억도 희미해진다. 일상을 함께 하는 사람이 아니라면 애초에 바라서는 안 될 것이 약속의 실현이다.

엊그제 빚은 술의 첫 술맛을 본다. 술이 습기처럼 몸속으로 스며들었다. 어렴풋한 것을 뚜렷하게 보여주는 것이 술이요, 뚜렷한 것들을 아득한 곳으로 밀어내는 것 또한 술이다. 술은 촘촘히 얽힌 것들을 풀어 헐겁게 만들었다. 무거운 것은 가볍고 어려운 것은 쉬워 보였다. 조금 전까지 어깨를 누르던 짐의 무게가 전혀 느껴지지 않았다. 막일꾼의 입에서 풍기던 막걸리 냄새가 그리운, 달 없는 밤이다. 옮겨야 할 돌덩이의 무게를 덜어내기 위해 그들은 새참으로 막걸리를 들이켠다. 술은 안으로 마음과 의지를 손상시키고 겉으론 위의威儀를 잃게 한다고 선대의 임금은 금주령을 내리기도 했지만 얼마 가지 못했다. 필요한 건 아무리 막아도 어디서든 누구에게서든 만들어진다. 구하는 자들이 끊이지 않기 때문이다.

'뜨거운 불에서 태어난 차디찬 칼 한 자루 차고 이 세상 살아보리라.'

매창은 두 번째 잔을 채우며 낮게 읊조렸다. 그림자로 살아야 하는 것이 여자의 운명인 시대다. 매창은 그럴 수 없는 사람이다. 어릴 때부터 남달리 당차고 쾌활하고 바깥에서 노는 것을 좋아했다. 시름 같은 것이 있는 줄도 모르게 해맑고 명랑한 성정을 타고났다. 산욕열로 그녀를 낳고 석 달 만에 숨진 어미를 대신해 아버지가 핏덩이를 애지중지 길렀다. 세 살 때는 거문고를, 다섯 살 때는 남복을 입혀 서당에 보내 글을 가르쳤다. 바지저고리에 남색조끼를 받쳐 입고 사내아이인양 학동들 사이에 끼어 공부를 했다. 맑고 고운 눈매에 행동거지가 얌전하고 목소리는 잔잔했다.

성미재成美齋 서당에 다니던 시절, 다른 학동이 명심보감, 동몽선습을 외울 때 여덟 살 향금이는 논어, 맹자를 읽었다. 향금이는 부디 향내 나는 인생을 살라고 아버지가 지어준 이름이다. 문일지십이 말로만 있는 게 아니었다. 공부에 대한 열망, 세상에 대한 궁금증에다 생이지지까지 더해졌으니 매일 새로 태어나듯 공부가 깊어졌다. 천자문과 견몽선습을 떼고 소학에 논어를 읽는 동안 아버지 얼굴에선 웃음이 떠나지 않았다. 글을 아는 자들은 그러하다. 그것의 쓰임보다 배우는 일에 마음을 팔게 마련이다. 매창은 항상 궁금한 게 많았고 의심나는 게 많았다. 대답해줄 사람이 없었기에 책을 찾았다.

가난하고 미천한 아전의 서녀였던 매창은 책을 좋아했지만 가질 수 없었다. 책을 갖는 법이야 빤했다. 아버지가 남의 책을 빌려오면 보고 외우거나 베껴 적어야 했다. 서점에 가서 책을 살 돈이 없으니 글자란 글자는 보기만 하면 무조건 외워 두었다. 기억력이 비상해서 뭐든 외우는 데는 도가 텄다. 열 살 때부터 자신이 직접 시를 짓기 시작했다.

점점 어려운 책을 보게 되면서부터는 외울 수 없으니 최대한 빨리 베끼고 돌려주었다. 종이가 귀한 시절이라 그조차 여의치 않았다. 외우고 또 외우고 잠꼬대로 되뇌고 혼잣말을 했다. 글을 외워서 숨처럼 들이마시고 내뱉었다. 그녀에게는 책 속의 문장이 호흡이고 살이고 피였다. 부모고 친구고 스승이었다. 사랑과 믿음과 가르침을 오직 책 속에서 찾았다. 형체를 가진 대상 중에 그녀가 처음 마음을 준 사람이 유희경이었다. 살아 움직이는 사랑은 책 속의 진리보다 가혹하고 무겁고 대가가 컸다.

자리에서 일어나려고 몸을 일으키다 비틀거리며 쓰러졌다. 어지러웠다. 갈 곳 잃은 열정이 몸 안에서 출구를 찾지 못해 갈

팡질팡했다. 그래서 아픈 거였다. 병의 원인은 생명의 이유와 같았다. 뜨거운 영혼 때문이었다. 삼라만상이 모두 불을 끄고 잠이 든 이런 깊은 밤에 혼자 깨어 있는 날, 시린 얼음물에 발을 담근 것처럼 정수리까지 저릿저릿하게 외로울 때가 있다. 대체로 밤의 정적이 다정한 벗인 양 그녀의 시름을 달래주었다. 잘 달래지지 않는 날이 더 많았다. 정신의 문을 활짝 열고 유아독존해야 한다고 다짐한다.

매창은 이제 남은 인생 자신이 받은 것을 조금이라도 세상에 돌려주고 싶었다. 몸도 쇠약하고 가진 것도 없는 자신이 무얼 할 수 있을까 안타까웠다. 예전에 읽은 불경의 한 구절을 생각한다. 한 실패한 장사꾼이 낙심 끝에 부처를 찾아왔다.

"저는 재산도 가족도 다 잃고 거지가 되었습니다. 더 이상 살고 싶지 않습니다."

그는 곧 죽을 사람처럼 가슴을 치며 눈물로 하소연했다.

"너는 남에게 보시를 한 번도 하지 않고 살았구나."

"장사를 하다 보니 오직 이익에만 눈이 멀어 남 생각할 겨를이 없었습니다. 하지만 지금은 아무것도 가진 것이 없으니 보시를 하고 싶어도 할 수가 없습니다."

"네 뜻이 진정 그렇다면 돈 없이 할 수 있는 보시가 있는데 해보겠느냐?"

"그럼요. 재산이 있다면 돈을 들여서라도 할 판인데 돈 없이 할 수 있는 일이라면 얼마든지 하겠습니다."

"그럼 내가 너에게 돈 안 들이고 하는 다섯 가지 무상시無賞施를 가르쳐주마."

장사꾼은 설마 하는 표정으로 부처의 말을 기다렸다.

"첫째는 부드러운 눈빛이다. 남을 볼 때 마음의 티끌을 버리고 부드러운 눈으로 보거라. 둘째는 미소 띤 따뜻한 얼굴 표정이다. 네 얼굴에 미소가 있고 따사로운 표정을 지으면 상대의 마음에 그대로 전달된다. 셋째는 내 자리를 남에게 내주는 것이다. 좋은 것은 자기가 다 갖고 싶은 것이 인지상정이니 쉽지 않을 것이다. 나보다 실력이 좋은 사람에게 내 자리를 내줄 수 있으면 그것이 보시다. 넷째는 나그네에게 잠자리를 제공하는 것이다. 갈 곳 없는 사람에게 쉴 곳을 마련해주는 일은 남의 목숨을 구하는 일과 진배없다. 다섯째는 부드러운 마음이다. 항상 마음을 다독여서 부드럽게 가지고 있어야 한다. 이 다섯 가지를 지킬 수 있겠느냐?"

"여태 그렇게 살지 못했지만 노력은 해보겠습니다."

"어려울 것이다. 인간은 자기와 피를 나눈 가족이거나 이해관계가 있는 사람 앞에서는 얼마든지 덕을 베풀 수 있지만 그것은 정치적인 태도에 불과하다. 나랑 아무 상관도 없는 사람을 부드러운 눈빛과 마음으로 대하기란 말처럼 쉽지 않다."

그다음에 장사꾼이 어떻게 되었는지는 잘 기억나지 않았다. 다섯 가지 무상시를 실천해서 좋은 인생을 살았기를 바랐다. 매창도 평생을 술자리에서 부대끼며 살아온지라 아무 맺힌 마음 없이 타인을 대한다는 건 엄두조차 나지 않았다.

상강이 지나자 해가 눈에 띄게 짧아졌다. 창호지에 국화 꽃잎을 붙여 장지문을 새로 발랐다. 날이 쌀쌀해서 바깥나들이 하는 일도 줄었다. 가을걷이를 끝낸 사람들은 산으로 갔다. 밤과 도토리를 줍고 버섯을 따고 땔나무를 긁어모았다. 먹을 것은 적고 필요한 사람은 많으니 일찍 서두르지 않으면 그조차 내 몫이 아니었다. 저녁밥을 먹은 뒤에는 새끼를 꼬고 멍석을 짜고 짚신을 삼았다. 해가 짧으니 일할 시간이 짧아졌는데도 사람들의 얼굴은 여전히 피로에 절어 있었다. 얇은 옷 때문에 초췌한 행색이 더욱 파리해 보였다. 이제 노역과 배고픔에 더해 추위와도 싸워야 한다.

"두툼한 저고리 하나 짓고 싶구나."

바느질을 하겠다는 매창의 말에 윤금이는 눈을 동그랗게 뜨고 쳐다본다. 매창에게 바느질은 유일한 약점이었다. 아둔하지 않아서 뭐든 한번 들으면 잊지 않았다. 무엇이나 배우기를 잘

했고 좋아했다. 어려운 것도 한두 번 설명해주면 금방 알아들었지만 바느질만은 젬병이었다. 윤금이가 가르쳐준 대로 따라 하려 해도 솜씨는 좀체 늘지 않고 엉성했다.

솜을 두둑하게 넣어서 남자 누비저고리를 한 벌 짓고 싶다고 하자 윤금이는 무슨 말인지 알겠다는 얼굴로 반짇고리를 들고 왔다. 얼마 전 보부상 마 씨한테 부탁해둔 옷감의 용도를 이제 알게 되었다. 윤금이는 본뜨는 것부터 마름질, 겉감과 안감 사이에 솜을 넣고 누비는 과정까지 일일이 매창의 손을 붙들고 알려주었다. 이상한 일이었다. 앞판을 짓고 뒤판을 완성해서 양팔을 달고 옷고름을 다는 동안 그렇게 마음이 편안할 수 없었다. 사람 하나를 만들어내는 일처럼 묘하게 마음의 빈곳이 채워지고 뿌듯했다. 마치 애 가진 여자가 달수가 차면서 몸이 부풀어가는 것을 보는 마음이었다. 이제까지 이 세상에 없던 것을 만들어내는 일이니 비슷하긴 하다. 어제까지 갖지 않았던 것을 오늘 갖게 되는 소유는 상상의 뿌리이고 씨앗이었다. 옷을 보면서 상상이 실물감을 얻었다. 그 감정이 마음에 들었다. 만지면 만지는 대로 걸어두면 걸어두는 대로 옷은 단지 옷만이 아니라 다른 것들을 불러들였다. 이래서 사람들이 뭔가를 가지려고 하는구나. 그녀는 좋은 물건을 소유하고자 하는 것은 인간으로서 자연스러운 감정이라는 것을 새로이 알게 되었다. 저고리를 지으

면서 마음이 넉넉해져 조급함은 줄고 너그러움은 늘었다. 겨울
이 두렵지 않았다.

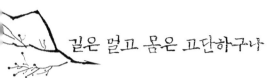

## 길은 멀고 몸은 고단하구나

\*

해가 바뀌었다. 일 년이 후딱 지나갔다. 겨울은 빠른 걸음으로 성큼성큼 다가왔다. 겨울에는 바람소리마저 꽁꽁 얼어 있었다. 담벼락에 걸어놓은 무시래기가 겨울바람에 부서질 듯 바스락거렸다. 방문을 열기도 문을 나서기도 겁나는 추위가 며칠째 수그러들지 않았다. 추위에 웅크린 사람을 비추는 햇볕은 가볍고 진했다. 힘센 햇볕 속에서도 눈은 녹지 않고 바람에 쓸려 이리저리 날아다녔다. 서쪽 하늘에서는 구름이 남쪽으로 흘렀다. 한바탕 진눈깨비가 쏟아지기라도 할 것처럼 하늘이 무겁게 내려와 있었다.

겨울이 다가서자 이귀 대감이 한양에서 잊지 않고 인편으로 쌀과 면포를 보내왔다. 쌀 세 가마니와 열 사람이 해 입어도 남을 만큼 넉넉한 면포에다 서책 두어 권도 함께 싸서 보냈다. 서책을 펼치니 맨 앞에 짤막한 편지가 끼워져 있었다.

'날은 추워지는데 몸은 성히 잘 지내고 있느냐? 걱정은 태산 같아도 내가 해줄 게 이것뿐이다. 늘 너를 생각하며 시를 읽고 가끔 시를 짓는다. 네 가야금 소리가 그립구나. 네 존재가 나의 기쁨이다. 모쪼록 따사로운 겨울 맞이하기 바란다.'

"아씨, 대감님이 우리 형편을 어찌 알고 제때 귀한 걸 보내셨네요?"

쌀가마니를 앞에 두고 매창은 인연의 무상함과 고마움을 동시에 생각한다. 한번 멀어지면 닿기 어려워 무상하고, 살아 있는 한 기억하고 답할 수밖에 없으니 고맙다. 그 기간이 길어질수록 고마움은 깊은 슬픔으로 바뀐다. 실체가 없는 마음을 만지는 일이 아프고 아프다.

입동 무렵 윤금이가 몸을 풀었다. 아들이었다. 장덕이의 툭 불거진 이마와 광대뼈를 고대로 빼다 박았다. 이름은 무탈하게 살라는 뜻으로 순남이라고 지었다. 매창은 집안일은 자기가 알아서 할 테니 산후조리 잘 시키라고 장덕이에게 단단히 일렀다. 산욕열로 죽은 그녀의 어머니처럼 많은 여자들에게 출산은 목숨에 대한 심각한 위협이요, 건강을 어떻게 해칠지 모르는 복병이었다. 애를 낳다가 죽거나 산후조리를 제대로 못해서 평생 병으로 고생하는 여자들이 부지기수였다.

조막만 한 배냇저고리를 입고 잠든 아기는 쥐면 녹아 없어질 것처럼 작고 위태로웠다. 빼닫이 속에 간직하고 있는 배냇저고리도 그녀가 딱 순남이만 했을 때 입었던 옷일 것이다. 세상에 나오면서 입었던 첫 옷. 그 옷을 버리지 않고 보관해서 그녀의 안위를 지켜주고자 했던 것은 어미의 뜻일까 아비의 뜻일까. 매창은 문득 얼굴조차 모르는 어미가 가슴 저리도록 보고 싶었다. 퉁퉁 불은 젖이 옷 밖으로 나온 줄도 모르고 곯아떨어진 윤금의 얼굴을 일별하고 그녀는 문을 닫고 방을 나왔다.

설날에는 장덕이가 액막이연을 만들어서 날렸다. 묵은해의 기운을 얼레에 감긴 실과 함께 모두 풀어 멀리 날려 보냈다. 연은 바람에 몸을 부려 한 몸이 되어 높이높이 날아갔다. 가운데 방구멍이 있어 맞바람의 저항을 줄이고 뒷면의 진공상태를 메워 강풍에도 끄떡없었다. 신통하게 바람과 싸우지 않고 순조롭게 하늘로 올라가는 연에 대고 매창은 소원을 빌었다.

"새날을 맞게 하소서!"

새해도 추위에 쫓긴 듯 금방 날짜를 줄여갔다. 어느새 대보름 달빛이 창호지를 뚫고 방을 밝혔다. 손을 허공에 들어 올리면 제 손금을 볼 수 있을 정도로 밝았다. 맑은 한기가 몸에 스몄다.

얄팍한 늑골을 덮은 살이 말라 온기가 머물 공간이 없었다. 자주 열이 올랐다. 사지가 쑤시면서 마디마디가 삐걱거렸다. 한寒체질인 매창에게 겨울나기는 항상 크나큰 숙제였다. 기침도 심해졌다. 어려서부터 기관지가 약해 감기에 걸리면 장이 끊어지게 기침을 하곤 했었다. 낮에는 잠잠하다가도 밤이 되면 통증은 더 기승을 부렸다. 긴 밤이 무서웠다. 빨리 오지 않는 새벽이 야속했다. 늦도록 잠들지 못하고 창호지문에 비친 달빛이 엷어지고 짙어지는 걸 바라보며 몸을 웅크렸다 폈다 했다. 통증이 정수리까지 치받치면 일어나서 자리끼로 갖다놓은 술을 한 대접 마신다. 통증이 무뎌지며 얼마간 잠을 잘 수 있었다.

기다리다 보면 아침은 잊지 않고 온다. 아침마다 산을 등진 마을로 푸짐한 햇살이 너그럽게 쏟아졌다. 개와 닭 울음소리도 따스했다. 배부르고 평안한 소리였다. 오랜만에 느끼는 평화였다. 사방이 고요했다. 그 고요는 오래 가지 않았다. 마을에 손님이 왔다. 아낙네들은 골목으로 나섰다가 누구 한 사람의 집으로 조르르 따라 들어갔다. 한동안 뜸했던 보부상 마 씨가 한참 만에 왔다. 아낙들은 예쁜 걸 뭘 가져왔나 구경하고 새 소식을 듣기 위해서 마 씨 주변으로 몰려들었다. 그는 한 달에 한 번 와서 골목을 누비며 옷감이나 신발, 빗, 화장품 같은 대처의 물건을 파는 봇짐장수다. 농사꾼들은 자급자족할 수 없는 물건들을 사고 자신이 거둔 곡식이나 건어물 같은 걸 내주었다. 서로 남는 물건을 팔고 모자라는 물건을 채우는 방식의 공생이었다. 흉년의 참혹함과 내야 할 세금과 밀린 빚을 잠시 잊고 이 물건 저 물건 만져보는 재미를 동네 아낙들이 놓칠 리 없었다. 매창도 무명천 두 마를 샀다. 애가 쑥쑥 자라니 옷을 미리 장만해둘 참이었다.

"아씨! 저 쪼맨한 몸뚱아리가 옷을 입으면 얼마나 입는다고 이렇게 옷감을 많이 끊었대요? 에고, 세상에 올이 이렇게나 곱네. 아주 좋은 무명이구만요."

"아무리 작아도 옷은 입고 살아야 할 것 아니냐? 고되더라도 짬짬이 애 옷을 미리미리 만들어두거라."

윤금이는 해산하고 한 달이 지나자 맘 놓고 돌아다니기 시작했다. 시금털털한 젖 삭은 냄새가 그녀를 따라 집 안 여기저기 묻어났다. 윤금이 몸에서 나는 땀내와 아궁이 불 냄새와 반찬 냄새를 그녀는 좋아했다. 모든 어미의 냄새가 필시 그럴 것이다. 어린애 똥오줌 냄새도 집 안에 배었다. 마루를 사이에 둔 건넌방이니 냄새는 물론 아이 어르는 소리까지 다 들렸다. 애는 울음을 그치지 않았다.

"할 일이 태산인데 너는 왜 잠을 안 자고 이렇게 보채냐? 순남아, 너는 먹고 자고 싸는 것이 일이여. 이제 젖 실컷 먹었응께

푹 자면 고것이 효도다.”

“우는 애를 자꾸 타박하면 더 울지 네, 알았습니다. 이제 그만 울겠습니다, 하더냐? 순남이 이리 다오. 내가 좀 달래보마.”

윤금이는 머쓱한지 웃으면서 애를 넘겨주었다. 애기가 처음에는 제 어미가 아닌 걸 알고 바늘에 찔린 것처럼 더 그악스럽게 울어댔다. 매창은 아이를 안고 방 안을 살살 돌며 노래를 불러주었다.

“검둥개야 흰둥개야 우리 애기 복덩이지. 방실방실 웃으면서 엄마 얼굴 한번 보렴.”

순남이가 갑자기 울음을 뚝 그치고 그녀를 빤히 쳐다보았다. 말간 눈동자로 눈을 동그랗게 뜨고 마주보았다. 매창이 계속 노래를 불러주자 분홍빛 입술을 달싹이며 안심한 표정을 지었다. 작고 물렁한 아이를 품에 안고서 매창은 맘대로 움직이지도 못했다. 자칫 놓치기라도 하면 물잔처럼 쏟아져버릴 것 같았다.

‘내가 아이를 낳는다면.’

거기까지 생각이 미치자 숨이 목에 탁 걸렸다. 그녀는 가질 수 없는 것을 탐하는 일의 위험을 알고 있다. 억울한 마음도 들었다. 그녀는 가질 수 없는 게 너무 많았다. 갖도록 허락된 것이 거의 없었다. 손에 안고 노래를 불러주었더니 아이는 고른 숨소리를 내며 잠이 들었다. 아이의 숨에 맞춰 몸의 진동이 그녀의 살갗에 전해졌다. 그녀는 아이 가슴에 귀를 갖다 댔다. 숨소리를 한참 들었다. 그 숨이 그녀의 숨과 합쳐졌다. 애가 깰까 봐 가만히 몸을 낮춰서 아이를 아랫목에 눕혔다.

방문을 살그머니 닫고 나와 마당과 바깥이 내다보이는 주춧돌 위에 걸터앉았다. 뺨은 시렸지만 춥다기보다 상쾌한 기분이 들었다. 유난히 하늘이 파랗고 맑았다. 산도 더욱 멀고 높아 보였다. 나무들은 벌거벗었다. 늘 푸른 소나무와 대나무만 태연히 찬바람을 버텨냈다. 나뭇잎은 여름보다 검질겼고 윤기를 덜어냈다. 겨울은 만물에게서 기름기를 걷어갔다. 매창은 토방을 내려와 집 안을 한 바퀴 돌아본다. 꽃들도 다 시들어 시래기처럼 축 처진 이파리만 남았다. 농사일이 없는 겨울철의 광 앞은 썰렁했다. 절구와 맷돌, 도리깨 같은 농기구들은 광 안에 정돈해 두었다. 푸석거리는 흙덩이만 몇 개 광 앞에 떨어져 있었다.

모과나무는 잎과 열매가 다 떨어진 뒤에야 본모습을 볼 수 있다. 매창은 뱀 껍질 같기도 하고 매미 껍질 같기도 한 모과나무 등걸을 쓰다듬었다. 과일을 좋아해서 계절마다 과일이 열리도록 뒤뜰에는 유실수를 많이 심었다. 배나무, 앵두와 살구, 모과나무는 철 따라 꽃과 향기와 열매를 양껏 베풀어주었다. 그래도 겨울에 보는 즐거움은 따로 있다. 나무는 욕망이 빚어낸 꽃의 찬란함도 열매의 영광도 잊은 채 알몸뚱이로 서 있다. 비로

소 나무 본연의 온전한 모습이 된다.

먹이를 못 찾은 날짐승들이 끼룩거리는 소리가 멀리서 들렸다. 찬바람이 문풍지를 들썩일 때면 어깨를 움츠리고 다가올 추위와 배고픔에 몸을 떠는 건 사람이나 짐승이나 똑같았다. 봄과 여름을 그리워했다. 옷도 가볍고 밖에만 나가면 푸성귀라도 뜯어 먹을 수 있는 따뜻한 날들. 참외와 사과의 달착지근한 맛과 냄새를 화제에 올렸다. 밖에 나갔던 윤금이가 얼어붙지 않은 미나리꽝에서 베어온 미나리를 초고추장에 무쳐 내왔다. 싱싱한 나물냄새가 봄을 미리 당겨왔다. 봄이 오면 누렇게 말라버린 풀에서 연두빛 새잎이 돋아나리라. 언제 어디서나 쉼 없이 노인이 죽고 아이가 태어나듯이.

\*

긴 겨울이 지나고 새봄이 온 지 언제인가 싶게 벌써 성하의 찌는 날씨가 연일 계속되었다. 닭도 일찍 깨서 인시가 되기 바쁘게 새벽을 알렸다. 하품하는 입을 손으로 두들기며 잠이 덜 깬 윤금이가 방문을 열고 나왔다. 순남이 때문에 깊은 잠을 못 잔 탓에 낮에도 만날 앉아서 졸고 있다. 매창은 벌써 일어나 해가 떠오르길 기다리며 마루에 서서 동쪽을 내다보고 있었다. 평화로운 아침이다. 밤새도록 이 시간을 기다렸다.

"목이 마르구나."

자리끼를 다 마시고도 모자라 일어나자마자 물을 몇 대접 비웠는데도 갈증은 가시지 않았다. 윤금이가 찬물을 큰 사발에다 떠다주었다. 매창은 물을 벌컥벌컥 들이켰다. 시든 배추에 물을 준 듯 몸에 기운이 조금씩 붙었다. 소갈증이 걸렸나 의심이 들 정도로 계속 목이 마르고 살이 빠졌다.

"오늘은 어느 집 대감이 우리 집에 오실랑가."

윤금이가 마당에 나와 지붕 위를 올려다보며 새한테 손을 흔들었다. 새벽이슬도 다 마르지 않은 이른 아침부터 까치가 울어댔다. 까치 한 쌍이 종종거리며 용마루를 오갔다. 요새 손님의 발길이 드물었다. 지금은 매창이 윤금이 내외에게 얹혀사는 꼴이다. 아침밥도 먹는 둥 마는 둥 하고 매창은 마루에 나와 앉아 있었다.

"아씨! 시원한 그늘에 가 계시어요. 그러다 더위 먹겠어요."

"그래, 덥구나. 뭐 마실 것 좀 더 다오. 왜 이렇게 목이 자꾸 마르는지 모르겠다."

어지간히 더울 모양인지 가만히 앉아 있어도 모시등걸이 사이로 땀이 흘렀다. 윤금이가 갖다 준 오미자화채를 한 그릇 비우고 방으로 들어갔다. 문갑을 열어 써놓은 글씨와 서찰들을 정리했다. 서찰은 한지상자에 따로 담아두었다. 편지 몇 장을 펼쳐보았으나 읽지는 않았다. 손님이 찾아온 건 점심때가 지났을 무렵이었다.

"안에 아무도 없느냐?"

점심상을 물리고 윤금이가 가지를 썰어 뒤꼍에 말리러 간 사이 대문간에서 굵직한 남자 목소리가 들렸다. 작년 가을 광주 가던 길에 잠깐 들렀다 가고 일 년 만에 찾아온 허균이었다. 정사암에 머물며 『남궁선생전』을 집필하고 있다는 전갈을 받은 지 달포가 지났다. 부안에서 함께 얘기 나눌 이는 매창, 너뿐이라며 곧 들르겠다 하였다. 달포면 절간 소금밥에도 물렸을 것이고 무엇보다 주흥이 그리워질 시간이다.

한낮 뜨거운 해를 벗어난 오후의 객점은 한가롭다 못해 적막했다. 마당의 오동나무 잎에선 매미가 허공이 찢어져라 울어댔다. 매창은 홀로 마루에 나와 앉아 붓글씨를 쓰는 중이었다. 치마 옆으로 시를 쓰다 만 종이가 흩어져 있었다. 매창은 어제 만나고 오늘 다시 만나는 사람처럼 덤덤한 얼굴로 두 글자만 더 쓰면 되니 잠시만 기다려달라고 했다. 버선발로 뛰어나와 호들갑 떠는 여인들만 봐왔던 허균은 매창의 담박하고 당당한 태도가 오히려 신선했다. 옅은 먹 냄새가 더운 공기에 섞여 떠돌다 그의 코끝에 닿았다. 허균은 정작 자신은 이리 여유롭게 옛글의 뜻을 새기면서 글씨를 써본 지가 오래 되었음을 부끄러이 떠올린다.

"소동파의 시가 아니더냐?"

"예. 동파의 동생 자유가 형에게 보낸 시 「민지회구澠池懷舊」에 대한 답시이옵니다. 마음이 하도 헛헛하여 상념을 풀어놓느라 잠시 딴청을 부리고 있었사옵니다. 글씨라고 부르기도 민망한 까치발 같은 글씨 쓴다고 먹 냄새 풍기고 있으니 민망하기 그지없습니다."

허균은 한쪽에 조그만 개구리 한 마리가 되똥하게 앉아 있는 연적을 집어 말라가는 벼루에 물을 몇 방울 떨어뜨려 주었다. 자신이 중국 사신에게서 얻어 보내준 순송연이 일 년 새 절반이나 닳아 있었다. 함께 보내준 불경의 테두리도 저만큼 닳았으리라. 묵연히 앉아 글씨 쓰는 건 좋은 일이지만 그만큼 혼자 보낸 시간이 많았다는 뜻이기도 하다. 내리쓰는 붓질은 붓을 잡은 매창을 닮아 군더더기가 없고 기교의 흔적도 없다. 잘 쓰고 못 쓰고를 따질 염을 낼 수 없게 자신의 세계 속에 빠져 있었다. 바위처럼 끄떡 않고 자신을 지켜내려는 매창을 바라보는 허균의 마음은 아릿하다. 그녀의 수그린 어깨가 더 좁아져 살 한 점 없이 말랐다.

往日崎嶇還記否(왕일기구환기부)

路長人困蹇驢嘶(도장인곤건려서)


　매창이 마지막 두 줄을 다 쓰고 나서 고개를 들었다. 이번에는 글씨가 마음에 드는지 허균을 바라보는 얼굴에 만족스러운 미소가 번졌다. 마지막 구절처럼 길은 멀고 마음은 고단한데, 어디선가 먼 길에 지쳐 다리를 절룩이는 나귀 울음소리가 들리는 듯했다. 매창은 언제나 먼 곳을 그리워했다. 소금기가 밴 부안의 바다 공기를 누구보다 사랑하는 그녀였지만 먼 세상을 돌아보고자 하는 소망마저 버리지는 않았다. 돌아보니 길은 멀고 몸은 고단하기만 하구나, 하는 낙담이 그녀의 얼굴에도 얼핏 나타났다 사라졌다. 매창은 몸을 일으켜 지필묵을 치우고 윤금이를 불러 주안상을 가져오라 이르면서 뭐라고 더 주의를 주었다. 매창은 방으로 들어가 삼베방석을 꺼내 아랫목에 허균이 앉을 자리를 마련했다. 사방의 문을 다 열어두어 인색한 바람이라도 가끔 불면 방 안의 더위도 견딜 만했다. 허균은 갓과 도포를 벗어서 매창에게 건네고는 방석 위에 앉았다.

　"그래, 그간 무얼 하고 살았는지 말해보거라. 나에게 고할 것이 무엇이더냐? 얼굴이 핼쑥하구나. 왜 그렇게 말랐느냐? 어디 아픈 게냐?"

허균이 먼저 작년 봄에 만난 뒤로 무얼 하면서 지냈는지 매창의 안부를 물었다. 다급한 마음에 질문을 한꺼번에 쏟아냈다. 매창은 얼른 대답을 하지 못한다. 일 년 동안 자신에게 무슨 일들이 일어났었나, 그 일 년이 다른 일 년과 다르기는 했던가. 구름이 해를 가린 듯 그녀의 표정이 어두워졌다.

"해마다 인생이 잘 익어서 맛이 더해가니 그에 취해서 몸이 축났나 봅니다."

그녀는 곧 활기를 회복하고 밝은 목소리로 말했다.

"매창아, 네가 나보다 네 살 어리니 올해 서른여섯이더냐? 너는 오래 살아야 한다. 내 너에게 당부할 일은 그것밖에 없느니라. 오래오래 살아서 네가 꿈꾸는 세상을 한 번은 보아야 할 것이 아니냐?"

"차마 그런 날이 올까 저어합니다. 세상이 뒤바뀐다는 말 아닌지요? 꿈이 현실이고 현실이 꿈이 되는 일이니 감히 어찌 그날을 바라오리까."

"오래 마음에 둔 일은 너 자신도 모르는 사이에 조용히 이루어지게 되어 있느니라."

그 말을 입 밖으로 내놓는 허균의 목소리에 힘이 없었다. 그 말에 이 단서가 빠져서 일 것이다. '남자라면 말이다' 매창도 그의 속내를 읽고 더는 토를 달지 않았다. 고운 여자들은 남자들

254

이 꽃으로만 취급해서 잦은 손길에 시달리다 시들고 말지만 매창의 경우는 달랐다. 재주 있는 그녀의 깊은 속을 한번 들여다본 사대부들은 잊지 않고 그녀를 찾았다. 시와 얘기를 나누며 함께 시대를 한탄하고 가슴을 부풀렸다. 어머니의 손길 같은 매창의 손으로 타는 거문고도 한몫 거들었다. 그렇다 해도 여자에게는 여자의 인생이 있었다. 남자들에게, 남자들이 만든 법에 억눌려 풀 길 없는 재능이 모두 한으로 쌓였다. 매창이 남자들이 사는 세상으로 가고자 하지 않는 것도 그 때문이다. 실패와 좌절을 불러들이는 길에 제 발로 들어서고 싶지 않았다. 그녀만의 세상에서 안분하고 자족하는 것이 그녀가 선택한 삶이었다.

허균은 자신의 누이, 난설헌을 생각한다. 어린 남매를 잃은 슬픔에 남편의 무관심, 시모와의 불화, 겹겹이 닥친 슬픔과 불운을 끝내 이겨내지 못하고 세상을 떠났다. 여물지도 않은 가슴이 흉중의 포부와 함께 갈가리 찢긴 채 한 줌 재가 된 누이를 생각하면 소금을 뿌린 지렁이처럼 마디마디가 아파 꿈틀대지 않을 수 없었다. 재주 가진 여인의 곡절 많은 삶이라면 매창도 난설헌에 못지않았다. 스물일곱에 죽으면서 난설헌은 자신의 시를 모두 불태워달라는 유언을 남겼다. 그녀에게 재능은 한이고 부끄러움이었다.

"힘을 잃지 말고 기다려야 한다. 저기 멀지 않은 곳에 한 나라가 있느니라. 그곳에서는 남자도 여자도 아이도 어른도 다 같이 귀함을 받는다. 하고 싶은 일을 신분이 비천해서 하지 못하는 일 따윈 없는 곳이다. 가렴주구도 없고 적서의 한도 없다. 내 머릿속에는 그곳이 그림처럼 또렷이 보인다. 산천은 깨끗하고 인물은 번성하리니."

그는 꿈결인 듯 되뇌었다.

"섬의 꼭대기인 오봉산에서 바라보면 둘레가 칠백 리에다 기름진 농토가 비단폭처럼 펼쳐진 제일강산이니라. 아무리 극락이라 한들 네가 없으면 무슨 소용이냐. 부디 몸을 보전하여라. 농업에 힘쓰고 군법을 연마하여 양식이 풍부하고 상대할 적이 없는 굳건한 나라를 만들려 한다. 나도 꿈을 이루고 나면 벼슬을 접고 산중에 들어가서 시나 지으며 속절없이 세월을 흘려보낼 생각이다."

매창은 그가 틈만 나면 외던 주역의 글귀를 떠올렸다.

'독립불구獨立不懼하며, 둔세무민遯世無悶하나니라.'

홀로 있어도 두렵지 않고 세상과 멀어져도 근심하지 않는다 하였다. 허나 세상일에 비분강개하여 제 몫의 일을 찾고자 분투하는 허균의 성정을 아는 매창은 그가 쉽게 속세를 떠나지 못하리라 예감한다.

허균은 눈이 부리부리하고 얼굴에 붉은빛이 돈다. 벌써 흰머리도 제법 많다. 처음 허균을 봤을 때 몸에 화기가 많은 사람이라는 인상을 받았다. 열정을 다 소모하지 못해 남은 불기운일 것이다. 그녀는 그의 손을 유심히 살폈다. 손가락은 뼈가 굵고 단단했지만 손끝은 붓끝처럼 얇고 뾰족했다. 저런 손으로는 글씨 쓰는 일, 책 읽는 일밖에 못할 거라는 게 첫인상이었다. 얼굴이 사람됨을 보여준다면 손은 하는 일을 보여준다. 허균은 시비를 가릴 때는 앞뒤 가리지 않고 덤볐다. 승벽이 돋아서 기염을 토하는 것도 바로 그 화기 때문일 거라는 짐작은 크게 틀리지 않을 것이다. 관상이나 수상보다 골상이 더 정확하게 그 사람의 인생을 꿰뚫는다고 한다. 뼈의 크기와 모양에 따라 그 사람이 이룰 소명이 정해진다는 뜻이다. 기골이 장대한 사람이 섬약한 골격의 사람과 같은 운수소관일 수는 없다. 영식이 있는 인간이라면 자기 몸을 유리하게 써먹을 수 있는 일을 선택할 테니까.

\*

한 식경쯤 지나 윤금이 부부가 함께 술상을 들고 왔다. 더운 날씨라 부엌에서 찬을 준비하는 일이 힘들어 윤금의 이마에 땀이 송글송글 맺혀 있었다. 등에 업힌 아이는 잠이 들었는지 고개가 옆으로 기울었다. 장덕이의 저고리 동정도 땀에 흠뻑 젖어서 얼룩이 졌다. 논일 하다가 말고 들어와서 윤금이를 도와주는 그의 세심한 마음 씀씀이가 고마웠다. 술상 한가운데 먹음직스러운 초계탕이 놓여 있었다. 급히 어디 가서 닭을 꾸어온 모양이었다. 삶은 닭고기를 결 따라 찢어서 얼음을 둥둥 띄운 메밀국수와 함께 말아먹는 평양 음식인 초계탕은 허균이 여름에 즐겨 찾는 술안주라는 걸 윤금이가 기억하고 있었던 거다. 닭 육수에 식초와 겨자로 맛을 내서 무뎌진 여름 입맛을 돋우는 데 그만한 음식이 없다고 했다.

"무더운 날씨에 음식 만드느라 수고들 하였다."

허균은 윤금이와 장덕이를 향해 다감한 목소리로 고마움을 표했다. 윤금이는 얼굴을 붉히며 장덕이의 팔을 잡아당기고 그 뒤로 얼굴을 감춘다. 아이 엄마가 되어서도 부끄러움이 많아 어디 나서서 넙죽 말을 하는 법이 없다. 장덕이는 윤금이의 앞치마자락에 손바닥을 문지르며 허균을 향해 고개를 깊숙이 숙인다. 허균은 매창과 눈을 맞추며 미소를 지었다.

"참으로 잘 어울리는 한 쌍이로구나. 다정하게 노니는 꿩 한 쌍 같구나."

지난겨울 장덕이가 사고를 치는 바람에 한바탕 난리를 치렀다. 그 뒤로 둘 사이가 소원해진 듯싶더니 얼마 전부터 다시 예전 금슬을 되찾았다. 매창한테는 피붙이보다 가까운 윤금이가 피눈물 흘리는 걸 보는 일은 자기 가슴이 아픈 것보다 못 견딜 일이었다.

"아씨, 어쩌면 좋아요. 전 이제 어떡해요? 흑흑."

윤금이는 말을 잇지 못하고 치마말기에 코를 풀며 한참을 울었다.

"애 놀란다. 그만 울고 찬찬히 말을 해보거라. 무슨 일인지 알아야 뭘 보태든지 빼든지 할 것 아니냐?"

"순남 아범이 김 참봉댁 행랑에서 어젯밤에 노름을 하다 여축해놓은 돈을 전부 잃었답니다. 제가 말씀을 안 드려서 그렇지 벌써 몇 번짼지 몰라요. 모아놓은 돈 다 날리고도 모자라서 저더러 돈을 빌려오라고 성홥니다요. 어쩌면 저 모르게 빚을 졌는지도 모르겠어요. 이 일을 어쩌면 좋아요. 애는 크는데 앞날이 캄캄하구먼요."

윤금이는 겁이 많은 여자다. 윤금의 아비도 노름을 하다가 손목이 잘리고 떠돌다 죽었는지 살았는지도 모른다. 아비가 고향으로 돌아오지 않아 고아가 된 윤금이는 어릴 때부터 남의집살이를 하며 눈칫밥을 먹고 자랐다. 그 때문에 노름이라면 보통 사람보다 훨씬 예민하게 반응했다. 노름의 속성에 대해 누구보다 잘 알고 있다. 매창은 팔자 막음 못하는 윤금이의 기막힌 애기에 놀랐지만 당장 해줄 말이 없었다. 허튼 위로 따위는 소용에 닿지 않을 만큼 엄청난 일이었다. 장덕이도 사내였다. 그도 인간이었다. 무엇이든 자신을 망치는 일 하나쯤은 거느리고야 마는 인간. 술이든 노름이든 계집질이든 주먹질이든.

"장덕이한테 이따 내가 좀 보잔다고 일러라. 너는 눈물 거두고 모르는 척 네 일이나 하고 있어라. 공연히 수선 피우면서 아무 쓸데도 없는 싸움하지 말고. 남녀가 같이 살다가 어찌 이런 일 한 번쯤 없겠느냐?"

매창은 장덕이가 굵은 눈물을 흘리며 통곡을 할 때까지 오달지게 몰아세웠다. 노름에 또 손을 대려거든 자식 놓고 이 집을 떠나라고 단단히 겁을 주어서 일단 급한 불은 껐다. 한 고비 넘겼다고는 하나 그놈의 노름 버릇이 언제 또 도질지 조마조마했다. 매창은 오이냉국을 허균 쪽으로 밀어놓았다.

"날이 더워 입이 텁텁할 터이니 우선 이것부터 주욱 마시고 술을 드시어요. 그리고 나서 아까 하던 얘기도 마저 해주시구요."

"그럼, 암 그러고 말고. 네가 그 얘기에 흥미를 보이니 내 기분이 보탤 것 없이 좋다."

"흥미 정도가 아니옵니다. 방금 하신 얘기는 지어낸 얘기라 해도 듣기 좋습니다. 진정 희망이 있는 일이라면 저 또한 지푸라기 하나라도 보태고 싶사옵니다. 정말 그런 나라가 있을 수 있사옵니까? 모든 인간이 한 가지로 귀함을 받는 곳이라니. 그런 나라가 있다는 말만으로도 가슴이 벅찹니다."

허균은 오이냉국 위에 뜬 파를 밀어내며 몇 수저 떠먹었다. 매창은 다 큰 어른이 되어서도 파를 싫어하는 식성 까다로운 허균을 보고 있으니 웃음이 나왔다. 피식 웃으며 허균의 술잔에 술을 따랐다. 눈치 빠르고 영렬한 운금이는 허균이 두고 간 청화백자에 국화주를 그득 담아 내왔다.

"냉국이 아주 시원쿠나. 이 술은 무슨 술이더냐? 국화향이 나는 것도 같고 향기가 아주 그만이다. 이 술병이 임자를 제대로 만나서 향기로운 술로 호강을 하는구나."

"왜 손톱만 한 노란색 국화 있지 않사옵니까? 그 감국으로 담근 술이옵니다."

지난가을 매창이 뒷산 언덕바지에서 감국을 따다가 직접 담근 국화주다. 국화는 눈과 머리를 시원하게 하는 해열 효과가 뛰어나다. 여름 피로에 좋을 성싶어 이따금 귀한 손님이 오면 대접한다고 답하자 허균의 얼굴에 흡족한 미소가 떠올랐다. 매창에게도 한 잔 따라주었다.

"봄에는 진달래랑 산수유를 따다가 술을 담가 놓을 테니 와서 드시어요. 꽃술은 향기도 그만이지만 빛깔이 아주 곱사옵니다. 거기다 몸에는 두 배 세 배 더 좋답니다."

"너의 이 술 빚는 솜씨면 내가 세운 나라에서 너와 함께 더없이 행복할 수 있겠구나. 내 그런 곳을 곧 만들 것이니라. 이름도 지어놓았다. 율도국! 어떠냐? 멋진 이름 아니냐? 변산 앞바다에 있는 섬 위도를 보면서 상상했느니라. 그런 곳이 있다면 너는 어떻게 하겠느냐 말이다?"

매창은 밤나무 숲이 빽빽한 섬의 풍경을 상상한다. 밤꽃 냄새가 사내와 계집의 가슴을 흔들어 어디서고 사랑을 나누고 웃고 춤추며 저들만의 세상을 만들겠지. 야릇한 냄새를 풍기는 꽃이 떨어진 자리에 맺힌 열매는 또 얼마나 실한가. 속으로 단단해져 가을에 툭툭 땅으로 떨어지면 사람들이 몰려든다. 밤을 먹으면 여름 궁기로 버짐 핀 아이들 얼굴에 토실토실 살이 오를 것이다. 고샅에는 배부른 아이들이 뛰노는 웃음소리가 끊이지 않겠지. 노인들은 밤나무 장작으로 땐 구들에 등을 지지며 애들한테 얘기 보따리를 풀어낸다. 애들은 군밤을 까먹으며 졸음 가신 얼굴로 옛날이야기에 귀 기울이리라. 꿈같은 일이다. 너무 아름다운 꿈을 생각하면 가슴에 슬픔이 고인다. 가질 수 없어서 애가 타고, 멀어서 안타깝다.

"과연 대감답습니다. 벌써 이름부터 지어놓다니요. 어떡하긴 뭘 어떡합니까? 가서 살아야지요. 하오나 이 나라 양반님네들이 그걸 가만 놔둔답니까? 괜히 몸 다칠 일 만들지 마시어요.

저도 이제 늙었는지 꿈이 꺾이는 것보다 몸이 상하는 것이 더 두렵습니다.”

허균은 흰 터럭이 섞인 수염을 쓸어내리며 고개를 저었다.

“그건 너답지 않은 말이구나. 사내대장부가 자기 앞의 땅만 디디고 벼슬만 바라면서 일평생 마치는 것을 부끄러워해야 한다고 나를 야단치지 않았더냐? 나도 알고 있다. 천하에 두려워할 자는 오직 백성뿐임을. 범보다 물이나 불보다 더 두려워해야 함을 말이다.”

“부디 그 말을 평생 간직하시길 빕니다. 저야 어디서 살든 거문고와 철 따라 피는 꽃과 술만 있으면 만사가 그만인 사람 아닙니까?”

매창은 술잔을 들어 입으로 가져간다. 술잔을 비우며 그와 눈을 맞추었다. 달디 단 음식을 삼킨 것처럼 표정이 밝아진다.

“왜? 남자는 필요 없느냐? 널 어여삐 여길 남자 하나쯤은 곁에 있어야지.”

허균은 팔을 뻗어 매창의 어깨를 두드리며 언제나 그렇듯이 헌걸차게 큰소리를 쳤다. 매창은 마당으로 시선을 옮겼다. 배롱나무꽃이 만개해 있었다. 세 번 피었다 지면 쌀밥을 먹을 수 있는 중추가절이 온다고 가난한 백성들은 저 꽃을 쌀밥나무라고 부른다. 매창은 쌀알 같은 붉은 꽃이 가득 달린 배롱나무의 얼룩무늬 줄기에 눈을 두고 입을 열었다.

"그건 이생에서 얻을 수 있는 건 아닌가 합니다. 이생에서 제게 허락된 건 이 거문고와 알량한 시 몇 줄 뿐인 줄 진즉 알아버렸습니다."

"그래도 그런 말은 이제 겨우 서른여섯, 젊디젊은 네 입에서 나올 말이 아니다. 네 마음 깊은 곳의 아픔을 내가 왜 모르겠느냐? 그 사람도 너만큼 힘들 것이다. 예전에 내 큰형 허성이 일본에 수신사로 갈 때 그에게 함께 가자고 한 적이 있었다. 늙으신 어머니 병구완 때문에 갈 수 없다고 했다더라. 예법과 효성이 그 정도면 함부로 움직이지 못할 거다. 떠난 사람 너무 원망하지 말거라. 네 일생 한때를 빛나게 해준 것으로 용서가 안 되겠더냐?"

이럴 때의 허균은 첫 마음을 여인에게 주고 애달파하는 스무 살 청년처럼 해맑고 간절한 눈빛이 된다. 항간에 떠도는 이야기 속의 파락호 허균은 다른 사람인 것만 같다. 아니면 한 사람 안에 여러 얼굴이 있던가.

"이것은 연모의 마음도 그리움도 아니옵니다. 그분은 저에게 무거운 생을 부려놓고 잠시 마음 기댈 등받이 같은 사람일 뿐입니다. 세상에 재주를 펼칠 수 없는 여자로서, 천출로서의 제 설움을 풀 대상일 뿐. 손에 쥐고자 곁에 두고자 애쓰는 정인은 아니지요. 괜찮습니다. 대감이 염려하는 것과 달리 저는 제 마음이 저를 상하게 내버려둘 사치도 부릴 수 없는 처지이옵니다."

"그것이 어디 네 진심이겠느냐. 안다, 알아. 기다리거라. 기다리는 일의 기쁨을 너도 알게 될 것이다. 기다림이 있는 아픔은 아픔만이 아님을 알게 될 것이다. 나 또한 너 못지않게 나쁜 사주를 갖고 태어났지만 그까짓 것 발로 차버리고 이리 내 멋대로 살고 있지 않느냐?"

호방한 허균조차 자신의 사주를 말하는 동안 얼굴에 어둔 빛이 지나갔다. 기사년 병자월 임신일 계묘시에 태어났다고 허균이 자신의 사주를 읊어주었다. 액이 많고 가난하며, 병이 잦고 뜻한 바가 이루어지지 않는다. 그러나 재주가 뛰어나서 그 이름이 천하 후세에 전해질 것이다. 평생토록 칭찬과 비난이 함께 따라다닐 사주라는 말도 덧붙였다. 매창은 과히 좋은 사주는 아니라는 말조차 하기 민망하여 허균의 얼굴을 살핀다.

"그 정도가 아니라 저 죽을 구멍 제가 판다는 말이지. 이래도 네가 내 앞에서 엄살을 부릴 테냐? 하지만 나는 그래서 더 투지가 솟는다. 내 운명을 거스르며 한판 크게 벌여볼 생각이 나거든. 공부든 인생이든 시든 너무 쉬우면 재미없지 않느냐?"

매창은 손사래를 치며 허균의 술잔을 채워준다. 술병이 얼추 비어간다.

"엄살 부리다니요. 천부당만부당한 말씀입니다. 저도 약해지지 않으려고 욕 얻어먹으면서도 계집인 저한테 매창이라는 호도 지어주며 제 힘껏 난 척하면서 살지 않습니까?"

그동안 매창이 가졌던 이름은 여러 개였다. 향금, 계생, 계랑, 천향, 섬초. 이름은 그 이름을 지을 당시의 그녀 인생을 반영한다. 계유년에 태어났다고 따로 지을 것도 없이 계생, 어릴 때 향기 나는 거문고가 되라고 향금, 기생이 되어서는 섬초라는 이름으로 불렸다. 이름에 갇힌 자기 삶을 풀어주기 위해 그녀는 스스로에게 매창이라는 호를 지어주었다.

"옳다, 그건 잘한 일이다. 그 자존심만은 내가 높이 산다. 네가 네 자신을 추어야 남들도 너를 추어준다. 너는 충분히 그만한 인물이 되느니라. 넌 내 가슴에 품은 평생의 친구, 나의 회우懷友임을 잊지 말아야 한다. 내가 너의 몸을 탐했다면 이리 오래도록 너를 가슴에 담아두지 못했을 것이다. 그것만은 내가 생각해도 잘한 일이다. 육체의 탐닉과 그 허망함을 나만큼 꿰뚫고 있는 작자도 드물다는 건 너도 소문 들어서 익히 알 것이다. 그렇게라도 마음속 찌끼를 날려 버리고자 젊은 시간 꽤나 허비했었다. 돌아보니 그게 다 나라는 인간의 나약함이고 모자람이었다."

세상 사람들에게 어지간히 시달리는 것도 모자라 자신의 넘치는 정열을 감당하는 일에도 적잖이 힘겨운 세월을 보냈음을 스스로 발설하고 만다. 문재는 타고 났지만 인륜을 모르고 경박하다는 세간의 평은 도저히 실력으로는 허균을 따라올 수 없는 자들의 자기 위안에 불과했다. 엄격한 계급 사회에서 천민과 서자들과 무람없이 어울리는 그를 곱게 볼 리 없었다. 언제고 자신들을 공격하리라고 생각하고 먼저 그를 궁지에 몰아넣으려고 온갖 수를 썼다. 이번에도 허균은 서얼들과 어울렸다는 이유로 공주 목사 자리에서 쫓겨났다. 그는 의연했다. 가난하다 못해 초라한 살림이지만 개의치 않았다. 그가 매창에게 보여준 글 한 구절에서 그의 삶을 엿볼 수 있었다. 제목도 별나게 〈남들이 더러운 방이라 하나〉였다.

남쪽으로 창문 두 개가 열려 있는 손바닥만 한 방으로 한낮의 햇볕이 내리 쬐이니 밝고도 따뜻하여라. 집에 벽은 세워두었으나 책만 그득한데, 낡은 잠방이 하나와 아름다운 계집만이 짝이 되었다네. 차 반 사발 마시고, 향 한 개 피워놓고, 벼슬 버리고 할 일 없이 천지고금을 굽어보고 우러러보고. 사람들은 더러운 방이라 하처할 수가 없다고 하지만 내 한번 빙 둘러보니 바로 하늘나라가 여기로구려. 마음과 몸이 편안한데 누가 더럽다고 하는가. 몸과 명예가 썩어버린 것이 더러운 것이리라. 다북쑥이 우거져 온 집이 파묻힌다 해도, 군자가 살고 있으니 어찌 더럽다

하겠는가.

술상을 치우려던 참인데 삐걱 하고 대문 열리는 소리가 들렸다. 고개 먼저 들이밀고 집 안을 두리번거리는 사람이 누군가 봤더니 동네 아낙이었다. 금대에서 거문고 탈 때면 맨 앞에서 가장 열심히 듣는 사람이다. 노래 부를 때는 추임새를 빠뜨리지 않았다. 그 인연으로 매창이랑 가깝게 알고 지내왔다.

"어이구. 언니! 어쩐 일이세요? 제 집에는 오라고 해도 통 안 오시는 분이."

"일전에 길에서 윤금이를 만났는데 네가 몸이 안 좋다고 하기에 궁금해서 와 봤다."

아낙은 토방에 놓인 신발을 보더니 방을 기웃거리는 시늉을 했다.

"손님이 계시나보네."

"교산대감이라고 가끔 부안 내려오시면 들르시는 분이어요."

"그 대감이라면 나도 통인 영감한테 들어서 알아."

그때 안에서 허균이 상체를 문밖으로 내밀더니 말을 건넸다.

"내 얘기를 뭐라 하든가요? 여기서 내 이름을 안다는 사람을 만나니 반갑구려. 들어와 술 한 잔 같이 하시지요."

아낙은 가만히 서서 매창의 얼굴 표정을 살펴보았다. 허균과는 눈도 맞추지 않고 외면했다. 낮부터 한가로이 술타령이나 하고 있는 양반에 대한 적대감을 숨기지 않고 드러냈다.

"그러세요. 잠깐 들어왔다 가요. 냉국이라도 한 그릇 드시구요."

아낙은 힘든 일을 하고 왔는지 아이고, 소리를 내며 마루에 걸터앉았다. 안으로 들어올 생각은 하지 않고 대문 쪽을 쳐다보았다.

"이보시오. 왜 자꾸 바깥만 내다보고 있는 것이오? 나를 보고 얘기 하기가 싫소?"

"눈이란 원래 바깥을 내다보도록 되어 있는 것 아닙니까?"

허균의 지적에 아낙은 당황하는 기색도 없이 심상하게 대꾸했다.

"허허허, 내가 졌습니다. 매창아, 네 주변 사람은 다들 너 못지않은 재담꾼이구나."

"참, 내가 아직 언니 소개를 안 했네요. 이 언니는 내가 어릴 때 관아에 살 때부터 알고 지내던 동네 분이에요. 제 어머니 대신으로 저를 보살펴주셨는데 지난 정유년 난리 때 남편이 호벌치에서 싸우다 죽었답니다. 부안의 남정네 숫자가 절반은 줄었다는 말들을 할 정도로 대단한 싸움이었어요."

"그게 무슨 자랑거리라고 소개를 하냐. 이거나 받아라."

아낙은 바가지를 덮은 보자기를 들추었다. 말린 조개가 수북이 담겨 있었다.

"그랬구나. 딱한 일이로고. 내가 할 말이 없다. 피난보따리 푼 지 얼마나 되었다고 사대부들은 다시 주저앉아 동인이니 서인이니 쌈박질이나 하고. 백성 앞에 무릎 꿇고 사죄를 해도 모자랄 판에 아직 정신들을 못 차리고 있다."

아낙은 고개를 들어 허균을 한참 바라보았다. 서글픈 표정이라고도 화난 표정이라고도 할 수 없는 멍한 표정을 지었다. 이내 한숨을 길게 내쉬고 매창을 돌아보며 바가지를 받으라고 밀어놓았다.

"이거 백합인데 몸 보하는 데는 그만이라더라. 아플 땐 잘 먹는 게 제일이여. 이걸로 백합죽이라도 끓여서 먹고 기운 차리렴. 곧 털고 일어나 우리 집에도 놀러오고. 난 이만 간다. 대감께는 인사 못 드리고 갔다고 전하려무나."

아낙은 바가지를 마루에 내려놓고 돌아섰다. 매창이 언니! 언니! 부르는데도 뒤도 안 돌아보고 빠른 걸음으로 달아났다.

"죄송합니다, 대감. 저 언니가 원래 그런 사람이 아닌데 남편 얘기만 나오면 발끈한답니다. 워낙 정이 좋았던 부부라."

"누구나 한번 큰일을 겪고 나면 다시는 예전으로 돌아갈 수 없는 것이 인간의 부박한 운명이지. 진짜 현실과 나를 돌아보지 않기 위해 몸부림을 치며 겨우겨우 사는 거다."

"마음에 담아두지 마시어요. 대감이 이해해줄 줄 믿고 언니가 그렇게라도 한풀이한 것임을 저는 알아요. 이따 저녁에 제가 백합죽 끓여드릴 테니 그걸로 마음을 달래시어요."

"어쨌거나 고운 사람이구나. 너를 이리 살뜰히 살펴주니 내 마음이 다 푸근하다. 아니 가슴이 쓰라리다. 얼마나 가슴에 한이 쌓였으면 저러겠느냐. 네가 할 일이 많겠구나."

"고운 사람이고말고요. 그런데 저런 사람이 복을 받지 못하고 험한 인생을 사는 것이 괴이한 일입니다. 저라고 뭐 도움이 되지도 못하고 안타깝사옵니다."

"곁에 있어주면 되는 것이지. 네가 가까이 있어서 저 사람도 든든할 것이다. 이따금 찾아가서 얘기도 나누고 그러거라. 속이 깊고 따뜻한 사람 같구나."

"예."

예, 라고 대답했지만 매창은 지키기 어려운 일이라고 생각했다. 점점 어디를 가고 애써서 무얼 하고 그러는 일이 힘들다. 요즘은 거의 집 안에만 붙어 지내는 형편이다. 몸에 구멍이라도 난 것처럼 기운이 새나가고 의욕도 생기질 않는다.

# 초사한담 樵士閑談

＊

"오늘은 우리 서로 시 한 수씩 써서 읊기로 하자."

허균은 옆으로 밀어둔 서안 위에서 지필묵을 내리더니 시 한 수를 적어 내려갔다.

> 선녀인가 그 모습 세속사람 아닐레라
>
> 가문고 끼고 앉아 저무는 봄 원망하네
>
> 퉁기는 줄 멎을 때엔 애간장도 끊어지고
>
> 그 노래 알아줄 이 세상엔 드물구나

"내 친구 석주의 시다. 여기 현감인 덕현 심광세를 만나러 왔다가 너와 함께 자리를 한 적이 있었다고 들었다. 그때 지은 시를 자랑 삼아 나한테 보여주더구나.”

매창은 현감이 데려온 다른 향촌의 선비들과 어울려 권필을 만났었다. 그는 매창을 여반女伴이라 이르며 활달한 성품으로 서먹한 술자리를 유쾌하게 북돋우었다. 허균과 권필은 젓가락 두 짝과 같은 사이였다. 따로는 아무 쓰임도 없고 오직 함께여야 각자 제 기량을 발휘할 수 있는 지기였다. 권필도 허균처럼 현실을 똑바로 보고자 했다. 어떤 허명과 관습에 갇히지 않고 이익에 연연하지 않고 세상을 있는 그대로 보고 판단하고 분노했다. 실력을 갖추고도 쓰임을 얻지 못한 사람들이 많은 현실을 참을 수 없었다.

“오직 두세 명의 벗만 속된 예절에 구애받지 않고 내 재주를 귀히 여기지. 내 행동도 꾸밈없는 솔직함으로 봐주고. 그 친구들이 내 생명의 은인이다. 나는 그들 덕분에 살지. 그중에서도 석주는 으뜸의 자리에 있다.”

“석주 어른과 대감이 절친한 친구 사이라고 그때 들었습니다. 너름이 크고 속이 두터운 분이라 대감께 큰 힘이 되실 줄 믿습니다.”

“그렇지. 그런 친구를 곁에 두었으니 나 또한 그만한 인물은 되지 않겠느냐? 그런 건 다 관두고 아직도 너에게 내가 사내로서 매력이 없느냐?"

허균은 잊을 만하면 한 번씩 찔러보았다. 매창은 그의 이런 점이 좋았다. 유희경을 향한 마음이 통절한 간곡함이라면 허균을 향한 마음은 유쾌한 든든함이었다. 유희경은 언제나 어려웠고 허균은 언제나 막역했다. 허균 앞에서 더 자유로웠고 유희경 앞에서 더 풍요로웠다. 매창이 등을 펴더니 답가로 시조창을 읊었다.

평생 남의 밥 얻어먹으며 사는 일 부끄러워

오직 차가운 매화가지에 비치는 달그림자를 사랑했었지

세상 사람들 고요히 살려는 나의 뜻을

마음대로 손가락질 하며 들고 나는구나

"너의 시가 날로 깊어지는구나. 너의 거문고 소리도 이제 제 몸을 감출 수 없겠다."

"저는 기생이 천분인가 하옵니다. 여인네로 태어나서 기생이 아니었다면 어찌 시 한 수 맘 놓고 대감과 더불어 나누겠습니까? 봉제사, 접빈객으로 평생 허리가 휘고 일부종사하는 인생을 면제받은 만큼 뭔가를 치러야 한다면 기꺼이 그리 하려 합니다. 다른 여자들의 수고에 빌붙어 공짜 인생을 사는 기분일 때도 있지만 저의 일도 쉽지만은 않으니 그럭저럭 비기는 셈이지요."

이 말은 그녀의 진심이었다. 윤금이를 비롯한 다른 여자들의 하루 일과는 여름철의 나비나 벌보다 바쁘고 힘겨웠다. 가끔은 자신이 매미나 베짱이처럼 노래나 부르며 허송세월하는 것은 아닌가 면구스러울 때가 많다.

"사람마다 타고난 근기가 있는데 그리 단순히 비교할 수만은 없는 일이지."

"때마다 제기를 꺼내서 윤기 흐르게 닦고 음식 장만하느라 몸에서 기름과 양념 냄새가 떠나지 않는 것도 즐거이 하는 사람에게는 복락일 것입니다. 인생의 반은 며느리, 반은 시어머니로 사는 것, 저는 할 수 없을 것 같사옵니다."

집안일을 지시하고 가솔을 이끌어 살림을 꾸려가는 일은 위대하다. 하지만 틀에 맞춘 하루하루를 살아내고 정해진 일로만 하루를 채워가는 삶은 그녀의 것이 아니었다.

"무슨 말인지 알 것 같다. 학문이랄 것도 없는 지식은 남자들이 다 독점하고 여자에게는 읽을거리조차 내훈이나 열녀록으로 한정되어 있으니 네가 그걸 어찌 견디겠느냐?"

여자는 두 가지 역할밖에 할 수 없다. 아내로서 남편의 출세를 돕거나, 기생처럼 남자의 욕망을 실현하는 도구로 살거나. 매창에게는 둘 다 복된 삶이 아니고 그리 살 수도 없었다.

"거문고 소리 듣고 싶으실 때 언제든 말씀하시어요. 날이 더워서 아직은 흥이 나지 않으니 잠시 뜸을 좀 들이겠사옵니다."

"그럴 것 없다. 오늘은 가만히 앉아 너와 정담이나 나누고 싶구나. 솔바람같이 시원한 이야기 좀 들려다오. 시냇물 같은 목소리를 들려다오. 그러고 보니 내가 잊은 게 있구나. 내가 너를 위하여 합죽선 하나 가져왔다. 여기 그려진 선비를 나인 줄 여기고 부채를 부칠 때마다 나를 기억하여 달라고 하면 들어주겠느냐? 얼굴 가까이 대고 부쳐야 하느니라. 그림 속에서나마 네 몸의 향기를 맡고 싶다."

"대낮부터 무슨 그런 살내 나는 농담을 하시옵니까?"

매창은 부러 눈을 흘기며 부채를 펼쳤다. 나무꾼과 선비가 문답을 주고받는 그림이었다. 마치 지금 허균과 매창의 모습을 그린 것 같았다. 두 남자가 시원한 냇가 그늘에서 마주보고 얘기하는 장면을 그린 〈초사한담〉은 부채 그림으로 많이 등장한다. 둘 다 허균보다 훨씬 나이 들어 보였다. 시냇물 소리가 들리는 듯 힘찬 붓질이었다. 그늘이 넓은 나무와 냇물을 보면서 매창은 조용히 미소 지었다. 부채는 그녀에게 그다지 쓸모 있는 물건이 아니다. 아무리 더워도 그녀는 부채를 부치지 않는다. 이마에 땀이 흐르고 겨드랑이가 젖어도 가만히 앉아 더위를 참는다. 옆에서 정신없이 부채질하는 이가 무안할 지경이다. 누군가 그 점을 나무라면 멋쩍어하며 대답했다.

"저는 게으른 사람입니다. 부채질도 귀찮아서 못한답니다."

한가로운 풍경과 달리 부채의 윗부분에 길게 옆으로 쓴 글은 애잔하기 그지없었다.

'大同江水何時盡, 別淚年年添綠波'

대동강 물이 마를 날이 없는 이유가 해마다 이별의 눈물로 채워지기 때문이라니. 시는 눈물을 말하고 있는데 매창은 웃음이 나왔다. 너무 잘 아는 일 앞에서는 오히려 아는 척하기가 어려웠다. 허균은 매창의 허한 마음이 강물처럼 유유하길 바라며 이 시를 썼을 것이다.

"너도 한 번은 본 적이 있는 시일지 모르겠구나. 정지상이라는 사람, 독하게 누군가를 은혜한 모양이다. 사내의 눈물이라면 대동강에 비유할 만하지. 아, 미안하구나. 내가 네 앞에서 사내의 눈물 운운하다니."

매창은 부채를 매만지며 낮은 솔바람 같은 목소리로 말했다.

"제 꿈은 아주 작은 것이옵니다. 꿈도 없이 실컷 자보는 것이 소원입니다. 방문객 없는 온전한 잠. 방문객을 기다리지 않는 평온한 잠. 대동강이 사내의 눈물로 해마다 불어나든 말든 근심 없이 긴 잠을 자고 싶습니다. 언제 그런 날이 오려는지."

허균이 매창의 얼굴을 들여다보자 그녀는 미소로 답했다. 매창 특유의 표정이다. 입술을 양쪽으로 늘려 크게 웃으면서도 소리를 내지 않는다. 그 환히 웃는 모습이 박꽃을 닮았다고들 했다. 그 웃음 덕분에 길고 마른 얼굴에서 잠시라도 신산함을 덜어낼 수 있었다.

"너에게 힘이 돼주지 못해 미안하다. 너의 아픔을 내가 덜어줄 수 없어 미안하구나."

"괜한 말씀입니다. 전 아프지 않아요. 다만 문득 삶이 덧없다 싶을 때가 있답니다. 그럴 때는 이 거문고에 기대 또 하루를 보내지요. 걱정 마시어요. 혹여라도 다음에 대감께서 저를 찾으신다면 지금보다는 편한 얼굴일 것입니다. 적어도 꼿꼿이 이 자리를 지키고 앉아 있을 테니까요."

매창은 부채를 펼쳐 허균을 향해 살살 부쳐주면서 가벼이 응수했다.

"무슨 소리냐? 혹여라도라니. 언제라도 짬이 나면 들르마. 네가 나를 기다려준다면 그 걸음이 더 빨라질 수도 있다. 그러련? 나를 기다리련?"

매창은 굳은 얼굴로 입을 다물었다. 어쩔 수 없이 허균의 가슴에도 꺼지지 않는 질투의 불씨가 일어났다. 자신이 사랑하는 여인이 엄지손가락으로 꼽는 제일의 정인이 되지 못하는 건 사내로서 참기 어려운 일일 것이다.

"언제나 그랬사옵니다. 다른 날, 다른 일, 그것이 무엇이든 뭔가 일어나길 바라면서 살아온 인생이지요. 심심하진 않지만 편안하지도 않았지요. 없는 일도 일으켜 스스로 복대기는 성정이니 어쩌겠사옵니까? 자신과 사이좋게 지내지 못하는 건 생각보다 고달픈 일입니다. 재주만 있고 지체는 없으니 저잣거리에서 발에 걷어차이는 짚새기 공처럼 사는 것이 저의 인생이지요.”

허균은 팔을 뻗어 매창의 손을 가져다 자신의 왼손바닥에 올려놓고 쓰다듬었다.

“그리 말하니 내 마음이 아프구나. 내 누이동생 같은 너를 이 한적한 곳에 두고 나 또한 마음이 편치 않았다. 그 사람을 향한 너의 마음은 안다. 그도 쉽지 않은 길을 가고 있다. 천격에서 벼슬자리에 오른 그를 천지 사람들이 주시하고 있다. 까딱하면 벌떼처럼 일어나 쏘아댈 것이다. 너무 서운해하지 마라. 야속해하지도 말고.”

허균은 매창의 손등을 쓸었다. 우툴두툴 핏줄이 도드라지게 튀어나왔다.

“왜 이리 말랐느냐? 밥을 든든히 먹고 늘 몸을 살피거라. 식욕과 성욕은 타고난 욕망이며 더욱이 먹는 것은 목숨을 유지하는 데 중요하다는 성현의 말씀 잊었느냐? 옛사람이 음식을 천하다고 한 것은 너무 밝히는 것을 가리킨 말이지 어찌 먹지 말라고 한 것이겠느냐? 몸이 건강하게 바로 서야 무엇이라도 편안히 할 수 있다."

매창은 고개를 끄덕였다. 느리게 눈을 감았다 떴다. 그의 말을 눈 속에 가두기라도 하듯.

"마음의 점 같은 거지요. 곁에 두어야 할 내 사람이기에 마음에 박혀서 빠지지 않는 못. 하루하루 일상을 공유하지 못하는 정인은 못 같은 것이지요. 박혔다 빠져도 구멍이 남는 못. 아무것도 할 수 없게 정해진 이 인생이 갑갑할 뿐이지요. 기다림이야 생활인 걸요."

유희경은 자연스럽게 대화 속에 등장하여 자기 역할을 마치고 사라진다. 허균과 매창, 두 사람 다 그를 의식하지 않을 수 없는 것이다. 유희경을 생각하고 그의 얘기를 해도 매창은 이제 예전만큼 마음이 부대끼지 않았다.

'충분히 사랑할 시간을 가졌다면 지금은 남처럼 지냈을 거야. 열정을 남김없이 쏟았더라면 마음의 길을 막는 울혈 같은 건 생기지 않았겠지. 다 아쉬움 때문이야. 실체가 없는 헛것의 마음이지. 나를 가두고 앞으로 나가지 못하게 하는 이것을 사랑이라 부르지 않으리.'

"그 사람이 이무기로 살지 않게 된 걸 다행으로 여겨라. 세상에서 제일 무서운 게 이무기다. 용이면 용, 뱀이면 뱀. 용이 되다 만 이무기는 한이 많아 해코지를 하려고 호시탐탐 기회를 엿보는 법이다. 자신이든 남이든 못살게 구는 게 그들의 일이지. 제 분기를 어쩌지 못하는 이무기는 폭약보다 위험하단다."

그의 호인 교산의 '교'가 이무기 교蛟자다. 적으로 둘러싸인 조정에서 홀로 외로이 싸우는 그의 고충을 여러 사람이 얘기했다. 매창은 달궈진 철판 위에서 춤을 추는 인생을 사는 허균이 자신만큼 짠했다. 그의 술잔을 채워주는 것이 지금 자신이 할 수 있는 전부였다.

"이것 좀 드시어요. 음식을 지나치게 탐하는 것도 나쁘지만 음식을 멀리하는 것도 좋지 않다고 방금 말씀하셨잖아요."

매창은 초계탕의 잘게 찢은 닭고기를 건져 접시에 얹어주었다. 허균의 술잔에 그득하게 술을 따라주었다. 국화주는 아직 절반이나 남았다. 술이라면 자다가도 벌떡 일어나는 허균이지만 기세와 달리 주량은 그리 세지 못하다. 일단 술이 들어가면 어려운 얘기도 술술 풀어내서 술자리를 살려낸다. 매창에게 자신이 품고 있는 마음이나 생각을 전하는 데 망설임이 없었다. 생각을 제대로 펼쳐 보이기 위해 중국 최고의 학자라는 스승의 얘기를 꺼냈다.

"이 땅에 태어난 것이 한이로다. 이 좁은 땅에서 자라 콧구멍만 한 소견머리로 서로 물고 뜯고 사니 하루하루가 지옥이다. 너는 우리를 둘러싸고 있는 세상이 얼마나 넓은지 잊어선 안 된다. 이 조선 같은 나라만 있다고 생각하면 너무 슬프지 않겠느냐? 끝이 없는 것이 땅의 일이고 사람의 일이다. 조선 땅의 백배는 넓은 중국에 뛰어난 학자가 한 사람 있다. 내가 중국 갔을 때 만나보기도 하고 책도 샀지만 아직 여기선 입에 올리는 것조차 금지되어 있는 인물이다. 이탁오라고 혹시 들어봤느냐? 내 스승님이시다."

이, 탁, 오. 매창은 술잔을 비우고 그의 입에서 두어 번 튀어나왔던 이름을 새겨보았다. 매창은 허균의 눈을 바라본다. 그는 이미 다른 곳에 가 있다. 참으로 외로운 사람이다. 그와 뜻을 나눌 사람 찾기가 쉽지 않다. 적은 많아도 진실한 벗은 찾기 힘든 법이다. 나보다 나은 사람을 높이고 배우려 하기보다 자기 앞을 가릴까 두려워 밀어내고 나중에는 아예 없애버리려고 한다. 허균은 어떤 때는 그 세상에 침을 뱉었다가 어떤 때는 결기에 차서 뜨거운 입김을 뿜어내며 포부를 발설한다. 허균의 말은 길게 이어졌다. 무엇에 감동을 받으면 항상 그렇듯 눈앞에 펼쳐진 장면을 보고 있기라도 한 것처럼 생생히 열렬히 설파하기를 주저하지 않았다.

"그분은 양명학뿐만 아니라 선학에도 일가견이 있어 내게 많은 영감을 주었다. 그분의 책 제목이 무언 줄 아느냐? 『분서焚書』이니라. 불살라버려야 마땅한 쓸데없는 책이라는 뜻이지. 기개가 가히 하늘에 닿지 않느냐? 이 조선 땅에서 우리가 작은 밥 그릇 놓고 서로 먼저 차지하려고 싸우는 동안 그들 나라에서는 다른 일이 일어나고 있다. 각기 새롭고 다른 공부로써 서로 높은 생각을 겨루며, 학문이 부족하고 생각이 모자라는 것만을 부끄러워하는 사람들이 사는 다른 세상이 있느니라. 그걸 알고 있으니 내 어찌 대궐에서 권력싸움, 당파싸움 하는 저들의 말에 귀를 기울일 수가 있겠느냐? 어리석고 한심한 인사들이다."

매창은 몇 달 전에 찾아온 이귀도 허균의 글이 시참詩讖으로 문제가 되었지만 신하들 중 그의 편을 드는 사람이 없다고 걱정을 했다. 왕실의 권력 다툼을 풍자한 시를 썼는데 그가 쓴 내용이 얼마 후 현실에서 그대로 일어났다.

"사대부들은 어떤 상황에서도 꿈쩍 안 하죠. 자기들한테 무엇이 이득이 되는지 확실히 알고 그것만 충실히 이행하는 것입니다. 그게 정치라고 생각해요. 언제 사대부들이 백성이 어떻게 사느냐에 진정 관심이 있었던가요? 어차피 얘기를 시작한 것이니 솔직히 말한다면, 그분들이 무지렁이 백성을 믿지 않는 것처럼 저도 양반들 믿지 않아요."

"내 말이 그 말 아니겠느냐? 그러니 어리석게 딴 데다 힘 낭비하지 말고 우리 나름의 방안을 마련해야 하는 것이다. 내가 오죽하면 우리들만의 나라를 만들자고 하겠느냐? 우리끼리 살거나 그렇지 못하면 우리 방식대로 우리 기분대로 흥겹게 재미지게 살자는 거다. 눈치 보지 말고 기죽지 말고. 알았느냐? 그러니 너도 내 말을 잘 들어야 하느니라. 허허허."

"대감께서도 직정한 성격을 좀 누그러뜨리셔요. 불똥 튈까 봐서 다른 사람이 가까이 오기 무서워하옵니다."

허균은 끌탕을 하며 되받았다.

"그러라면 그러라지. 어차피 내게 도움도 힘도 되지 못할 인간들이다. 벼슬살이에서 살아남아 현달할 궁리나 하는 인간들. 이탁오라는 분 말씀이 친구가 될 수 없다면 진정한 스승이 아니고, 스승이 될 수 없다면 진정한 친구가 아니라고 하셨다. 그 말을 듣고 너를 생각했느니라. 너도 그 말을 깊이 새겨두어야 할 것이다."

허균은 매창의 눈을 똑바로 보면서 자신의 말에 힘을 실어 나직나직 건넸다. 매창은 허균의 말과 생각의 뿌리를 본 듯하여 그가 미더웠다. 그는 무엇이나 분명한 태도로 임하고 그것이 확연해질 때까지 물고 늘어지는 사람이었다.

"분수에 넘치는 말씀이십니다. 친구라니요. 항상 가르침을 주시는 대감이 저의 스승이라는 말만은 맞는 것 같습니다. 저야 대감 적적할 때 거문고 벗이나 해드리면 그뿐이지요."

"내 너의 마음을 얻지 못해도 그 거문고 소리 하나로 만족하고 살지 않더냐? 정인보다 벗이 필요한 때가 있을 터이니 그때 나를 생각하고 언제든 불러다오. 백 리도 멀다 않고 달려오마."

언제나 바쁜 허균이니 부르면 바로 달려올 수 없다는 것쯤은 매창도 알고 있다.

"송구하옵니다. 대감의 그 마음은 죽어서라도 잊지 않고 갚겠사옵니다."

"끝까지 내게 마음을 열지 않겠다는 말이로구나. 괜찮다. 나는 괜찮다. 네 수심 어린 그 얼굴을 보고 있노라면 나는 괜찮다고 말할밖에. 이제 더위도 한풀 꺾인 것 같지 않으냐? 어여 거문고나 한 곡조 들려달라고 내 귀가 성화구나."

허균은 술잔을 내려놓으며 손을 들어 매창을 재촉했다. 마치 목마른 이가 물을 찾는 것 같은 동작이었다.

"말이 한양이지 한양의 기생들 거문고 소리가 어디 거문고 소리더냐? 천격스럽구, 가락도 안 맞아 차마 참고 앉아서 들어주기 힘든 지경이더라. 내가 거문고를 잘 타진 못해도 귀명창은 되지 않느냐? 네 거문고 소리 그리워서 밤마다 울면서 잠들었느니라."

매창은 소리 없이 웃는다. 그럴 리가 없을 것이다. 재주 뽐내고자 하는 자들이 다 모이는 한양에 그녀만 한 솜씨 가진 사람이 어디에 없을까만 그렇게라도 너스레를 떨어 그녀를 편안케 하려는 마음을 읽어낸다. 매창은 윗목에 세워둔 거문고를 가져왔다.

"너의 그 소리 내지 않는 웃음도 그리웠다. 내 속을 빤히 들여다보고 있어서 이렇게 서둘러 변명하면서 얼굴 붉힐 수 있는 것도 나는 좋다. 네 앞에서는 아무것도 부끄럽지 않느니라. 네가 뭐라든 내가 뭐라든 다 좋구나. 그러니 너무 슬퍼하지 말거라. 나는 네가 환하게 웃을 때가 제일 좋다. 네가 웃지 않으면 내 마음도 울적해진다. 네가 언젠가 들려주었던 그 개구진 어린 시절처럼 다시 한 번 살기 바란다. 보고 싶구나. 치마를 들썩이고 콧바람을 식식거리며 돌아치는 눈 반짝이는 여자아이."

매창은 두 손을 맞잡고 깔깔대며 웃는다. 정말 열 살 여자아이로 돌아간 듯한 모습이다.

"오늘은 대감이 거문고 한번 타 보시겠사옵니까? 그동안 연습 많이 하셨나 보겠습니다."

"됐다. 나 같은 신판잽이가 괜히 술대 잡고 설치다 이 좋은 기분 망칠까 염려스럽다."

허균은 손을 내두르며 물러앉았다.

"그러시면 되옵니까? 거문고 솜씨를 잘 익혀두어야 명년 봄을 기약할 수 있지요."

"명년 봄과 거문고가 무슨 상관이 있더냐?"

"매화꽃 피기 시작하면 거문고 둘러매고서 술상 차려놓고 기다리는 친구를 만나러 가셔야죠. 열어놓은 창문으로 매화꽃을 내다보면서 거문고 한 곡조 연주하고 거기에 신선이 마신다는 유하주流霞酒를 곁들인다면 금상첨화 아닙니까?"

"네가 사는 맛은 제대로 알고 있구나. 내 잊지 않고 기억하마. 명년 봄의 매화꽃이라. 틈틈이 거문고를 익힐 터이니 오늘은 네가 스승으로서 시범을 한번 보여다오."

매창은 손가락에 골무를 끼우고 무릎 아래 놓인 거문고를 술대로 밀며 어깨를 폈다. 줄 위에 손가락을 얹어 누르고 당기자 누에의 꽁무니에서 비단실이 풀려나오듯 심중을 후벼 파는 소리가 흘러나왔다.

"아아, 바로 이 소리다. 내가 꿈에도 잊지 못하고 그리던 소리."

허균은 눈을 감고 서안을 손바닥으로 두들기며 장단을 맞춘다. 먼 곳에서 들려오는 소리. 먼 곳으로 가려는 소리. 매창의 거문고 소리는 언제나 먼 곳을 향해 있음을 그는 온몸의 숨구멍 하나하나로 느낄 수 있었다. 몸이 그리 할 수 없으니 마음이라도 떠나기 위해, 이곳이 아닌 저곳을 더듬기 위해, 그녀가 거문고를 끌어안고 있음이 안타까워 그는 차마 눈을 뜨고 그녀를 바로 바라보지 못한다.

앞강을 건너고 변산을 넘고 서해 바다를 건너갔다가 쉴 만큼 쉬고 놀만큼 놀다 돌아온 가락은 매창과 허균이 마주앉아 있는 이곳에 도로 내려앉는다. 잃어버린 것, 갖지 못한 것, 아픈 것, 쓴 것, 단 것이 뒤범벅된 허균의 가슴은 거문고 소리에 감싸여 고요히 자리에 눕는다. 등 두들겨주는 벗의 손길에 평안해진 그는 눈을 감은 채 중얼거리며 여름 한낮의 오수 속으로 빠져든다.

"이것 아니면 안 된다고 생각하는 것을 한번 지워보아라. 손에서 내려놓고 너를 보아라. 시와 거문고가 그것이라면 뒷방에 감추고 그냥 지내보면 어떻겠느냐? 아무 일도 없느니라. 죽는 법은 없다. 지금 여기서 숨을 쉬고 말을 하고 나를 기쁘게 하는 너의 존재가 전부이니라. 네 눈앞에 없는 다른 것은 다 허상이니라. 그것에 붙들리기 시작하면 인생은 낭떠러지로 가는 길밖에 없다. 내가 지금 그러고 있는 형국이라 이 말을 너에게 할 수 있다."

매창은 술대 쥔 손에서 힘을 빼며 그 말의 속뜻을 생각한다. 인생이 아무리 고해라 한들 어찌 그렇게만 살 수 있겠는가. 모든 덤덤하고 시시한 것들 속에서 살아남으려고 발버둥 치면서 살아왔다. 무의미와 싸우면서 여기까지 왔다.

"네가 거문고 타는 모습을 보면 신라의 백결 선생이 생각난다. 너도 그 얘기를 들어봤는지 모르겠구나. 그는 하도 가난해서 설이 되어도 떡을 해먹을 쌀이 없었다. 이웃에서는 이 집 저 집 방아 찧는 소리가 담을 넘어왔지. 그의 아내는 말도 못하고 한숨만 푹푹 쉬며 그 소리를 부러워했어. 그런 아내에게 그가 무얼 해주었는지 아느냐? 웃는 걸 보니 벌써 눈치 챘구나. 그래, 거문고를 꺼내다가 가만히 내려놓고 아내를 마주보며 연주를 시작했어. 덩더쿵, 쿵쿵, 거문고로 방아 소리를 냈단다. 그걸로 위로가 됐는지 어쨌는지야 그의 아내에게 물어보지 않아서 모르겠지만 참 갸륵하지 않느냐? 과연 예인다운 재치이고 마음 바탕이다. 그 소리가 바로 사람들을 그리 즐겁게 만드는 대악, 방아타령이 되었다.”

허균이 반쯤 잠이 든 목소리로 옛 사람 얘기를 꺼냈다. 부부의 일이란 그렇게 생활이 엮이고 서로의 고통을 속이면서 눈을 감아주면서 사는 것이지. 그 누구도 아닌 자신을 위해, 하루하루를 살아가기 위해.

“백결 선생보다 그 아내라는 분이 더 대단하네요. 떡 대신 거문고 소리를 배불리 먹을 수 있는 사람이었으니.”

“꿈보다 해몽이구나. 나도 이제 꿈을 꾸기 위해 슬슬 잠을 청해볼까.”

허균은 잠깐 눈을 붙인다더니 잠이 곤히 들어 해가 설핏 기울었을 때쯤 눈을 떴다. 짧지만 깊고 달콤한 잠을 잤다며 기지개를 켰다. 얼굴이 한결 편안해졌다.

“이제 더위도 좀 누그러졌을 터이니 밖으로 나가보자. 후원에 작약이 필 때가 되지 않았느냐? 꽃구경이나 하자꾸나."

"작약뿐만 아니라 자귀나무도 꽃이 피었고, 땅에 납작하게 엎드린 이 꽃 저 꽃도 한창 자태를 뽐내고 있을 것입니다."

허균은 마루로 나가 대문 밖을 내다보이더니 한숨과 함께 한마디 내놓았다.

"너 아니었으면 꽃이 고운 줄도 알지 못하고 죽었을 것이다. 네가 곁에 있으니 꽃도 곱고 술도 달고 귀도 활짝 열려 음악도 기쁜 것이다."

"듣기만 해도 고마운 말씀입니다. 하오나 제 덕분이 아니라 원래 꽃은 곱고 술은 달며 음악은 기쁜 것이옵니다. 대감의 그릇이 커지면서 그것들이 너른 품안으로 들어온 것이지요."

"아니다. 다 네 덕이니라. 네가 아니었더라면 사람과 사람이 더불어 이토록 많은 것들을 나눌 수 있다는 것도 몰랐을 것이다. 너는 나에게 다른 세상을 보여주었다. 그 고마움은 죽을 때까지 잊지 않으마. 너는 내 눈을 뜨게 한 스승이다. 아니다. 너는 나의 여반이다. 나의 고운 사람."

"고맙사옵니다. 제가 고운 사람이라는 건 저 혼자만 아는 비밀이었는데 어찌 알아내셨사옵니까? 그러면 나으리도 고운 사람인 것입니다. 자기에게 고운 것이 있어야 고운 사람을 알아보는 법이지요."

"내 본시 속 깊은 정 같은 거 모르고 살았다. 내 잘난 멋에 사로잡혀 휘젓고 다니기 바빴지. 남의 깊은 속을 들여다볼 여가가 없었어. 이제 제정신이 든 것이지."

　두 사람은 후원의 작은 연못 앞에 서서 만개한 작약을 하염없이 바라보았다. 처음 만났을 때도 작약이 피던 시절이었다. 매창은 쭈그리고 앉아 작약의 탐스러운 꽃얼굴을 만진다.

　"너랑 몇 년만, 아니 몇 달만 같이 살면 더는 바랄 것이 없겠구나."

　매창은 대답이 없다. 꽃에서 눈을 떼지 않았다.

　"그래, 내가 괜한 말을 했다. 하지만 괴로운 일이구나. 마음에 둔 사람을 갖지 못한다는 것이. 이건 일종의 거세야. 욕망의 거세. 괴로운 일이지만 벌 받고 있거니 생각한다. 나처럼 욕망을 남용해온 인간에겐 한 번쯤 이런 거세가 필요하지. 그래야 순정한 욕망의 본래 상태로 돌아갈 수 있다고 믿는다. 말하자면 이런 거야. 너를 탐하면서도 그 탐심을 채우지 않기 때문에 나는 너를 향한 내 욕망의 강도와 색깔과 내용을 확실히 감지할 수 있어. 채워지지 않았기 때문에 그 크기가 고대로 감지되는 거지."

　"지나치게 사변적인 얘기이옵니다. 저를 안지 않으니까 안고 싶은 마음이 그대로 눈에 보인다, 그 말씀 아니옵니까? 해소되지 않았으니까 그대로 남아 있다는 거잖아요."

"그렇지. 바로 그거야. 나야 원래 사변적인 사람 아니냐. 뭐든 갖다 붙이길 좋아하고."

매창은 소리를 내며 웃었다. 엉뚱한 말을 꺼냈다가도 금방 거둬들이고 자리를 유쾌하게 되돌리는 능력은 허균이 아니면 갖기 힘든 것이다. 화통함에 있어서는 따라올 사람이 없다.

"사는 일이 뭐 대수이겠느냐? 벗과 함께 오이와 연뿌리를 안주 삼아 탁주 한 사발 마시면서 껄껄 웃으면 그뿐인 것을."

"가슴이 뜨거워서 막상 그렇게 살지도 못하시면서 말씀으론 벌써 선승이 되시었사옵니다. 시나 한 수 지어보시지요. 전에는 이 꽃을 보면 시가 절로 나온다고 하시지 않으셨습니까?"

허균은 한숨을 길게 내쉬었다.

"내 시는 읊지 않은 지 오래 되었다. 나의 스승 손곡 선생님과 내 친구 석주 같은 시인 앞에서 나는 시에 대한 의욕을 잃었다. 석주는 나의 벗이고 나의 스승이고 거울이다. 나는 죽을 때까지 그를 넘어서지 못할 것이다. 똑똑해서가 아니라 그의 견결한 심지를 나는 열 번 죽었다 깨어나도 흉내조차 내지 못할 거다."

허균의 지독한 고독감이 그녀의 가슴에도 전해졌다. 뛰어난 예술가는 타인을 잘 믿지 않는 법이다. 자기에게 적절한 충고를 해줄 수 있을 만큼 훌륭한 사람이 있다는 것을 믿지 못한다. 하늘을 찌르는 이 자만심이야말로 예술가의 동반자요 힘을 주는 벗이다. 자신이 존경하는 시인이라 할지라도 쉽게 자기보다 낫다고 인정하지 않는다. 아무리 친구라 할지라도.

"저녁이 되니 조금 선선해지는구나."

해가 땅 가까이 내려오고 있었다. 풀잎 사이를 이리저리 옮겨 다니는 풀벌레 소리가 나고 멀리서 우는 짐승 소리도 점점 커졌다. 땅거미가 내리고 나면 작은 소리도 크게 들린다. 허균은 뒷짐을 지고 서서 나무 사이로 보이는 마을을 내려다보았다.

"마음을 넉넉히 가지시어요. 시의 그릇에 담기는 것은 자연과 인생이어야 한다고 하지 않으셨나요? 시는 단지 시일 뿐 다른 목적을 가지고 짓거나 감상하면 시가 지닌 본디의 아름다움을 잃어버리게 되는 것이라면서요. 바로 얼마 전에 손곡 선생님의 그 말씀을 제게 전하지 않으셨습니까? 그래야 시가 인생을 더 다정다감하게 그리고 풍성하게 해주는 것이라고."

그녀는 뒷마당을 벗어나 마루 쪽으로 걸어오면서 말했다.

"그랬지, 그랬었지. 너는 지금 나에게 시보다 인생이 앞선다는 말을 하고 싶은 게로구나. 그래, 그러해야지. 하지만 나는 지금 한 치 앞도 볼 수가 없다. 나의 앞날을 나조차 모르겠다. 지금은 그런 얘기는 하지 말자. 방에 들어가 좀 쉬다 이따가 달구경이나 하자꾸나."

두 사람은 마루로 올라오다 몸을 돌려 하늘을 올려다보았다. 아직 달은 보이지 않았다.

"오늘이 보름이옵니까? 열엿새이옵니까?"

"아마 보름날일 것이다. 내일은 너와 함께 갈 곳이 있다. 햇볕 구경도 하고 바다도 보면서 바깥세상 구경을 하자. 너도 그곳을 좋아할 것이다."

허균의 표정이 자랑할 것이 있는 아이처럼 밝고 의기양양해졌다.

"어디 점찍어둔 곳이라도 있사옵니까?

"내 사는 곳에 너를 초대하마. 내가 묵고 있는 암자, 쓸 만하니라. 너도 가슴이 탁 트일 것이야. 좋은 기운이 깃든 곳이라 마음이 달래질 것이다."

허균은 호남의 과거시험을 주재할 때나 해운판관이 되어 조세를 거두어들일 때 여러 차례 부안을 다녀갔다. 그러던 차에 정사암 주위의 경치가 뛰어나다는 소문을 들었다. 그곳을 벼슬을 그만두고 내려가 쉴 곳으로 점찍어두었다. 예전에 부안 부사였던 김청택이 지은 절인데 그가 죽자 아들이 찾아와 허균에게 집을 수리하고 지내기를 부탁했다. 김청택은 벼슬에서 물러난 뒤 여생을 즐기며 살 곳으로 정사암을 마련했지만 오래 살지 못하고 죽었다.

은일한 삶을 살 곳을 물색하던 차에 허균은 반가이 그곳을 찾아갔다. 부안 현감이 보내준 중 세 사람과 재목으로 지붕도 다시 잇고 망가진 곳을 손보았다. 한양의 높은 자리에 여러 연을 대고 있는 허균은 지방 관리들에게 무시할 수 없는 인물이었다. 가끔 머슴을 시켜 쌀과 소금, 밑반찬도 보내주어 간단한 끼니는 해결할 수 있게 해주었다. 호젓한 곳이라 책을 읽거나 쓰기에 더없이 좋다 했다. 홍길동전, 남궁선생전을 비롯한 여러 소설들을 이곳에서 지었다. 정사암에 머물게 된 이유는 뛰어난 경치 때문이기도 하지만 옆에 딸린 농토가 있어서 그것을 기반으로 뜻을 같이 하는 사람들을 모을 수 있어서였다. 매창은 그가 정사암에 자신과 같이 가고 싶다고 말한 이유를 알 것 같았다.

\*

　포구에서 비스듬히 나 있는 길을 따라 골짜기로 들어섰다. 시냇물이 구슬 부딪치는 소리를 내며 흘러 우거진 풀덤불 속으로 쏟아졌다. 우거진 참나무 숲 가운데로 햇살이 비쳐 들어왔다. 팔랑거리는 초록색 이파리 위에서 햇빛이 하얗게 일렁였다. 그 길로 몇 리를 걸어 들어가자 산이 열리고 넓은 벌판이 펼쳐겼다. 앞에는 가파른 봉우리들이 치솟아 있고 동쪽 등성이로는 키 큰 소나무와 전나무가 하늘을 가리고 서 있었다. 남쪽으로는 큰 바다에서 밀려온 물결을 가로막고 있는 섬이 보였다. 금수도 金水島라고 했다. 섬 한가운데 중 몇 사람이 기거하는 절이 하나 있었다.

계곡을 따라 동쪽으로 계속 걸었다. 늙은 당산나무를 지나고 얼마 안 가 정사암에 이르렀다. 낭떠러지 끝 바위 아래 지어진 정사암은 네 칸쯤 돼 보이는 자그마한 암자였다. 앞마당에 연못이 있고 연못가에는 꽃들이 만발해 있었다. 매창은 연못 옆의 바위에 걸터앉았다. 작은 집에 비해 큰 연못의 용도는 따로 있었다. 하늘을 담은 그릇이었다. 물 위에 하늘 그림자가 그득하게 드리워져 있었다.

두 사람은 바다 쪽을 바라보다가 약속이나 한 듯이 서로 동시에 고개를 돌려 마주보았다. 그녀는 허균의 눈빛이 전하는 말을 알아들었다. 과연 속세를 벗어난 기분이었다. 바다와 하늘이 훨씬 가까이 느껴졌다.

"이제 좀 살 것 같다. 좋구나, 좋아. 빈 가슴속으로 폭포가 쏟아진다."

"이런 곳이 있었네요. 여기 있으면 세상에 무슨 일이 일어나는지 전혀 모르겠습니다. 아니, 그런 것에는 마음이 가지도 않을 것 같사옵니다. 대감이 부럽습니다."

"그런 소리 말아라. 내가 오죽하면 이곳에 와 지내겠느냐? 세상일이 다 허무할 뿐이다."

"고래 뱃속처럼 조용한 이곳에 있는데 세상이 허무한들 그것이 무슨 상관이옵니까?"

"네 말도 맞구나. 그래도 가슴 한구석이 이리 시리니 어쩌면 좋으냐? 나는 이제 정말 혼자가 되었다. 친구들도 하나씩 죽거나 내 곁을 떠났다. 형도 죽고 누이도 죽고 스승도 돌아가시고 어머니도 돌아가셨다. 여기 오기 전 강화에 살고 있는 석주를 만났는데 병법책을 끼고 외우면서 살고 있더구나. 잘 벼린 칼이 칼집에서 녹슬다 끝날까 두렵다. 학식과 지혜가 깊고 이 나라를 그토록 걱정하는데 그 인물을 담을 그릇이 없다니. 제 재주를 맘껏 펼치지 못하는 것만큼 애달픈 일도 없지 않느냐? 밥을 먹어도 배가 안 부르고 잠을 자도 피로가 안 풀리는 법이지."

석주 권필은 술을 워낙 좋아해서 그 친구를 만나면 몇 날 며칠 밤새 술만 마시는 건 예사라고 했다. 그 친구를 위해 해줄 것이 고작 술 한 동이 안기는 것뿐이라니 얼마나 답답한 일이냐는 한탄은 그녀를 향한 것이기도 했다.

"아깝다, 아까워. 그의 재주가 아깝고 그것을 찾아서 쓸 줄 모르는 임금이 안타깝다."

"서로 그렇게 마음을 알아주는 친구가 있다는 것으로 위안을 삼으시어요. 지기가 있다는 것이야말로 진짜 복을 받으신 거 아닙니까?"

"그 친구가 뭐랬는줄 아느냐? '사람이 이 세상에 살고 있는 것은 미미한 티끌이 연약한 풀에 깃들어 있는 것과 같을 뿐이다. 그런데 어떻게 공명에 구속되고 속세에 매몰되어 나의 인생을 보내리오?' 얼핏 들으면 나를 위로하는 말 같지만 사실은 나를 욕하는 말이다."

"설마 그러했겠사옵니까? 지나친 자격지심은 버리시어요. 좋은 관계를 해치기 쉽사옵니다. 저한테는 벗의 앞날을 안타까워하는 그분의 마음이 느껴집니다."

허균은 시선을 먼 바다로 보내며 한 자 한 자 수를 놓듯 찬찬히 시를 외웠다.

석주는 천하의 선비로
그의 재주는 뛰어났다
포부 펴는 것을 즐기지 않고
궁벽진 끝에서 굶어 지내기를 달게 여겼다네

허균의 눈은 어느새 촉촉하게 젖어 있었다.

"너랑 이곳에 오니까 내가 흥감하여 절로 눈물이 나는구나. 모든 것이 사무치고 사무친다. 이제 누구의 등을 믿고 이 힘겨운 세상 살아갈까나. 서러운 세상이다."

사내가 눈물을 눈 밖으로 흘리면 안 된다는 누군가의 말을 기억한다. 흘러서 밖으로 내보내면 체면도 권위도 함께 잃는 것이라고. 그런 피상적이고 낡은 남성관은 허균에게 어울리지 않는다. 울고 싶을 때 울고 웃고 싶을 때 웃고 사랑하고 미워하는 일에 주저함이 없는 그에게는 어떤 감정의 분출도 자연스럽다.

"사람이 그리운데 그 사람을 만날 수 없을 땐 그의 시를 대신 읽는 방법이 있지요. 괜한 엄살 그만 부리시고 그분의 시 한 수 들려주시지요."

허균은 마른기침을 하고서 짐짓 점잖은 투로 말했다.

"그래, 알았다. 너는 마음속으로 그의 시를 새기며 따라 외우거라."

봄밤 보슬비 처마에 떨어져 마치 울음 토하는 듯하고,
그런 **소**리를 노자는 평생 좋아했다 하네.
뒤척이다 일어나 옷을 입고 등불을 켜자
잠든 것 같던 아버가 술상을 차려 마주 앉네.
목이 말라 물 마시듯 술을 연거푸 들이켠다.

매창은 정신을 하나로 모으고 그가 불러주는 시를 구절구절 따라 외웠다.

"그의 몸은 평생 곤궁했지만 그의 시는 오래도록 썩지 않을 것이다. 어찌 한때의 부귀로써 그 이름을 바꿀 수 있으리오."

허균은 자신이 쓴 시는 시도 아니라며 자책했다. 권필의 시는 서늘하고 날이 서서 그의 흉중에 가득한 기백을 시로써 펼쳐냈다고 선망과 질투가 섞인 목소리로 말했다.

"저야말로 제가 시라고 썼던 것들이 다 부끄럽습니다. 이리 편안하고 아늑한 것이 시일 것입니다."

"맞다. 그의 시는 그렇다. 마음에서 시작되고 마음에서 끝난다. 좋은 시 한 편 들으면 열 편은 제 시를 써야 하는 것이 시인의 일이니라. 너는 꼭 그리 하여야 한다. 알겠느냐?"

"대감은 친구 분 때문에 시 쓰고 싶은 마음이 싹 가셨다고 하시면서 저더러는 열 편이나 쓰라고 하시면 이처럼 불공평한 일이 어디 있사옵니까?"

매창의 투정어린 대꾸에 허균은 긴장을 풀고 모처럼 크게 소리 내며 웃었다.

"내가 못하니 너더러 하라는 것 아니냐? 그는 시를 지을 때 말 한 마디까지도 갈았으며, 글자 하나까지도 닦았다. 그 점은 너와 비슷하지 않더냐? 그는 또한 소리와 율까지 알맞게 갈고 닦았다. 법도에 맞지 않으면 해가 가고 달이 가더라도 고치기를 계속했다. 이렇게 해서 열댓 편이 지어지면 그제야 여러 시인들 앞에다 내놓고 읊어보였다. 참다운 장부이다."

"시에 대한 그 핍진한 정신과 태도를 저도 배우고 싶습니다."

"이미 그렇게 하고 있지 않느냐? 너는 이백같이 타고난 시인이라기보다 두보처럼 갈고 닦은 시인이다. 삶으로 시를 만드는 사람이다. 나의 스승님, 손곡 어른처럼. 그분은 마음 한가운데가 텅 비어 있어 한계가 없고, 세상살이에 매이지 않았다. 너의 몸은 사라져도 너의 시와 너의 거문고 소리와 네가 사람들에게 남긴 빛은 오래도록 사라지지 않을 것이다. 네 시가 적힌 종이가 그러하듯이 천 년의 세월을 견디리라."

매창은 저 표정을 안다. 허균이 가장 살아 움직일 때, 단걸음에 꼭대기에 오를 것 같은 기개로 사자후를 뿜어낼 때를 안다. 그것은 시에 대해 얘기할 때였다. 눈은 반짝거리고 일체의 잡스러운 것이 하나도 없는 표정으로 앞사람이 어떤 반응을 보이든 길게 길게 가슴속 말을 토해낸다. 매창도 그의 말에 온몸이 꽁꽁 묶여 몰아지경에 빠지고 만다.

"말을 많이 했더니 슬슬 허기가 돈다. 안으로 들어가자."

두 사람은 노을이 비끼기 시작한 방으로 들어갔다. 정사암을 지키는 젊은 중 하나가 그들을 위해 조촐한 술상을 보아놓았다.

그녀의 머릿속에서는 아직 시의 여운이 다 떠나지 않았다. 허균이 매창에게 시에 대해 쓴 글을 보여준 적이 있다. 밤에 잠도 안 오고 여인의 살 냄새도 지겨워질 때 쓴 글이니 깊이 생각하지 말고 한번 읽어보고 나서 불쏘시개나 하라고 했다.

"시는 어떻게 지어야 가장 극치를 이룰 수 있는 것인가. 시의 깊은 맛을 먼저 정한 뒤 시의를 세우고, 격식을 다음으로 하여 시어를 부리며, 시의 구절은 펄펄 살아 움직이고, 글자는 둥글둥글하며, 소리는 맑고, 마디는 팽팽하게 한다."

선비다운 문자속으로 꽉 찬 말들이다. 결국 시는 모든 것을 달리 보아야 하고 달리 보게 만든다는 뜻이었다. 매창은 글에 담긴 뜻을 반만 알아들었다. 그녀에게 시는 숨처럼 말처럼 속에서 저절로 배어나오는 것이었다.

"한마디로 줄여서 말하면 천 장 종이에 휘갈겨서, 가슴속 맺힌 한을 다 뱉어내는 시를 지어야 한다는 말이다."

허균은 두 손을 들어 마른세수를 하고 술잔을 들었다. 매창은 그의 잔에 술을 가득 채워주었다. 방 한쪽 구석에 서안이 있고 그 위에 종이와 벼루, 붓이 쓰다만 채로 놓여 있었다. 그 아래에는 읽던 책이 여러 권 쌓여 있었다. 열어놓은 방문으로 바다가 내다보였다. 이 자리에서 책 읽다 눈이 피로하면 바깥 풍경을 바라보며 마음을 풀면 좋을 듯싶었다. 읽고 쓰는 일과 창망

한 바다를 바라보며 마음의 녹을 털어내기에 이보다 더 좋은 곳은 없으리라. 노을은 더 붉은빛으로 바다를 물들였다.

"나는 이렇게 도망치듯 와서 꼭꼭 숨어야만 겨우 내가 하고자 하는 일을 조금 할 수 있다. 진즉부터 세상사와 멀리 떨어져서 살아갈 수 있는 네 처지가 다행인 줄 알아라."

그는 말을 마치고 술잔을 입으로 가져가 단숨에 털어 넣었다. 매창은 다시 술잔을 채웠다. 그녀는 자신의 술잔을 가져다 입술만 적실 정도로 조금씩 마셨다. 표고버섯볶음을 집어서 오물오물 한참 씹었다. 입안에 버섯향이 맴돌았다.

"누구나 그런 말을 하기는 쉽지요. 남의 처지를 보고 함부로 부럽다는 말 마시어요."

"내 말이 섭섭하게 들렸느냐? 그래, 쉬운 인생이 어디 있겠느냐. 특히 너처럼 마음속에 품은 생각이 많은 사람에게는 더욱 그럴 것이다."

"그런 말씀이 아니오라 누군가의 부러움을 받을 인생은 아니라는 말입니다."

"그래. 알겠다. 지금 우리나라에는 군자도 없고 소인도 없다. 무릇 군자와 소인은 양달과 응달, 낮과 밤과 같다. 양달이 있으면 반드시 응달이 있기 마련이요, 낮이 있으면 밤이 있는 법이다. 군자가 없으니 견주어 그 행적을 가릴 소인도 없게 되었다."

한양에서 새로 터진 역모사건에 대한 소문에 그의 이름이 오르내렸다. 권력의 맛을 본 사람에게는 임금에게 실총을 당하는 일은 정인을 잃는 것만큼, 어쩌면 그보다 더 고통스러운 일일지도 모른다.

"저도 곧 자리를 옮길 생각이옵니다. 바닷가 한적한 곳에 모옥 하나 물색해놓았사옵니다. 장사는 그만하고 농사지어 입에 풀칠이나 하면서 살아갈까 하옵니다."

"갑자기 정한 일은 아닌 것 같은데 생업 없이 어찌 생계를 이으려고 그러느냐?"

"조금만 먹으면 되옵니다. 살면 얼마나 살겠사옵니까? 지금 있는 땅에 붙이면 보리쌀과 푸성귀로 제 입 하나는 해결할 수 있으니 너무 걱정 마시어요."

"네 살림이 지금도 곤궁한데 객점을 그만두면 무얼 먹고 살려 하느냐?"

"산목숨 죽지는 않을 것입니다."

"책을 벗 삼고 시를 지으며 얼마간 살아보는 것도 좋겠다. 내가 덕현에게 네 양식을 보태라고 일러두마. 네가 먹으면 얼마나 먹겠느냐? 나도 한번 궁리를 보태보마."

"글은 읽지 않을 것입니다. 책을 손에 잡지 않을 것입니다. 시도 짓지 않을 것입니다. 나를 남과 가르는 일, 고독한 길입니다. 더는 안 하렵니다."

"무섭게 왜 그러느냐? 곧 죽을 사람처럼. 일단 알겠다. 내가 금방 다시 오마."

"다음에 오실 때는 대감이 드실 쌀은 가지고 오셔야 할 것이옵니다."

매창은 말끝에 웃음을 베어 물었다. 남자는 그녀에게 세상을 만나는 통로였다. 세상을 살아가는 법, 세상을 보는 법을 가르쳐주는 스승이기도 했다. 유희경에게는 소외된 자가 살아남는 법을 배웠다. 이귀에게는 두루 세상과 노니는 법을 배웠다. 허균에게는 세상에 자기가 가진 것을 내보이고 더불어 변화를 만들어내는 패기를 배웠다. 그 배움이 실천으로 연결되었는지 여부와 상관없이 그렇게 그녀의 세계는 조금씩 넓어지고 깊어졌다. 그렇기에 그들이 남긴 아픔들, 빈자리들을 용서할 수 있었다. 함께 하지 못해도 남긴 자취는 결코 사소하지 않았다. 그녀는 그것으로 족하다고 스스로의 자리를 정했다.

\*

여기서 맞이하는 밤도 얼마 남지 않았다. 달빛이 수국꽃 한 아름 핀 마당을 비추자 어둡던 마음에 등불을 켠 듯 차츰 환해졌다. 낮의 풍경과 밤의 풍경은 사뭇 달랐다. 보일 것은 보이고 가릴 것은 가려주는 것이 달빛이었다. 그 모든 것을 남김없이 깡그리 드러내서 부끄럼 많은 인생을 더욱 무색하게 만드는 햇빛과는 달랐다. 쑥대가 우거지고 개울물이 흐르는 고샅 끄트머리에도 밤에는 풀벌레 소리와 수묵화의 채색 같은 형체로만 보인다. 밤의 그윽함이리라. 역사를 돌아봐도 낮에 이루어진 일들과 밤에 이루어진 일들은 명백히 달랐다. 숨길 것을 숨길 수 있을 때만 나오는 마음과 혼이 있다. 이 시간에 고개를 드는 감각과 감정이 있다. 취기를 빌려 어둠을 빌려 풍경은 가려졌지만 속내는 달빛 아래 선연히 드러난다. 곁에 없는 것들을 생각한다. 닿을 수 없는 것들을 생각한다. 끝내 이루지 못할 것을 생각한다. 그러다 어디서 고양이 우는 소리라도 들리면 어깨를 바로 세우고 이내 현실로 돌아온다. 분수를 아는 것이 불운한 자들이 인생을 편안케 사는 길이다. 체념도 희망도 행복도 분수 속에서 나온다. 알아야 하고 그 앞 속에 자신의 삶을 묻어야 한다.

식혜를 떠다 소반에 담아 들어오면서 매창은 윤금이를 불렀다.

"날이 선선해졌구나. 요새 지내기 어떠냐?"

"그럭저럭 지낼 만합니다. 왜 그러셔요, 아씨?"

"더 시간을 끌 수가 없구나. 세한이 닥쳐 북풍이 불기 시작하면 움직이기가 더 어려울 것 같아 오늘은 너와 의논을 해야겠다 생각했다."

윤금의 얼굴에 묵혀둔 불안이 언뜻 비쳤다. 딱한 사람이다. 얼마 전에도 장덕이 노름 버릇이 도져서 또 한바탕 난리를 치렀다. 일이 닥쳤을 때는 손금이 닳도록 빌지만 금세 또 같은 잘못을 저지른다. 아마 몇 번이고 더 이 일을 되풀이하면서 늙어갈 것이다.

"내가 너와 오래 같이 살면 좋겠지만 알다시피 요새는 손님도 없고 내가 너무 힘이 들어서 객점 문을 언제까지 열고 있을 수가 없구나. 이 집을 팔아서 너한테 작은 집 하나 사주고 나도 방 한 칸짜리 집으로 옮겨 따로 살려고 하는데 네 생각은 어떠냐?"

"아씨……."

윤금이는 사정을 빤히 알고 있어서 안 된다는 말도 못하고 울기만 한다. 얼마 전에도 매창이 써준 시를 들고 현감을 찾아갔었다. 그것이 무슨 뜻인지 윤금이는 알고 있었다. 쌀을 구걸하려는 거였다. 아마도 윤금이 내외와 아이 때문에 한 일이리라. 두 끼도 빠듯한 살림으로 근근이 살아온 게 어제오늘의 일이 아니었다.

매창은 변산 근처에 작은 집을 하나 사서 이사를 했다. 말이 좋아 집이지 기둥에 거적을 얹어 바람을 막은 움막이었다. 윤금의 집도 근처에 얻었다. 바닷가는 바람이 드세서 목과 폐가 약한 매창에게 치명적이었다. 좋은 점도 있었다. 아침이면 마루에 나와 해가 떠서 바다를 물들이는 광경을 바라보는 게 일과의 시작이었다. 바다를 안개가 덮으면 장막을 친 듯 아무것도 보이지 않았다. 물소리와 사람 소리만 서로 섞이며 두런거렸다.

'혼자 있을 수 있는 능력이야말로 사랑과 우정이 싹트게 하는 토양이다.'

매창은 물기 한 점 없는 마음으로 스러져가는 자신의 몸과 혼을 마주했다. 머릿속이 환해질 때까지 계속 집중해서 생각해야 한다. 생각에 집중해야 한다. 꺼져가는 정신을 불러 꼿꼿이 세웠다. 매창은 다 죽은 줄 알았던 나무에서 봄에 새 움이 돋아나는 걸 본 적이 있다. 죽음에서도 꽃이 핀다는 걸 알았다. 아직 그녀의 피는 뜨겁고 영혼은 더 뜨거웠다.

'나는 어디에 있어도 외인外人이야. 그것은 내 피의 일인 것만 같다.'

매창의 상태가 급박해진 이후로 윤금이는 종일 그녀 곁을 떠나지 않았다. 둘은 연꽃과 연잎 밑에서 숨 쉬고 있는 진흙의 관계였다. 누가 연꽃이고 누가 진흙인지는 사정에 따라 바뀌었지만 서로에게 보살 역할을 해주는 점만은 달라지지 않았다. 따로 집을 구해 떠난 윤금이가 어디서 얼룩강아지 한 마리를 얻어다 주었다.

"숨 쉬는 것이 하나는 가까이 있어야 하지 않겠어요? 이놈은 낑낑거려도 절대 풀어주지 말고 옆에 꼭 끼고 사세요. 내 건 내가 챙겨야한다구요."

떨어져 살더니 철든 소리를 했다. 매창은 누렁이가 죽은 뒤 다시는 개를 키우지 않겠다고 결심했지만 윤금이는 아랑곳하지 않았다. 매창은 언제나 윤금이 탈 없는 인생, 무사한 인생을 살도록 살피고 다독거려주었다. 무사함. 인생에서 가장 이루기 어려운, 사람들의 머릿속에만 존재하는 것이다. 매창의 인생살이는 언제나 일이 생기고 사건을 만들고 변고가 발목을 잡는 것이 사는 일임을 가르쳐주었다. 생각 많고 불운한 인간이 가는 길은 다사다난했다. 사람도 약하지만 인생은 더욱 약했다. 윤금이와도 겨울과 봄, 반년을 떨어져 살고 나니 서로 요령이 생겨서 헤어질 때만큼 애달프지는 않았다. 집도 먼데 자꾸 심부름을 시켜서 미안하다고 하면 장덕이는 아무렇지도 않게 말했다.

"바로 엎어지면 코 닿을 거린데요, 뭘. 담배 한 대 피울 시간이면 도착합니다요."

별일 없는 세월이 조용히 흘렀다. 겨울 지나니 애들과 짐승들은 나와서 돌아다니고 다시 꽃이 핀다. 붉은색 꽃들은 저 나무가 내뿜는 숨이겠지. 겨울을 견딘 뜨거운 숨이 봄이 되면 뛰쳐나와 꽃이 되는 거라고 어릴 때부터 그녀는 생각했다.

'좁은 산도를 빠져나오는 건 살아 있는 것들의 본능이야. 좁고 힘든 길을 통과하는 것은 자연스레 이루어지는 일이지.'

꽃을 볼 때면 그녀의 새까만 눈동자는 움직일 줄 몰랐다. 그 눈동자에 꽃의 붉은빛, 노란빛, 보랏빛이 고스란히 담겼다. 오래 앉아 있다 갑자기 마음이 밝아지며 무엇인가가 가슴속을 번개처럼 지나가는 게 느껴졌다. 오랜만에 찾아온 깨달음. 허균이 남긴 마지막 말이 그녀의 머리를 쳤다.

"그토록 단정한 체념이 너를 구해주더냐? 내가 나를 이겨본 적은 처음이다. 한 가지는 끝까지 지키고자 나와 굳은 약속을 했었다. 너를 탐하지 말자. 매창이를 해하지 말자. 네가 너대로 곱게 사는 것을 보고 싶었다는 변명을 지금 한다. 우리 둘 다 헛것을 신봉하는 어리석은 사람들이다. 너는 오지 않는 촌은을 위해 수절하고, 나는 너를 잃지 않겠다는 명분으로 너를 놓아주었으니 말이다. 우리 둘 다에겐 마음을 붙들어 맬 것이 필요했을 것이다. 그것은 헛것이지만 헛것이 아니었지. 헛것일지언정 지켜주고자 한 내 마음을 너는 아느냐?"

매창은 그땐 고개만 떨어뜨리고 대답을 못했지만 지금 뒤늦게 고개를 크게 끄덕였다.

'알지요. 알고말고요. 대감의 크신 마음 알고 있습니다. 이 세상 떠날 때 그 마음 잘 간직해서 떠날 것이옵니다. 가르쳐주신 대로 관심법을 배워 마음 살피는 일을 게을리 하지 않았습니다. 마음은 만법의 주체라고 하셨지요? 마음을 통해 일체의 현실과 본체를 규명하도록 애쓰라는 말씀 잊지 않았습니다. 언제나 평안하시길 기도합니다. 대감의 진면목은 백 년이 지나야 세상이 알아볼 것입니다. 너무 일찍 태어나셨습니다.'

마루에서 내려와 밖으로 나가자 별세계 같이 상쾌한 공기가 그녀의 폐로 들어왔다. 바다냄새와 바닷속에 사는 생물들의 냄새였다. 강아지도 그녀를 졸졸 따라나왔다.

"윤금아!"

매창은 쭈그려 앉아서 강아지의 목을 쓸고 콧등을 간질였다. 강아지도 그녀의 손을 핥았다. 윤금이는 개 이름을 윤금이라고 지었다. 자기가 없어도 대신 강아지를 윤금이라고 자꾸 부르면 덜 외로울 거라고. 그리고 자기도 아씨가 덜 보고 싶을 거라고 막무가내로 우겼다. 윤금이의 바람이 그것이었는지 몰라도 강아지한테 윤금이라고 부를 때마다 매창의 얼굴에는 미소가 떠올랐다.

"그래. 네가 나의 윤금이다. 예쁘구나."

# 거문고의 노래

거문고야 싫어 마라

나는 너를 버리지 않으마

네 곡조 내가 듣고

내 울음 네가 들으니

이 세상에 너만 한 벗이 어디 있겠느냐

사랑도 날 떠난다 하고

내 몸도 나를 멀리 한다

젊음도 잃고

건강도 잃으면

그때 내게 무엇이 남으리

오늘밤이 지나면 님은 가신다는데 내 어찌 살아가야 할고

기다리지 말라는 말을 하러 온 사람

옷고름 끊고 정인 따라간 어미처럼
정 한 조각 남기지 않겠다는 말을 하러 온 님
너 어찌 보내야 하느냐

심장이 졸아들게 하던 그리움을 거둬 가면
너 숨쉬기 수월할 줄 알았는데
왜 이리 숨이 가쁘고 애가 끊어질 것 같으냐
세상에 뜻을 두지 않고 너와 산천을 벗 삼아
남은 생 고요히 살다 가리라

죽은 사람이라 치부하라는 말,
이 내 가슴을 도려내는구나
야속타
산 사람을 어찌 죽은 사람으로 생각할거냐
내 속에 살아서 펄펄 요동치는 사람을

거문고야 너 나를 위해
온몸을 울려 석별의 노래를 불러다오
나 또한 머리끝부터 발끝까지 귀가 되어
네 곡조와 함께 딱 한 번만 울리라

매창은 일어나 앉아 하도 불러서 이제는 닳아 헤진 노래를 읊조린다. 거문고를 탈 힘이 없어 끌안고 쓰다듬으며 말을 건네는 것이 고작이다. 오래 앉아 있기도 힘에 부쳤다. 잠깐만 몸을 움직여도 숨이 찼다. 처음에는 일을 손에서 놓고 긴장이 풀려서 몸살을 앓는 것인 줄 알았다. 기침이 심해지더니 가슴팍에 응어리가 뭉친 듯 답답하고 몸은 천근같이 무거웠다. 어떤 처방도 약도 소용이 없었다. 의원은 몸에서 불이 일어나 스스로를 태워서 생긴 병이라며 마음을 차갑게 식히라고 일렀다.

매창은 병을 낫게 하기 위한 어떤 노력도 하지 않았다. 내리막길에는 가속도가 붙는다. 희고 매끄럽던 피부는 생기를 잃고 주름이 늘었다. 병이 깊어지면서 체취도 고약해졌다. 이불을 들썩이거나 입을 열 때 풍기는 냄새에 매창 자신도 인상을 찌푸렸다. 뒷물을 해도 입을 헹궈도 냄새가 가시지 않았다. 잠시 옅어졌다가도 금방 도로 지독한 악취를 풍겼다. 미美도 추醜도 생명의 다함 앞에서는 한낱 한가한 말놀음이었다.

매창은 문갑에서 허균의 편지를 꺼냈다. 이웃도 없고 말할 상대도 없는 이곳으로 이사 온 뒤 자신을 찾아온 유일한 방문객이었다. 방금 부른 거문고 노래는 그 편지에 대한 답신인 셈이다. 그녀는 자신의 설움을 한 번쯤은 누군가에게 토로하고 싶었다. 만약에 그러한다면 그 말을 들어줄 이는 스승이자 벗인 허균뿐이었다. 매창은 자신이 동네 어귀에 있는 장승 같은 사람이 되기를 바랐다. 비바람에도 천둥번개에도 끄떡없이 버티는 장승의 의연함을 닮고자 했다. 두려움 없이 세상을 유영하는 것이 그녀의 꿈이었다. 누구라도 이뤄낼 수 없는 헛꿈이다. 다들 흔들리며 두려워하며 후회하며 살아간다. 어쩌면 미천한 신분이어서, 아녀자여서 더 자유로운 삶을 살 수 있었을 거라고 그녀는 이제야 깨닫는다.

평생의 사랑을 얻지 못하고 사람을 향한 말을 잃은 지금, 가슴에 품은 곡조가 그녀의 몸을 뚫고 지나간다. 그녀는 자신이 거문고와 한 몸이었음을 고백한다. 그녀가 거문고를 탄 것이 아니고 거문고가 그녀의 손을 움직이게 했다. 그녀 흉중의 시와 거문고, 몸 안에서 일어나는 곡조들은 따로인 듯 하나이고, 하나인 듯 따로 그녀가 되었다. 허균의 편지를 다시 읽으며 먹과 종이 사이 여백을 메우고 있는 따사로움에 마음이 젖는다.


매창아!


너를 생각할 때면 나는 항상 너의 굳은살 박인 손가락이 떠오르는구나. 내가 만져본 유일한 네 몸이어서 그럴 것이다. 너의 손, 네가 그리울 때면 오래 쥐고 있지도 못하고 더듬더듬 쓰다듬었을 뿐인

네 손이 가장 보고 싶다. 얼마나 거문고를 많이 탔으면 손가락 끝마다 옹이가 배겼을까. 마음 시렸다. 너의 벗이자 연인이자 지기인 거문고에 내 언젠가 이름을 붙여주마. 네 땀과 눈물과 웃음과 노래를 평생 함께 했을 그 거문고를 시샘한 적도 많았다.

참으로 미안하다. 오래 너를 찾지 못해 미안한 마음을 편지 몇 줄로 대신하려는 나를 용서해라. 어수선한 꿈속에 등장한 네 얼굴이 하도 어두워서 근심이 그치질 않는데도 내처 길을 나서지 못한다. 나는 요즘 그리 편치만은 않은 시절을 보내고 있다. 그림 그리는 내 친구 이정이 죽은 지 얼마나 되었다고 다른 벗들도 사지로 몰리고 있다. 조용히 넘어가는 날이 하루도 없을 만큼 모함과 시기와 다툼으로 다들 피칠갑이 되었다.

부안의 네게 한양의 소식을 뭐 하러 전할까마는 글줄이나 읽은 자들이 녹을 먹으면서 임금 곁에 머문다는 것이 이리 욕되고 한스러울 수가 없구나. 백성의 이름을 혀끝에 달고서 그들이 꾀하는 것은 권력과 재물과 허명뿐이다. 기름진 밥과 너른 집에 길든 비둔한 육신으로 피골이 상접한 굶주린 백성을 걱정하는 일이 어찌 가증스럽지 않겠느냐? 내 너에게 부끄러워 더 말을 잇지 못하겠다. 이 더러운 벼슬길 버리고 산중에 머물겠다는 너와의 약조는 계속 미루어지기만 한다. 송나라 때 어느 가인이 지은 시 한 편 보내니 달밤에 잠 안 오거든 읽어보아라.

天若有情 天亦老(천약유정 천역로)

月如無限 月常圓(월여무한 월상원)

하늘에 정이 있다면 하늘 또한 늙을 것이며, 달에 한정이 없다면 달은 항상 둥글 것이라는 말을 위안 삼아 우리의 변화무쌍한 나날을 자연의 이치로 이해해주기를 감히 청한다.

그곳의 네 외로움이 이곳의 내게 사무친다.

그녀는 읽기를 멈추고 숨을 몰아쉰다. 일어나 마루로 나가려다 다시 주저앉는다. 오랫동안 움직이지 않은 몸은 잠깐의 보행조차 이겨내질 못했다. 마른 등에서 진땀이 흘렀다. 입에서는 절로 신음소리가 나왔다. 굽이굽이 수많은 이야기를 거쳐 여기에 이르렀다. 몸속에 출렁거리던 사연이 온몸에 독을 퍼트렸다. 재주가 독이 되어 명을 재촉하는 유재무명有才無命은 숙명이라 했지. 그녀는 힘을 그러모아 다시 편지로 눈길을 보낸다. 빽빽한 글자와 그 글자들이 가진 의미가 그녀의 기운을 빨아들였다.

멀리서 고적하게 사는 너를 한양으로 불러올 수 없음이 너무도 안타깝구나. 머지않아 너를 만나면 밤새 술잔 기울이며 이번에는 너의 얘기를 들어주고 싶다. 아무것도 해줄 게 없다 해도 동기간처럼 허물없이 무슨 얘기든 할 수 있으면 부족하나마 마음의 짐을 덜 수 있을 것이다. 너를 회우라 일러놓고 나는 나 좋은 때만 찾아가 술 달라 거문고 타 달라 성가시게 굴었다. 네 속을 후련히 털어놓은 뒤 날아갈 듯 가벼운 마음으로 타는 너의 기분 좋은 거문고 소리 들을 날만 손꼽아 기다린다.

네가 품고 있는 꿈 얘기를 하지 말라고 했던 내 말을 너는 어찌 생각했는지. 나로 말미암아 너는 또 잠 못 이루는 밤을 보내진 않았는지. 경솔한 나는 말을 뱉어놓고 후회한다. 너의 꿈을 들으면 나는 한없이 작은 사람이 된다. 네 꿈 하나도 펼칠 수 없는 이 작은 나라의 법도를 한하노라.

잠시나마 네 굳은살 박인 손을 잡고 시름을 잊고 싶구나. 그 굳은 살이 나의 스승이다. 시로써 세상을 등지고 곡조로써 세상과 화해하는 너를 내가 얼마나 부러워하는 줄 아느냐? 세상 것들에 얽매이지 말고 너를 놓아주는 일에 성심을 다 하여라. 쥐려고 하면 할수록 너를 다치게 할 것들뿐이다. 너의 안녕을 기원한다.

쌀독의 쌀은 떨어지지 않았느냐? 모시옷, 무명옷이 헤지지는 않았느냐? 종이와 먹은 남아 있느냐? 혹여 읽고 싶은 책이 있거든 알려다오. 이런 말 다 집어치우고 내가 곧 들르마. 늦지 않게 가서 살펴줄 것이니 조금만 더 기다리기 바란다.

다만 평안하기 위해서만 나를 생각하여라.

매창은 윤금이를 불러 먹을 갈 물을 가져오라 일렀다. 윤금이는 아침마다 들러 그녀의 안색을 살폈다. 점심때도 저녁때도 빠지지 않고 음식과 탕약을 챙겼다. 매창은 며칠째 개키지 않고 깔아놓은 이부자리에서 일어나 앉아 거울 속 자신의 얼굴을 본다. 한숨을 내쉬며 고개를 저었다. 땀내 나는 옷을 새 옷으로 갈아입고 머리를 빗어 단정히 쪽을 지었다. 무명저고리 고름이 자꾸 비뚤게 매져 풀어서 새로 맸다. 저고리 소매를 걷고 붓을 잡는다. 바닥이 드러난 우물에서 물을 긷듯 마지막 남은 힘을 깡그리 뽑아 올려 한 사람에게 편지를 쓴다. 그녀는 또한 모두에게 용서를 구한다. 정직하지 못했고 비겁했고 안일했으며 숨어사는 데만 힘을 기울인 자신을, 차마 부끄럽다는 말조차 하지 못하는 자신의 서러운 운명을 굽어 살펴달라고 말하리라.

　글씨는 고르지 않다. 종이 위에 사방으로 먹물이 튀었다. 몇 번이나 숨을 고르며 쉬었다가 한 자 한 자 써 내려가는 동안 먹물은 마르고 그녀 이마에는 땀이 흥건했다. 얼굴은 핏기가 가셔 더욱 창백해졌다. 먹 냄새가 그녀의 폐로 스며들었다. 몸에 들어온 먹 냄새는 부지런히 돌아다니며 그녀의 정신을 일깨웠고 남은 힘을 부추겼다. 윤금이가 무명수건을 물에 적셔다가 그녀의 이마와 목덜미를 닦아주었다.

　"윤금아, 이 고마움을 너에게 어찌 갚아야 하느냐?"

윤금이는 원망스러운 눈길로 매창을 바라보더니 고개를 숙이고 밖으로 나가버린다. 매창은 몇 번씩 손을 놓고 숨을 몰아쉬었다. 편지 한 장 쓰는 일이 밭 한 뙤기 매는 일만큼이나 힘을 뺐다. 몸에서 기운이 빠져나가는 것과 마찬가지로 글자 하나를 쓸 때마다 마음에서도 정기가 줄어들었다. 마침내 정오가 지나고서야 그녀는 편지를 끝마쳤다.

나는 가짜입니다.

나로서도 살지 못했고 당신이 원하는 여인으로서도 살지 못했습니다. 나는 기생도 아니고, 여염의 여인도, 꽃 같은 첩도 아니고, 문재가 아까운 시인도 아니었습니다. 나는 떠도는 구름이며, 곡조를 만나지 못한 거문고이며, 거울을 본 지 보름이 넘은 젊지도 늙지도 않은 허깨비 여인일 뿐입니다. 홀로 독야청청하지도 못하고 고운 님 섬기며 따뜻한 정 나누지도 못했습니다. 기다림을 거두지도 않고 가라 하지도 않고 짐짓 딴 데를 보면서 모르쇠 한 겁쟁이였습니다.

잃는다는 것이 무엇인지 알며, 쥐고 놓는 것이 무엇인지 간신히 알게 된 서른도 저물었습니다. 곧 마흔이 될 이 몸은 다 부서져 홀연한 소리 멀리 뿜어낼 북처럼 속이 텅 비어버렸습니다. 태어날 때는 의지와 상관없이 태어났지만 돌아갈 날은 스스로 결정할 수 있어야 한다고 낮은 목소리로 안녕을 고합니다.

모두들 나를 조용히 보내주고 하루나 이틀 옛 기억을 뒤적이다가 사흘 뒤에는 깨끗이 잊어주길 바랍니다. 다만 내 살과 땀과 피 같은 거문고만은 나와 함께 묻어주길. 그것만은 마지막 욕심으로 간직하고 싶습니다. 그것으로 충분합니다. 강퍅한 삶 고달파 이만 손을 놓고 먼지처럼 바람처럼 봄꽃 향기처럼 떠나려 합니다.

사실을 고하자면 참으로 분에 넘치게 복된 인생이었습니다. 많은 것을 누리며 살았습니다. 뼈를 녹이는 사랑, 부리기 버거운 재주, 아름다운 산천 속에서 한 생 잘 살다 갑니다. 가장 큰 기쁨과 가장 큰 고통을 감당할 근기까지 받아 태어났으니 이번 생에서 무슨 불평을 입에 담을 수 있겠습니까. 잔은 차면 넘치고 달도 차면 기우는 법이니 복록도 충분히 누리고 나면 넘치기 전에 거둬들이는 것이 순리일 것입니다. 감사한 마음 가슴에 품고 떠납니다.

부디 모두들 강령하시길 앙상한 부끄러운 두 손 모아 비옵니다.


매창은 편지를 문갑 위에 올려놓고 몸을 일으키려 했지만 무릎이 꺾여 그 자리에 쓰러졌다. 그대로 잠에 반쯤 몸을 걸쳐놓은 상태에서 한참을 누워 있었다.

'이 달착지근한 향내는 어디서 온 것일까.'

매창은 눈을 떴다. 매화도 지고 배꽃도 지고 진달래도 진 지 오래인 무더운 여름에 어떤 꽃이 제 냄새로 이리 몸부림치는 걸까. 윗몸을 반쯤 일으키고 앉아 마당으로 고개를 돌린다. 아직 꽃봉오리를 맺지 않은 배롱나무만 뙤약볕에 서 있다. 그 아래 만개한 연분홍빛 상사화가 바람에 긴 꽃대를 흔들었다. 여름이 깊어 저 꽃이 다 지고 나면 그때 잎이 피어나리라. 부안 사람들은 유난히 상사화를 좋아해서 마당 귀퉁이에 심지 않은 집이 없을 정도다. 꽃이 필 때는 잎이 없음을, 잎이 올라왔을 때는 꽃이 없음을 한탄했다. 상사화 앞에서 상사화를 빗대 각자의 가슴에 숨겨둔 애달픈 정 한 조각을 세상 밖으로 내보냈다. 얼룩강아지 윤금이는 배롱나무 그늘을 찾아 몸을 길게 늘인 채 잠을 자고 있다. 파리 두 마리가 번갈아가며 달라붙자 앞발로 얼굴을 마구 문질렀다. 들리는 소리라고는 찢어지게 울어대는 매미 소리뿐이다. 윤금이는 물이라도 길러 나갔는지 보이지 않았다.

'참으로 조용하구나. 그런데 왜 이렇게 목이 마른지 모르겠다.'

그녀는 머리맡에 놓아둔 면포로 이마의 땀을 닦고 대접의 물을 마셨다. 한밤 문설주에 매단 조등처럼 환히 그녀의 눈앞에 보이는 것이 있었다. 자신의 육체에서 빠져나간 정기가 태자리를 벗어나지 못하고 떠돌았다. 그녀는 알고 있었다. 육신의 기가 다하고 정이 다해 거죽만 남아 숨을 깔딱이고 있음을. 자신이 머지않아 이 육신을 버리게 될 것임을. 그 남은 얼마의 시간은 자신의 의지대로 살고 싶었다. 삶은 뜻대로 되지 않았지만 죽음만은 자신의 방식으로 맞이하고 싶었다.

숨을 가다듬고 외출 준비를 했다. 준비랄 것도 없었다. 새로 갈아입은 옷 위에 장옷을 걸쳐 얼굴을 가렸다. 그녀는 윤금이가 눈치 채지 못하게 몰래 집을 나섰다. 어디로 가야 할까? 그녀의 몸은 마음속 깊은 곳의 발원을 충실히 읽어냈다. 잠시 두리번거렸지만 그녀의 발길은 월명암 쪽으로 향했다. 안개에 휩싸인 월명암은 선계였다. 정유년 전쟁 통에 절은 불타서 없어졌지만 그곳에만 가면 다른 세상의 문턱을 넘어선 듯 정신이 맑아졌다. 돌연 절 아래 바다로 몸을 던지고 싶은 충동을 느끼지 않은 때가 없었다. 그 충동을 꽉 쥔 주먹 안에 가둔 채 넋을 잃고 서 있으면 얼마 후 안개가 걷히고 눈앞에 깎아지른 절벽이 나타났다. 그 위태로움이 지닌 위엄이 좋아서 그녀는 자주 안개에 싸인 월명암을 찾았다. 그곳에서는 어떤 어려운 일도 가볍고 쉽고 흔연한 것으로 바뀌었다. 마음을 단단하게 해주기보다 약하게 만들어 오히려 밑바닥을 치고 다시 올라가게 해주었다. 하지만 이번에는 다르다. 그 밑바닥이 자신이 안거할 곳임을 오래전부터 알았노라, 그래서 왔노라 말하려 한다.

"아씨, 아씨 저 왔어요."

대답이 없자 윤금이는 아씨를 몇 번 더 부르다가 다급한 걸음으로 방 안에 들어왔다. 매창이 누워 있던 자리에는 이불과 베개가 얌전하게 정돈되어 있었다. 머리맡의 피 묻은 손수건 옆에 솜저고리 한 벌이 놓여 있었다. 매창이 첫 솜씨로 지은 옷이다. 옷 위에 놓인 편지를 보고 윤금이는 울음을 터뜨렸다.

"오뉴월 염천에 왜 이리 추운지 모르겠다. 나 죽거든 염한 몸으로 그냥 묻지 말고 내 손으로 맨 처음 지은 그 저고리 있지 않느냐? 그걸 내게 입혀서 묻어다오. 주인 없는 옷 내가 먼저 입고 가는구나. 일전에 거문고도 함께 묻어달라고 했던 말 잊지 않았을 줄 믿는다."

달포 전 매창은 느닷없는 말을 했다. 분명 유희경을 위해 지은 옷인 줄 알고 있었는데 자신에게 입혀 달라 했다. 다시 보니 첫솜씨라 바느질이 퍽이나 서툴구나. 윤금이는 다시는 그런 말 말라며 펄펄 뛰었다. 몸이 아프니까 괜히 마음이 약해져서 몸도 추운 거라고 나무라듯 달랬다. 이제야 윤금이는 그것이 그냥 지나가는 말이 아니었음을 깨닫는다.

"흐흐윽, 아씨 이게 어찌 된 일이어요. 대체 어딜 가신 거예요?"

윤금이의 목소리는 어미를 잃은 짐승처럼 애가 끊어진다. 십년 넘게 한 솥에 지은 밥을 먹으며 함께 살아온 사람이다. 식구이면서 속을 터놓는 벗이고 피와 살이 아픈 걸 제일 먼저 알아차리는 동기간이었다. 아씨이! 윤금이는 아까보다 더 길게 매창을 부르며 밖으로 뛰쳐나갔다. 텅 빈 집 안에는 바람 소리만 가득 했다. 바람은 배나무를 흔들어 작고 풋내 나는 배 몇 알을 떨어뜨렸다. 수많은 만남과 기약이 오갔던 이곳에 바람이 한 남자의 목소리를 전해주고 가뭇없이 사라졌다.

　'의리는 바위처럼 무겁고 죽음은 깃털처럼 가볍다 하였거늘, 나의 의리는 깃털보다 못하고 너의 죽음은 태산만 한 바위처럼 무겁고 무겁도다. 나 홀로 남겨두고 너는 어느 세상에서 살고 있느냐? 핏줄을 타고 흘러나온 듯한 거문고 소리 다시 들을 수 없는 것이냐?'

# 이 소나무와 바다, 거문고의 울림

방민호(문학평론가, 서울대 국문과 교수)

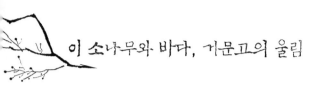

# 이 소나무와 바다, 거문고의 울림

## 1

여러 기록에 따르면 이매창은 한낱 기생이었으되 신분과 직업의 한계를 넘어 예술의 높고 깊은 세계를 자기 것으로 만들수 있는 사람이었다.

부안현 아전의 여식으로 태어나 어머니를 일찍 여의고 아버지에게 글을 익히며 자라난 매창은 고결한 성품의 소유자였다. 이는 허경진에 의해 「취한 손님에게」로 번역된 오언절구의 한시에 얽힌 일화로 널리 알려졌다.

어느 날 술 취한 손님이 매창의 명주 저고리를 잡으니 그 손을 따라 저고리가 찢어졌다. 매창은 명주 저고리 찢어진 것은 아쉽지 않으나 그가 베푼 정조차 끊김을 두려워한다고 노래했다. 술과 가무가 있는 남성들의 놀잇상에서 살아가야 했던 매창은 그럼에도 시로써 양반을 타이를 수 있는 높은 품격의 소유자였다.

매창이 불과 서른여덟 살 이른 나이로 세상을 떠난 뒤  그녀의 시 수백 편이 이리저리 흩어짐에 부안 아전들 손으로 매창집이 엮이어 모두 쉰여덟 편 시들이『매창집』이름 아래 모이게 되었다.

최옥정 작가의 원고 덕분에 나는 아주 오래전에 백광훈, 최경창, 이달의 삼당시인을 비롯하여 애틋하게 읽던 허경진 번역 한시집의 하나인『매창 시집』을 다시 읽었다. 여기서 그의 주석을 통하여 매창의 고독한 예술혼이 표백된 시 한 수를 접할 수 있었다.

칠언절구「자한박명—기막힌 운명을 스스로 한탄하다」에서 매창은 자신의 고독한 심경을 먼 옛날 초산에서 옥덩이를 주워 세 번이나 임금께 바쳤던 '변화'라는 사람의 참극에 비유하여 노래했다. 처음에는 여왕, 다음에는 무왕에게 옥덩이를 바쳤지만 왕으로부터 감정을 의뢰받은 사람은 그것이 한갓 돌덩이에 지나지 않는다 했다. 화가 난 왕들은 변화의 발을 왼쪽부터 오른쪽까지 차례로 하나씩 잘라버리고 말았다. 문왕이 즉위하자 변화는 초산 아래서 그 옥덩이를 안고 사흘 밤낮을 울었다. 그런 참담 끝에서야 마침내 억울함이 밝혀졌다는 고사를 빌려 매창은 모두들 피리를 좋아하는 세상에서 거문고를 타며 세상을 견뎌야 하는 자신의 처지를 비감해 했다. 그녀는 이 시에서 초산을 형산荊山이라 표현하여 자신의 삶을 형극의 길을 가는 것에 비유했다.

이러한 매창이었던 만큼 그녀의 사랑 또한 황진이처럼 관능이 흐른다기보다 기다림과 외로움, 쓸쓸함, 한탄과 허무로 점철된 것이었다. 황진이의 시조에도 「어저 내 일이야」나 「동짓달 기나긴 밤을」처럼 기다림과 회한이 담긴 시가 없지 않으나 다른 한쪽에 「청산리 벽계수야」도 있다. 또 지족선사, 서화담과의 일화가 있어 애욕과 풍류가 어우러진 황진이의 인생을 전달해 주기에 충분하다. 반면에 매창의 사랑은 유희경과의 짧은 만남과 긴 이별, 그 뒤의 기약 없는 재회가 보여주듯이 품격과 인고와 기다림이 따르는 것이었다. 또 당대의 문장가 허균과의 만남과 그 사제적 교류가 보여주듯이 그녀는 시악과 철학이 한데 어우러진 플라톤적 사랑의 차원을 감내해마지 않았다.

최옥정 작가의 이번 소설이 훌륭한 것은 이러한 매창의 삶과 인격이 손에 잡힐 듯 여실하게 그려지는데 있다. 작중 곳곳에서 조선 중기를 살아가는 기녀이자 예인인 매창의 고절한 모습이 살아 움직임을 느낄 수 있다. 예를 들어 폐병이 깊어 죽음에 다다른 매창의 모습을 작가는 다음과 같이 처절하게 묘사했다.

세 가지가 검어서 고왔던 여인 매창은 어둠에 한 덩어리의 어둠을 보태며 이 세상으로부터 멀어지고 있었다. 흑단 같은 머리도, 머루알 같던 검은 눈동자도, 까마귀 깃털 같은 눈썹도 어둠의 한 조각일 뿐이었다. 침침한 달빛에 그녀의 얼굴이 희게 빛났다. 지병으로 창백해진 얼굴이 마지막으로 한번 환히 빛났다. 한때는 이슬에 젖은 매화를 닮았던 얼굴에 쇳조각처럼 차갑고 결연한 미소가 피어올랐다. 배에서 올라오던 숨이 가슴에서 나오다가 차츰 위로 올라와 목에서 밭은 숨이 나왔다. 누가 깰까 봐 기침을 참는 것이 병증을 악화시켰다. 들이쉬는 숨은 부드럽게 흘러들지 못하고 그물 같은 것에 턱턱 걸렸다. 그때마다 기침이 터졌다. 기침은 얼마 남지 않은 그녀의 기력을 더 빨리 소진시켰다.

풍수화토로 이루어진 몸은 죽으면 다시 풍수화토로 돌아가는 법. 매창은 밭은기침과 함께 피를 토한다. 무명수건으로 입을 틀어막고 엎어진다. (16쪽~17쪽)


죽음이 다가온 순간에도 매창은 병 속에서 오히려 차갑고 결연한 태도를 비칠 수 있는 존재로 나타난다. 최옥정 작가는 매창을 죽음에 이르러서조차 "돌아보면 한순간도 아름답지 않은 날이 없었다"고, 삶을 긍정하는 존재로 그리되 이를 위해 자신의 짧은 삶을 거문고 하나에 의지하여 차갑게 버텨내도록 했다.

소설 속에서 사랑하는 남자 유희경과의 기쁨은 짧고 이별과 기다림의 시간은 길다. 매창은 스무 살 꽃다운 나이에 마흔여덟 살 유희경을 만나 그의 시와 성품에 깊이 들어 평생 자신을 '지켜' 나가는 것으로 그려진다. 두 사람 사이에는 기록과 남겨진 시가 말해주듯 말 못할 사랑의 감정이 흐르고 있었으나 정작 그들이 함께 보낼 수 있었던 시간은 극히 짧았다. 최옥정 작가는 시조 「이화우 흩뿌릴 제」에 나타나는 여성 화자처럼 기다릴 수밖에 없는 삶을 살았으나 그 기다림을 완성함으로써 자신의 삶을 지키는 매창의 삶의 태도를 그렸다. 이귀에서 허균으로 나아간 그녀의 남자들 관계에서도 매창의 마음은 어지럽혀지지 않고 귀하게 남았다.

어찌하여 이 작품에 나타나는 매창은 이렇듯 난하지 않으면서도 향기를 머금고 작품의 끄트머리를 향해 가며 더욱 아득해질 수 있었을까. 그것은 오로지 이매창의 '몸'에 실린 작가 자신의 담백한 마음 세계 때문일 것이다.


2


내가 알기로 최옥정 작가에게 본격적인 역사소설은 이번이

처음이다. 물론 아동이나 청소년용 고전소설 같은 것은 여러 번에 걸쳐 썼으니 고전적 감각을 형성할 수 있는 준비 작업은 일찍부터 이루어졌다고 할 수 있다.

그렇다 하더라도 이『매창』원고는 내게 하나의 놀라움을 선사한다. 그것은 무엇보다 이 작품 속 이야기 전개가 아주 자연스러울 뿐 아니라 '높은' 심미적 차원을 구축하고 있기 때문이다.

역사소설에 대한 논의는 비교적 오래 되었지만 그 논의의 방식은 뜻밖에 빈곤함을 면치 못한다. 일제시대에 이미 월탄 박종화, 춘원 이광수, 벽초 홍명희, 김동인, 채만식, 이태준, 박태원이 역사소설을 썼다. 나는 이 가운데 이광수, 채만식, 이태준 등의 작품을 비교적 소상히 읽었으며 각기 독특한 성취를 이루고 있었다 할 만하다. 이광수는 가장 지속적으로 역사소설을 썼다. 그에 있어 역사소설은 한일합방 때 최남선과 마주앉아 조선사 5부작을 쓰겠다고 했던 데서 알 수 있듯이 무엇보다 조선인들의 정체성 위기에 대한 대응물이었다.『마의태자』,『이차돈의 사』,『이순신』,『단종애사』,『세조대왕』,『원효대사』,『사랑의 동명왕』등에서 이광수는 조선사를 실체화했다. 그는 물론 이 소설들을 자기 해명의 수단으로 삼기도 했지만, 그 수준이랄까 층위는 그가 역사소설에 할당한 이데올로기적 성격으로 말미암아 깊은 저층에까지 내려가 닿았다고 할 수 없다.

이광수의 추천으로 세상에 나온 채만식은 일제말기에 대일 협력에 기운『여인전기』와 고전소설 다시 쓰기로서의『심봉사』 등을 시도했다. 그는『탁류』와『태평천하』, 희곡『제향날』같은 명작을 남겼지만『여인전기』는 역사에 씻지 못할 치욕으로 남을 것이며『심봉사』는 역사소설이라기보다『심청전』의 효 주제를 욕망의 문제로 바꾸어 제시한 고전소설 패러디였다.

이태준은『황진이』를 썼다는 점에서 특기할 만하지만 이 작품은 그의 다른 장편소설들이 그렇듯이 구성상 취약점을 보여준다. 황진이의 일화들, 작품들은 충분히 소화되지 못한 듯한 인상을 남긴다. 또 다른 역사소설『왕자 호동』은 그의 장편소설 가운데 가장 뛰어나지만 일제말기 국민문학론 또는 대일협력 범주에 드는 것이 아닌가를 두고 논란이 있다. 나는 그렇게 볼 수 없다고 생각하지만 그만큼 이 소설이 이데올로기적 함의를 가진다는 데는 이의를 달기 어렵다.

이와 같은 사례들에 비추어 보건대, 역사소설이 쓰인 시대의 정치, 이데올로기적 요청을 뛰어넘어 보편적인 주제와 이른바 문학적 주제를 추구하기란 쉽지 않다.

해방 이후 오늘에 이르기까지 역사소설을 둘러싼 담론은 폭넓게 전개되어 오지 못했다. 박경리의『토지』, 황석영의『장길산』, 조정래의『태백산맥』등에서 볼 수 있듯이 역사소설은 민족

적, 민중적 정체성 회복이라는 문제와 밀접하게 관련지어졌다. 비교적 근년 들어서 김탁환의『불멸의 이순신』이라는 이순신 이야기 종합판이나『나, 황진이』같은 황진이 신판이 쓰였고, 전경린도『황진이』를 썼다. 이 와중에 홍명희 손자 홍석중의 북한판『황진이』가 국내로 들어와 집중적 관심 대상이 되기도 했다. 이 북한판『황진이』는 지금까지 내가 본 모든 황진이 이야기 중 가장 세련되고 품격까지 잘 갖추고 있다. 하지만 역시 민중주의로 '번역'한 듯한 뒷맛을 남기는 것은 어쩔 수 없다.

물론 그렇다 해도 이문열, 황석영, 장정일 등에 의해서 옛 문인들을 대신한『삼국지』가 쓰인 것과는 여러 모로 비견될 만한 수작이라고 할 수 있다.

황진이 이야기가 이렇듯 거듭 발표, 출간되어 온 것과 달리 매창의 이야기는 그만큼 반복적으로 빈번하게 쓰이지는 않았다. 홍종화의『매창』(이가서, 2005), 윤지강의『기생 매창』(예담, 2013) 등이 있었던 것으로 보아 새로운 시대에 들어서 매창에 대한 관심이 높아졌음을 알 수 있다. 그러나 황진이 이야기가 두고두고 거듭 새로 쓰여 온 것과 무척 대조적이다. 그렇다면 이번에 새로 쓰인 최옥정 작가의『매창』은 어떤 특징을 지니고 있는 걸까?

이는 김훈의『칼의 노래』에 비견될 만한 작품이라 할 수 있다. 김훈 작가는 이순신의 새 이야기『칼의 노래』로 큰 각광을 받은 후『현의 노래』,『남한산성』,『흑산』 등의 장편 역사소설을 차례로 발표했다. 이 가운데『칼의 노래』는 문학적으로나 상업적으로나 가장 성공적이었다. 그 특장은 삶과 죽음을 가르는 삼엄한 칼날 위를 살아가야 했던 이순신의 절박하고도 가파른 내면세계를 깊게 파헤쳐 조각해 보인데 있었다.

국가, 당파싸움, 전장, 도탄에 빠진 백성들을 배경으로 이순신이라는 한 초인적 존재의 생사관이 생생하게 드러난다. 국가와 국민을 문제 삼는 현대적 시사성과 작품 전체에 흐르는 남성적 체취에도 불구하고 이순신에 이입된 작가의 내면성은 풍부하고 깊다.

최옥정 작가의『매창』에 흐르는 주인공의 내면성을『칼의 노래』의 그것에 비교해 볼 수 있다. 여성작가가 쓴 여성 시인의 삶에 관한 소설이어서 그런지 몰라도 이『매창』은 임진, 정유 국제전쟁 시기를 살아간 여성의 삶을 그리고 있음에도 국가, 전쟁, 당파싸움 같은 문제를 의제화하지 않는다. 그것들은 마치 버지니아 울프 소설『등대로』의 짧은 2부에서 다루어지듯이 인생이라는 이름의 바다에서 일어나는 파도들에 지나지 않는다. 대신에 작가는 매창의 삶의 감성과 감각을 전면에 배치한다. 즉 내면을 풍부하게 그리는 점에서는 같되, 최옥정 쪽은 김훈 쪽에 비해 훨씬 더 인생 자체의 의미에 접근한다. 비록 이것이 큰 작가 김훈의 작의를 왜곡 이해하는 것인지 알 수 없으나 나로서는 『매창』을 그렇게 읽었다.

## 3

이 소설 원고를 읽어가며 내 머릿속에는 이미 세상을 떠나신 지 오래인 외할아버지의 벽오동 나무가 자꾸만 어른거렸다. 오동이라, 벽오동이라. 이 얼마나 오랜만에 들어보는 이름이요, 물상이요, 그것 따라 일어나는 옛 생각이던가.

최옥정 작가의 거문고를 타는 듯한 문장들이 일어날 때마다 나는 내 기억의 어둠침침한 광 안에 버려두었던 옛 물상들의 세상을 떠올렸다. 그런 움직임이 일 때마다 또한 최옥정 작가가 이 작품을 위해 얼마나 섬세한 공을 길게 시간을 늘여 들였는지 실감할 수 있었다. 다음의 아름다운 문장들이 그 실례가 될 것이다.

(가)

춘분이 지나면서 햇살은 하루가 다르게 따사로워졌다. 매창은 마루에 앉아서 앞마당을 내다보거나 뒷마당을 걸으며 낮 시간을 보냈다. 배롱나무 이파리의 초록색도 날마다 새로 태어난 듯 짙어졌다. 넝이, 광대나물, 벌금자리 같은 자잘한 풀꽃들도 때를 놓치지 않고 개화의 행진을 이어갔다. 꽃들은 봉오리를 급히 벌리며 향기 있는 것은 향기를, 향기 없는 것은 비린 풋내를 뿜어냈다. 새 발자국이 보일 진도로 말끔히 쓸어둔 마당으로 미풍이 불었다. 고소한 나물 냄새가 바람에 실려 집 안 곳으로 퍼져나갔다. 매창은 산수유를 한 다발 꺾어서 화병에 꽂아 문갑위에 올려놓았다. 잠이 덜 깬 듯 은은한 산수유 향이 방 안을 떠다녔다. (27쪽)


(나)

남자들은 광 밑바닥에 숨겨둔 종자들을 끄집어 뒷간의 두엄을 뒤집었다. 곰삭은 두엄에서 밥 냄새만큼 푸짐한 냄새가 났다. 이따금씩 봄비가 버리고 나면 풀들은 부쩍 자랐고 날은 푹해졌다. 매창도 마당의 잡초를 뽑고 좁아진 빗물 도랑을 넓혔다. 찬모와 함께 뒤뜰에 채마밭을 가꾸었다. 호박과 아욱과 가지를 심었다. 매창은 가지꽃의 보랏빛을 볼 때마다 신기했다. 둥실 열리는 가지에 비하면 그 꽃은 얼마나 우아한가. 매창은 해마다 빼놓지 않고 가지를 꼭 심었다. 여름에 가지를 따다가 쪄서 쭉쭉 찢어 냉채를 만들기에 앞서 늦봄부터 그녀는 꽃이 언제 피나 아침마다 들여다보았다. (105쪽~106쪽)

(다)

항아리를 널어놓은 장독대에서는 익어가는 장 냄새가 진동했다. 바지런하게 항아리를 행주로 닦아놓아 햇빛이 비칠 때면 항아리에서 반짝반짝 윤이 났다. 사람 사는 집 같았다. 윤금이가 된장이 제대로 익었는지 손가락으로 찍어서 맛보다가 매창에게도 맛을 보였다. 짭짤하고 구수한 된장만 있어도 겨울 반찬 걱정은 없었다. 게장과 산초장아찌는 입맛 없을 때 물이나 녹차에 만 밥에 곁들여 먹으면 별미였다. 명아주잎과 깻잎 장아찌도 두 항아리 담가두었다. 손많이 간다고 판두라고 해도 간장만 두 번 끓여 부으면 되는데 뭐가 힘드냐면서 윤금이는 팔을 걷어붙였다. 부엌에서 물동이 나르던 시절 어깨 너머로 음식 만드는 걸 배워뒀다고 모처럼 큰소리를 쳤다. 채소를 다듬은 뒤 장독대를 정리하는 건 장덕이 몫이었다. 장독대에 물을 끼얹어가며 항아리와 바닥을 말끔히 소제하고 나서 점심을 먹었다.

털게로 담근 게장은 싱싱한 냄새가 일품이었다. 등껍질 안에 꽉 찬 살에서 단맛이 났다. 장덕이는 게장과 깻잎만 갖고도 밥 두 그릇을 비웠다. 매창도 요즘은 밥맛이 좋았다. 수수와 기장이 섞인 잡곡이었지만 혀에 단맛이 괴며 쌀밥이나 잘 넘어갔다. 배가 부르면 시름도 줄어드는 법이다. 맛난 밥을 먹고 게을러진 몸으로 마당에 내려섰다. 매창은 손수 싸리비를 들고 바람에 떨어진 나뭇잎과 국화

이파리를 쓸어서 한쪽 구석에 모아두었다. (128쪽~129쪽)

위 (가), (나), (다)의 문장들은 거의 임의로 뽑아놓은 것이다. 이 작가의 공들인 문장들은 단순한 문장의 조탁이 아니요, 작가의 체질 깊이 뿌리 내리고 있는 자연에 대한 관심과 천착의 소산임을 말해준다.

그리고 이 아름다운 문장들은 작가가 매창으로 하여금 그녀의 시대의 남성들조차 다가서지 못한 세계로 나아가게 했음을 보여준다.

시의 달인이자 도인인 유희경도, 도저한 문필가이자 뜻 다 이루지 못한 경세가 허균도, 끝내 사람의 세속 삶의 울타리 너머로 완전히 나아가지 못했다.

그들이 살아간 시대는 반상과 적서의 구별이 엄연하고, 남성과 여성의 지체가 다르고, 나아가 당파싸움과 전란과 죽음과 굶주림이 군림하는 시대였다. 유희경도 의병으로 나가 공을 세워 면천을 하고 관직을 받았다. 기생과 어울리고 불도를 숭상한다 하여 모함을 받으면서도 율도국으로 상징되는 이상 세계의 꿈을 버리지 못한 허균. 그는 매창이 세상을 떠난 후 끝내 역모의 주역으로 처형되기에 이른다.

하지만 매창은 끝내 이 남성적 세속 세계의 울타리 바깥, 월명암과 변산 바다의 소나무 냄새, 바다 내음새 속에서, 자연의 일부로 생명을 받았다 떠나는 인간의 숙명을 깊이 이해할 수 있었다. 이 모든 것을 거쳐 그녀는 그녀 자신이 평생 생각해 온 죽음과 묵연히 마주할 수 있었다. 그리고 나는 생각한다. 작중에 그려진 매창의 '처음과 끝'이 모두 최옥정 작가 그 자신의 것이리라고……

소나무와 바다와 거문고 소리가 울리는 이 소설의 마지막 페이지를 덮고 나는 한동안 감은 눈을 뜨지 못했다.

4

작가 최옥정 씨. 내가 그를 안 것보다 그가 나를 안 것이 먼저였을 것이다. 그가 귀함을 일찍 알지 못했기에 그러했을 것이다.

어쨌거나 내 기억에 남아 있는 처음의 그녀는 그날 인사동 어느 한식집에 있었다. 마루방 같은 곳에 밥상 여러 개가 비좁게 놓인 서민풍 식당이었다. 소설가 방현희 씨와 절친이라고 함께 만난 그녀는 모자를 쓰고 있었다. 키가 컸고 말이 시원스러워 마음에 담아 숨겨둘 것이 없는 투명한 성격의 소유자처럼 보였다.

그런데 몸이 좋지 않다고 했다. 수술을 받고 양의학과 자연요법을 병행하며 계속 치료를 받는 중이라는 것이었다. 이야기가 자연요법 쪽으로 미치자 나는 제이티비씨에서 본 다큐멘터리가 생각났다. 암을 비롯한 큰 병에 걸린 사람이 복어 독 처방으로 호전되는 것을 본 기억이 난 것이다. 최 작가는 그렇지 않아도 복어 독을 복용하는 치료를 하고 있다고 했고, 나는 부디 특효가 있기를 기원해주었다. 내가 이 글을 쓰고 있는 지금도 최 작가는 멀리 지리산에 가 있다. 서울에서는 병원 치료를 받고 쉬는 기간에는 산 깊은 곳에서 정양을 하는 것이다.

내가 놀란 것은, 그런데도 어디 어두운 빛 하나 보여주지 않고 시종 즐겁게 이야기를 나눌 수 있는 이 작가의 강인하고도 대범한 성격이었다.

그 후 얼마 전 나는 이 소설 『매창』이 출판 지원을 위한 우수 작품으로 선정된 것을 축하해주는 자리를 마련했다. 어쨌거나 좋은 일이니, 다른 작가들과 함께 즐겁게 만나고 싶었던 것이다. 두 시간 넘게 계속된 저녁 자리를 최옥정 작가는 표정 하나 찡그리지 않고 버텼다. 그가 그 자리를 문자 그대로 버텨냈다는 것을 나는 나중에 방현희 씨에게 들어 비로소 깨달을 수 있었다. 그때가 마침 통증이 심할 때였던 것이다.

이럭저럭 시일이 흐르고 이 소설 『매창』의 해설을 더 이상 미룰 수 없는 시점이 다가오자 나는 비로소 작품 원고를 복사해서 읽기 시작했다. 그때까지만 해도 내가 아는 최옥정 작가란 이렇게 간간히 만나 이야기를 나누며 그 태도나 말로서 그의 상황을 짐작해 보는 정도였다.『매창』의 원고는 이와 달리 그가 무엇을 생각하고 어떤 세계를 추구하는 작가인지 분명히 알게 해주었다.

왜 그는 조선시대 부안의 명기 매창의 이야기를 쓰려 한 것일까. 그는 고향이 익산이라 했으니 이웃 고장이나 다름없는 부안의 이야기에 관심이 갔을 법하다. 뿐만 아니라 우리 모두 알다시피 매창은 예사 기생이 아니요 황진이와 함께 조선시대 가장 뛰어난 여성 시인의 하나다. 소설 쓰는 사람으로서 깊은 관심을 가질 만하다. 익산 사람으로 시조 부흥에 깊은 관심을 기울인 가람 이병기 선생이 매창을 시조로 노래한 것처럼 소설가로서 최옥정 씨도 이야기를 쓰고 싶었을 것이라 말할 수 있다.

하지만 그의 원고를 읽어가며 나는 이 창작의 깊은 동기를 읽어낸 것만 같다. 그것은 작가의 대상에 대한 깊은 공감과 연민과 동류의식이다. 평생 수백 편의 시를 쓰고 뭇 사람들의 비상한 칭송을 받았으되 어지러움, 문란함과 거리를 두고 깨끗한 예술의 세계에 머물다 끝내 그 사랑하는 거문고와 함께 묻힌 매창이었다. 매화꽃 보이는 창이라는 매창의 호는 계랑이라 불린 그녀가 스스로를 향해 붙인 호였다고 한다.

최옥정 작가는 이매창에게서 그 자신이 지향하는 삶의 이상

적 태도를 발견했던 것 아닐까. 그렇게 생각된다.

원고를 읽어나가며 나는 처음에는 왜 작가가 매창 이야기의 부제를 '거문고를 사랑한 조선의 뮤즈'라 붙이려 했는지 궁금해했다. 하지만 이야기가 전개되고 깊어짐에 나는 이 탄금가의 연주가 실수 없이 이어지기를 가슴 졸이며 읽었고, 마침내 이야기가 결말을 향해 나아감에 이야기의 새로운 예인이, 그 탄금의 명인이 탄생했음을 실감할 수 있었다. 아름답고 멋진 일이라 아니할 수 없다.

## 작가의 말

    그릇의 쓸모는 그릇 자체가 아니라 그릇 안의 빈 공간이다. 그릇은 자신의 몸 안에 허공을 가두어 공간에 형태를 부여하고 용도를 정한다. 넓적한 접시는 빛을 담는 공간이 되고 오목한 술병은 어둠을 담는 공간이 된다. 어떤 인간의 내용물은 빛이고 또 다른 어떤 인간의 내용물은 어둠이듯이. 둘 사이에 딱 맞아떨어지는 인과관계는 존재하지 않는다. 비극은 여기에 도사리고 있다. 우리는 빛의 인간이 되고 싶으면서도 어쩔 수 없이 끌리는 건 어둠의 인간이다.

    매창을 쓰는 내내 어둠에 대해 생각했다. 밤과 고독. 어여쁘고 화사했을 용모의 그녀를 밤의 이미지로 만났다. 어둠속에서 어둠 자체가 되어 어둠을 뚫고 단단한 빛살이 되어버린 사람이 있다. 깜깜한 밤중에 거문고를 앞에 두고 홀로 앉아 있는 여인. 그녀와 눈이 마주치면 그 어둠이 내 안으로 들어와 나를 삼켜버릴 것 같은 두려움을 느꼈다. 그러나 끝내 나는 그녀를 외면하지 못했고 뚜벅뚜벅 걸어서 그녀의 곁에 나란히 섰다. 감히 동행이라고는 말 못해도 함께 어둠속에 서 있고자 했다.

밤에는 모든 게 날것이다. 자기 목숨을 동아줄처럼 붙들고 살아야 하는 인간이 밤에는 혼자서 온갖 곤충과 짐승의 속울음을 듣는다. 하루라는 시간 속으로 스러지는 것들과 함께 신음하고 눈물 흘린다. 그곳이 시의 자리일 거라 짐작한다. 시인의 영혼으로 살았던 매창이 그 어둠에 깃들어 있었다. 우리가 해야 할 일은 그 어둠의 농도와 깊이에 잠시 몸을 담그는 것이다. 훗날 어둠이 우리를 찾아왔을 때 얼굴을 알아보고 겁을 먹지 않도록 말이다.

그녀가 사람을 만나고 사랑할 때 움직이는 것은 아름다운 여자로서의 매력과 재능 말고 또 다른 천품이 있었다. 상대의 가장 깊고 진한 곳, 심연을 들여다보고 발견해주는 일. 그리하여 그 사람이 가장 그 사람답게 살아가도록 도와주는 일이었다. 그녀를 만나면 저마다 제 인생 최고의 시를 짓고 저절로 자유로워졌다. 마침내 오랫동안 모르쇠 했던 자신의 내면과 맞닥뜨릴 수 있는 강한 사람이 된다.

일생 동안 누군가를, 무언가를 그리워하고 기다리며 산다면 그 삶의 삽에는 죽음의 씨알이 뿌리를 박고 자라고 있을 것이다. 모든 기생의 삶을 한 가지로 뭉뚱그릴 수는 없겠지만 대개 그 테두리를 벗어나지 못했다. 거기다 가난이 하나 더 보태질 수는 있지만. 이런 삶 속에서 어떻게 자신을 지켜낼 수 있었을까. 무엇으로 하여금 삶의 수문장 노릇을 하도록 시켰을까. 그 궤적은 인생이라는 그릇에 고스란히 담겨 있다. 그녀가 겪은 만큼 느끼기 위해 기꺼이 다가갈 수 있는 만큼 가까이 다가가 더듬고 만지고자 했다. 어느 순간 그녀의 아픔이 내 것인 듯 느껴지며 비로소 타인의 생을 전하는 자의 불안과 의기소침에서 벗어날 수 있었다.

시간은 균일하게 흐르지 않는다. 덩어리로 뭉텅뭉텅 흘러간다. 그 덩어리의 실체는 '누군가'이다. 누군가와 함께한 시절이 인생의 한토막이 되어 지나간다. 매창과 보낸 한 시절이 내게 그러했다. 그녀가 만났던 남자들의 삶이 그러했듯이. 그들을 만났을 때 그녀의 삶이 그러했듯이.

기생이라는 신분을 넘어 예인의 삶을 견지한 매창을 더 많은 사람이 만날 수 있도록 다리를 놓고 싶었다. 매창과 더불어 나를 돌아보고 여자의 일생을 더듬다가 불운한 사람들의 감옥을 생각했다. 비슷하지만 사뭇 다른 인생들의 켜켜에서 힘을 얻기도 했고 힘을 잃기도 했고 힘 이상의 것을 받기도 했다. 그 모든 것이 다 함께 흘러 여기에 당도했다. 이제는 나만의 것이라고 할 수 없는 그 무엇이 되어.

이 책이 사랑을 잃었던 사람, 사랑을 의심하는 사람, 사랑에 붙들려 있는 사람의 잠을 축내며 곁에 머물기를 바란다. 우리는 너무 오래 사랑 이야기를 듣지 못했다. 저잣거리에 떠도는 누구와 누구의 만남, 그 뒤의 냉소와 타산, 싸늘한 소문들을 사랑이라 부르며 환호했다. 그 이야기도 물론 사랑이다. 꽃집의 백합이나 장미, 프리지아를 보기 전에는 이 세상의 꽃은 채송화나 과꽃, 맨드라미가 전부인 줄 안다. 모든 꽃의 향기를 탐하듯 모든 사랑의 냄새를 맡아야 한다. 그 냄새를 온몸에 묻히고 인간이라는 짐승의 힘찬 발걸음을 내디뎌야 한다. 그 첫걸음이 여기에 있다.

2016년 11월

최옥정